JN076561

転生したら剣でした15

棚架ユウ

イラスト／るろお

"I became the sword by transmigrating" Story by Yuu Tanaka, Illustration by Llo

GC NOVELS

転生したら剣でした15

"I became the sword by transmigrating" Story by Yuu Tanaka, Illustraion by Llo

棚架ユウ

イラスト／るろお

CONTENTS

"I became the sword by transmigrating"
Volume 15
Story by Yuu Tanaka, Illustration by Llo

プロローグ　シエラ×????

『相棒。今の女、明らかに俺を見ていたよな？』

「え？　女？」

『気付かなかったのか？　真っ青な髪と赤い目した、黒い肌の派手な色合いの女がいただろ？　俺が尋常な存在ではないと気付いた。明らかに只者じゃない。相当やるぞ、あれは』

「そんなの、いたかなぁ？」

相棒は――シエラは本当に分かっていないらしい。あれだけ存在感がある相手に、全く気付かないなんてことがあるだろうか？　見た目が印象的なだけではなく、立ち姿を見ただけで明らかな強者であると分かるレベルであった。

相棒は、戦士としてはまだ駆け出しだが、鋭い感覚を備えている。そんな相棒が気付けなかったということは、何か隠形（おんぎょう）系のスキルを使っていたのかもしれないな。俺に効果がなかったのは、生物ではないからかもしれん。

「そんなに、強かった？」

『正直、やり合いたくはないな』

「そこまで！」

やり合うことになっていたら、ヤバかったかもしれない。負ける気はさらさらないが、勝てるかどうかも分からなかった。

それこそ、以前殺し合った黒猫族のフランとタメを張るかもしれない。

単騎で戦況を変えるような、化け物の一種ということだ。

大事な時期に、あんなイレギュラーがこの湖に現れるとはな。無関係か？　ただの通りすがりならいいが……。もし敵側の人間だとすると、俺たちの目的の大きな障害になりかねん。

まあ、俺たちにとっては自分と相棒以外、全部が警戒対象だが。ウィーナレーンもフランもゼライセたちも、敵対する可能性があった。

だが、目的を達成するためならば、どんな試練だって乗り越えて見せる。

シエラもロミオも、絶対に救うのだ。

「前はいなかったよね？」

『ああ……。相棒。あの女にも、気を付けよう。前の時に、見たことがない強者だ。今後、どう関ってくるか分からん』

「そうだね」

誰にも、邪魔をさせるもんかよ。

もう、ロミオを殺させやしない！　今度こそ、絶対に助ける！

第一章　剣と化す

『想像以上に車列が長いな』

「ん。馬車がたくさん」

「オフ」

思わず漏らした俺の呟きに、フランとウルシが同意するように呟いた。

今俺たちがいるのは、レディブルーの外。大地から二〇メートルほどの上空だ。

サラブレッドサイズのウルシに跨ったフランが、空中から長い馬車の列を見下ろしている。

フランが教官兼生徒として短期在籍している魔術学院は、今日から学外サバイバル実習だった。資材運搬用も含めて、四〇台の馬車でヴィヴィアン湖まで移動する。

参加する生徒は二〇〇名を超え、その護衛役の教官たちも三〇名が同行するそうだ。

教官扱いであるフランも遊撃役を与えられており、全体を見ながら危険な魔獣が出た場合に対応をすることになっていた。

逆に、雑魚の場合は生徒たちが対応することになっているので、手出しはしないことになっている。彼らに経験を積ませるためだった。特戦クラスなどの上級生は、交代で馬車の護衛をしながら移動するのだ。移動中も実習扱いということなんだろう。さすが魔術学院の実習だよね。

ただ、全生徒が戦闘に駆り出されるわけではない。目的地まで馬車からほとんど降りず、ずっと護衛をされるだけの生徒たちもいた。実は、新入生が三〇名ほど、この学外サバイバル実習に同行しているのだ。これは学院の伝統らしく、特戦クラスの生徒たちも入学時に経験しているらしい。

地球でも、上級生との合同林間学校とかあったし、それに近いイベントなのだろう。

緊急時に即応できるように幌が取り外された馬車を見ると、同級生と談笑しているカーナの姿が見えた。一つの馬車には三人の新入生と、三人の上級生が乗っている。ただし、上級生は常に二人が馬車の外で護衛を行い、交代で休憩する形になっていた。

足手まといの新入生の相手をしつつ、護衛をするのも経験ってことなんだろう。

カーナたちの馬車の護衛役は、キャローナたちの班だ。そのキャローナたちで対処ができなければ、御者台に乗っている教官が出るし、それでもダメな時のためにフランやウィーナレーンがいるのだ。

『さて、俺たちもいくぞ』

「ん。ウルシ」

「オンオーン！」

しばらくはウルシに乗って、上空から警戒するつもりだ。

ウルシが空中跳躍によって駆け出すと、眼下の生徒たちがこちらを見上げているのが分かった。

巨大な狼が空を蹴って走る姿なんて、そうそう見られるものではないからな。ウルシは特に立派だし、きっと絵になっていることだろう。

『守ることを考えたら、デカイのが一匹だけよりも、小さいのがワラワラ出る方が面倒そうだ』

「ゴブリンとか？」

『あとは盗賊とか、虫タイプの群れとかだろうな』

一番危険なのは、大型の群れだが。大型の魔獣たちが車列に突っ込むような事態になれば、大惨事は免れない。強そうなやつは、早めに撃破してしまう方がいいかもしれなかった。

『索敵だけは怠らないようにな』

「ん！」

「オン！」


出発から数時間。学院関係者を乗せた車列は最初の休憩所を過ぎ、平原から森林地帯に突入している。ここからは見通しも非常に悪く、今まで以上に警戒が必要だ。護衛役の生徒たちにとっては難所と言えるだろう。明らかに全体の緊張感が増しているのが分かった。


フランはというと、今は車列から少し離れた場所にいる。さぼっているわけじゃないぞ？

むしろ仕事中だ。


「はぁぁ！」

「ギィイ！　ギギッ！」

森林地帯に生息する魔獣と戦闘中なのだ。

今相手にしているのはトールトールマンティス。手足が異常に長い、巨大なカマキリだ。体が七、八メートルなのに対して、手と足は一〇メートル以上あるだろう。その手足を活かして、深い木々の上を器用に移動する魔獣である。巨大カマキリというと恐ろし気だが、森林をすり抜けるように移動するため、その体は非常に細かった。そのせいで防御力はかなり低く、総合的な脅威度はEとなっている。俺たちにとっては雑魚。しかし、生徒にとってはかなりの強敵だった。

たくさんの獲物が移動する気配や臭いを感じ取ったのだろう。かなりの速さで近づいてきていたので、フランが迎撃に出たのだ。魔獣には珍しく、鎌術という武術スキルを所持している。

なんと、フランの初撃を鎌で受けるという芸当を見せてくれた。相手の力量を測るために放った牽制とはいえ、中々やるものだ。しかも、その鎌には弱い電撃を纏っている。雷鳴無効のあるフランじゃなかったら、麻痺させられていたかもしれない。

ただ、魔獣の抵抗はそこまでだった。鎌の届かない死角を見極めたフランに背中から一刀両断され、崩れ落ちていく。こいつは、深い森の中で戦うと頭上から鎌が降ってくる厄介な敵であるそうだが、俺たちのように常に空から攻撃できる者からすると、隙だらけの相手だった。

『大物は片付けたし、馬車に戻るぞ。どうもゴブリンと戦っているみたいだし』

「わかった」

加勢するために戻るのではなく、大きな怪我をした生徒がいたら癒すためである。とはいえ、相手はノーマルのゴブリンだし、回復魔術が必要なほどの怪我を負う者はいないだろう。特戦クラスの生徒たちは、その程度には実力がある。

少し離れた場所から見守っていたが、やはり問題はなかった。

あっという間にゴブリンを倒し、手際よく角などを剥ぎ取っている。表情も余裕があり、この程度は慣れたものという感じだ。ただ、新入生たちは青い顔をしていた。

カーナのように落ち着いていられる生徒が稀なのだ。彼女の場合はすでに実戦経験もあるし、ゴブリンを倒せる程度の実力もある。しかし、多くの子供たちは戦闘経験などないだろう。それで、いきなり目の前で魔獣との殺し合いを見せられれば、ああなるのも仕方なかった。

「師匠」

『どうした？』

「あれ」

『ああ、天龍の寝床か。よく見えるな』

フランは眼下の小競り合いには興味がないらしく、遥か上空に悠然と佇む浮遊島を見上げている。

今日も天龍の姿は見られない。しかし、白い雲に包まれた浮遊島の姿は、何度見ても飽きることはなかった。フランもウルシも目をキラキラと輝かせて、浮遊島を見つめている。だが、すぐに視線を大地に戻すと、鋭い目で森林の奥を睨みつけた。

「師匠、ウルシ、いく！」

「オン！」

『今度は群れだな。一気に仕留めるぞ』

接近する魔獣の気配を感じ取ったのだ。ゴブリンなどよりも遥かに強い。

アサシン・エイプという、隠密行動からの一撃必殺を得意とする魔獣だった。大きさはマウンテンゴリラより少し大きい程度だが、その脅威度は巨大なトールトールマンティスと同じEである。

実際、的の大きなトールトールマンティスよりも、素早く動くうえに人間を即死させるだけの攻撃力を備えたこいつらの方が、厄介な相手だろう。それが六匹。大木の枝を踏み台に跳躍を繰り返しながら、凄まじい速度で学院の生徒たちに向かってきていた。

気配の消し方は熟練冒険者のそれであり、生徒たちは未だにその存在に気付いていない。

「ウルシは右の二匹」

「オン」

『じゃあ、俺が左の二匹をやる』

「ん！」

静かに迫るアサシン・エイプの群に、俺たちが先制攻撃をしかける。気配の消し方も、察知能力も、俺たちの方が一枚上手だ。転移して現れたフランによって最初の一匹が斬り捨てられ、そこから全滅までに一分もかからなかった。森の中で自分たちが奇襲をしかけられるなんて、考えてもいなかったらしい。事切れる大猿の顔には、驚愕の表情が張り付いたままだった。

『この短時間で脅威度E以上との接敵が二回か。湖に到着するまでは結構忙しそうだな』

「ん！」

頷くフランは嬉しそうだ。魔獣相手に暴れてすっきりしたからだろう。まあ、ストレスを溜めてイライラするよりはましか。

そして、出発初日の夜。魔術学院の一行は、森林地帯の真ん中に切り開かれた大きな広場で野営を行っていた。馬車を広場の外周に沿って円形に並べて壁代わりにして、その内側にテントを張る。護衛たちは交代制で休みつつ、馬車の外側を巡回する形だった。

その野営地の一角。ウィーナレーンの天幕にフランは呼ばれていた。学院長なだけあって、ちょっと大きくて豪華な天幕である。この一行の最大戦力二人が持ち場を離れて平気かと思ったので、一応ウルシは巡回に残してきたが、それはいらぬ世話だったらしい。

「精霊がいる」

『へえ？　どこだ？』

「あの辺？　あとあっちも」

フランの指が示す方を見るが、何も感じられない。やはり俺には精霊の存在を感じ取る才能がないらしかった。そこにあるのは森だけで、本当に全く何もないように見えるのだ。

『……分からんな。それだけか？』

「他にも何体かいる。たぶん」

『強そうか？』

「わかんない」

精霊を感じる力は強くなっていても、まだ相手がどのような精霊なのかは判別できないようだ。

多分だが、宿の大樹に宿っていた精霊はそれなりに高位の精霊だったと思われる。エルフのおばあさんが「精霊様」と呼んでいたし、一〇〇〇年以上も昔から存在しているのだ。

だが、フランには、学院の下級精霊と宿の精霊の区別が全くついていなかった。強さや属性、能力も分からないし、本当に微かに感じられる段階なんだろう。

俺には精霊が全く感じられないのでフランの拙（つたな）い説明で想像するしかないんだが、精霊が僅かに発する音のような物が聞こえる気がするらしい。それも、相当集中して初めて、耳鳴りっぽい物が聞こえるだけであるようだ。

その音の発せられる方向や間隔から、その辺に精霊がいるっぽいと判断しているという。

『ウィーナレーンの精霊か？』

「さあ？　でも、同じところにずっといる」

複数いるようだし、しばらく俺たちが見張りから離れても大丈夫そうだった。そもそも、毎年同じことをやっているわけで、慣れているはずだ。フランがいる方がより護衛戦力が上がるというだけで、いなかったとしても問題はないってことなんだろう。

そのままウィーナレーンの天幕に入ると、そこにいたのはハイエルフの魔術師だけではなかった。

「……ゼロスリード」

「……」

ウィーナレーンの後ろに置かれた椅子に、ゼロスリードが座っている。その傍らには、相変わらずフランを睨みつけるロミオ少年の姿もあった。

気配察知で分かっていたが、改めて対面するとやはり思うことはある。フランはギリッと歯を食いしばり、気持ちを抑えているようだ。まあ、殺気は大分漏れてしまっているが。

「幾ら力を封じているとはいえ、私のいない学院に置いてくるのもねぇ？　仕方ないから拘束して連れてきたのよ」

ウィーナレーンの言葉通り、ゼロスリードの両腕には金属製の腕輪が取り付けられ、腕の動きが封じられている。しかも、魔力封じの効果もあるようで、ゼロスリードの力がさらに抑えられていた。

この状態で真横にウィーナレーンがいれば、悪さもできないだろう。

「……」

「……」

フランとロミオが睨み合う。いや、フランは睨んでいるわけではないが、これだけ真っすぐ敵意を表されては、気にしないわけにはいかないらしい。結果、見つめ合うこととなっていた。

逆に、ゼロスリードはフランを見ても感情をほとんど露わにしなかった。一瞬、ビクッとしたものの、すぐに平静な顔に戻る。何を言っても角が立つし、できるだけ関わらないことにしたのだろう。

だが、フランはその態度が気にくわない。まあ、ゼロスリードの全てが気にくわないのだが。

苛立ちの籠った目で、ゼロスリードを睨みつけるフラン。

さすがにもう激発することはないが、殺せるものなら今すぐにでも殺したい相手を前に、気持ちを抑えきることなどできるはずもないのだ。その緊迫した空気を破ったのは、ゼロスリードの足にしがみ付き、フランを見上げているロミオだった。

「おじちゃんをいじめるな！」

「……虐めてない」

「うそだっ！　知ってるんだぞ！」

「……ふん」

フランも、さすがにロミオ相手に言い合いをすることはしない。ロミオが悪くないことは分かっているのだ。それに、殺気を発する今のフランは、子供から見たら相当恐ろしい存在である。ゼロスリードを庇うためにそんな相手へと立ち向かおうとする少年に、僅かながらに感心したらしい。

しかし、褒めるような場面でもない。結局、どう対処していいのか分からないらしく、プイッとロミオから視線を外すと、ウィーナレーンに自分を呼びつけた理由を問いかけた。

「何か用？」

「ええ。この先の護衛についてなのだけれど」

ゼロスリードやロミオと引き合わせることが目的かと思ったら、そうではなかったようだ。

ウィーナレーンがこの国の大雑把な地図を見せながら、先の地形を説明する。森林地帯を抜けた先には大型の魔獣が生息する平原が広がっているのだが、そこで生徒たちによる狩りを行うという。

ウィーナレーンがフランを呼んだ理由は、その打ち合わせであった。

「狙うのは、スロウトータス。硬くて強い魔獣だけど、その動きが非常に遅く、生徒たちでも何とか狩ることができる相手よ」

スロウトータスは、強敵が相手の場合はひたすら甲羅に籠ってやり過ごすタイプの草食魔獣である。遠距離攻撃の手段も乏しく、いくつかの攻撃にさえ気を付けていれば狩るのが比較的容易な魔獣だ。

脅威度はEだが、準備さえ整っていれば生徒でも倒すことはできそうだった。足止め用、防御用の魔道具があるらしいので、準備は万全と言えるだろう。

「私の役目は？」

「スロウトータス相手にやってもらうことはないわ。でも、スロウトータスの血の臭いを嗅ぎつければ、多くの魔獣が近寄ってくる。特にゴブリンは毎年現れるわ」

フランの役目は、そういった横取り狙いの魔獣の撃破だった。

「わかった」

「それと、この男も働かせるから」

「……なんで？」

「せっかく使える戦力があるのだから、生徒たちの安全のためには使うべきでしょう？」

「……わかった」

フランは反対とも賛成とも言わず、静かに頷いた。

その顔には、何とも言えない微妙な表情が浮かんでいる。

『いいのか？』

（……分からない）

本人が返したとおり、フランにも自分の感情が理解できていないようだ。

生徒のためと言われたら、嫌だとは言えないのだろう。それに、強制労働とか肉壁役だと思えば、罰を与えているような気もする。労役のようなものだ。だが、手を借りることには、やはり忌避感があるんだろう。フランの胸の内には否定と肯定が渦巻き、整理が付かないようだった。

学院を出発して三日目の夜。学外サバイバル実習一行は、予定通りにヴィヴィアン湖へと到達していた。二日目の亀狩りや食料調達、ゴブリンの大群の襲来など、それなりに大変ではあったが、それも教師陣からすれば想定の範囲内であったらしい。

例年通りだと笑顔で語り合っている。それに対して、生徒たちの顔には濃い疲労の色があった。長旅というだけではなく、戦闘をしながらだしな。

しかも、二日目の夜は野営をしなかった。夜通し進むのが危険な森林地帯は仕方なく野営を行ったが、夜間行軍が可能な平原では車列を止めずに進み続けたのだ。それもまた経験ということなんだろう。そんな中でも護衛役の生徒たちは交代で仮眠を取ったはずであるが、非常に眠そうだ。もっと過酷な条件だったはずの教師陣が元気なのは、ステータスと経験の差だろう。

フラン？　フランは元気だよ。何せウルシの背中で仮眠を取っていたし。勿論、魔獣が近づけば起きられる状態で。ウルシは進化したことによって今までよりも眠りが不要になっており、数日間は寝ずに活動できる。まあ、眠ること自体が好きなので、いつもは普通に眠っているけどね。その性質は、今回のような場合は頼もしかった。実際、出発から一睡もしていないんだが、元気いっぱいだ。

『またセフテントに戻ってきたな』

「ん」

クランゼル王国からの道中で、立ち寄った湖のほとりの町である。依頼をこなしたり、騒ぎを起こしたりと、色々とあった町だった。

魔術学院一行が天幕を張っている場所は、セフテントの町の隣である。外壁などがあるわけじゃないが平らに均されており、野営をし易そうな場所である。毎年ここを拠点として、ヴィヴィアン湖で訓練を行っているそうだ。

「みんな眠そう」

『あれで護衛ができるとも思えんな』

眠気を堪えた護衛役の生徒たちが、何とか歩哨に立っているのが見える。あれじゃあ、目の前を不審者が通り抜けても見逃しそうだった。後で確実に怒られるだろう。見知った顔もいる。

「キャローナ、今の危なかった」

『あの真面目な娘が居眠りするところなんて、初めて見たぜ』

居眠りというか、寝落ちって感じではあったが。大きく舟をこいだ瞬間に、その勢いで目が覚めたらしい。慌てた様子で周囲を見回し、異常がないことに安堵している。

実は、野営地の周りに大地魔術で壁を作ろうかと提案したんだが、ウィーナレーンに却下されてしまった。疲れた状態での野営や護衛を経験することも、この学外実習の目的であるらしい。

壁があれば生徒の緊張感が欠けるだろうし、多少は魔獣が姿を見せてくれないと生徒たちの戒めにもならない。スパルタではあるが、一理あるだろう。

俺たちにしてやれることは、精々生大物が現れないように周囲を見回ることだけだ。町のそばなのでそうそう危険な魔物が出るとは思えないが、たくさんいる獲物の臭いに引き寄せられる可能性はあるだろう。ただ、それも必要なくなりそうだった。

「師匠、たくさんきた」

町から野営地に向かって歩いてくる、冒険者の一団が見える。三〇名ほどはいそうだった。

特に敵意を漲（みなぎ）らせているわけでもなく、談笑する姿は気楽そうだ。

『セフテントの冒険者たちだ。学院に護衛として雇われたんだろう』

「ジルがいる」

『本当だな。ギルドマスター直々にお出ましかよ』

先頭は、小柄な老婆である。しかし、その身から発せられる魔力は、一流魔導士のそれだった。若手からベテランまで揃っている冒険者たちの中に在っても、最も強いだろう。セフテントのギルドマスター、ジル婆さんだ。冒険者との模擬戦をフランに頼んできた人物でもある。

その姿をウルシの背から見下ろしていると、フランが視線を虚空へと向けた。だが、そこに存在しているのは、夜の闇だけだ。

『どうした?』

「精霊がきた」

『なに?』

フランの言葉の直後、何もない闇の中から湧きだすように、薄ぼんやりとした光の塊がその場に現れた。ボウリングの球サイズで、光の強さは豆電球くらいだろう。

「フラン。天幕に来てくれる？」

「わかった」

『なるほど、精霊の可視化ってやつか』

精霊を使役するにあたっての最大の利点は、その隠密性である。しかし、それだと不便な場合もあった。例えば今のように伝令として使う場合だ。緊急時に人を誘導したりする場合や、敵などに警告をする場合なども、目に見えない状態の精霊では難しい。そこで、精霊が誰にでも見えるように可視化する術があるそうだ。精霊使いであれば誰でも使える技術だという。

ただし、遠くに自分の声を届けるような真似は、上級の精霊使いにしかできないそうだが。

今、ウィーナレーンが精霊を通して声を届けてきたが、かなりの高等技術ってことだろう。アレッサの町にいた頃、ギルドマスターのクリムトが同じことをやっていたが、実は凄く難しいことをやっていたらしい。

精霊の後に付いてウィーナレーンの天幕へと向かうと、外に出ているウィーナレーンとジル婆さんが、挨拶を交わしていた。その周囲の冒険者の中には、模擬戦の時に見た顔もいる。ただ、フランに殺気を飛ばしていた少年はいないようだった。まあ、護衛依頼中に変なことに煩わされたくはないから、その方が都合はいいだろう。

「今年もよろしくお願いいたします。ウィーナレーン様」

「ええ。今年もお願いね」

握手をしている二人。一見するとジル婆さんの方が経験豊富で偉そうなんだが、実際は逆である。ジル婆さんの言葉の端々に、畏怖と尊敬が込められているのも分かった。

「明日から水練を行いたいのだけど、状況はどうかしら？　湖が少し騒がしいようだけれど？」

「さすがウィーナレーン様。すでにご存じでしたか」

「精霊が教えてくれるから」

「このところ、湖に異変が起きております。いつものようにはいかないかと……」

シエラ×？？？

『相棒、どうした？』

「おじさん、あいつらが到着したみたいだ」

『いよいよか……』

相棒が、宿の窓から外を見つめている。

時間は夜。天には星が輝き、闇の帳が降りている。

だが、相棒には確かに感じられているはずだ。夜の闇の向こうにいる、多くの人間たちの気配が。

ランクE冒険者でありながら、これほどの能力を持った人間はそう多くはないはずだ。特に気配や危機を感じる能力は、長年独りで戦い続けてきた結果、目を見張るほどの成長を見せていた。

逆に、俺は今の体になってから、察知能力が著しく下がってしまった。

生物に備わっている生存本能や、動物的な勘が鈍ってしまったからだろう。その分、今まで見えなかったものを感じることはできるようになったがな。

俺は気配を探ろうと、意識を集中する。相棒ほどの精度はなくとも、集中すれば気配を感じ分けることはできるのだ。

なるほど、町の外に大勢の人間の気配があった。ついに来たか。

一〇年……。永かった気もするし、あっという間な気もする。しかし、もう時間は戻せない。覚悟を決めなくてはならなかった。

『ロミオもいるみてーだな』

「いるね。何も知らず、メソメソと泣いてるみたいだ。イライラする」

ロミオのことを語る相棒の顔に、言葉通りの苛立ちが浮かぶ。

『そう言うな。あのくらいの齢(とし)なら仕方ないことだろ？　あの子供にとっては自分の見た物が、世界の全てなんだ』

「そうだね……」

『ロミオの近くにクソハイエルフもいるな』

やはり、前と同じか。いざという時の備えとして、マグノリアの血筋を連れてきている。

ロミオたちの情報を流して、ハイエルフをおびき寄せたのは俺たちだった。

前のようにゼライセに捕らえられ、実験動物扱いを受けるよりはましだと考えたからだ。

しかし、本当に正しかったのか？　あのハイエルフも、結局はロミオの中に在る封印術に目を付けている。このままでは、前の二の舞に……。いや、それを防ぐために、俺たちは準備をしてきたのだ。

絶対に、大丈夫だ。

「当たり前だけど、凄まじい気配の強さだね。さすがハイエルフだ」

『ぶち殺してやりたいところだが、今の俺らでも無理だろうな』

「あの人は強すぎる。この齢になって、ようやっとハイエルフの化け物さ加減がよく分かったよ」

『……』

前の時は、あいつが相棒を殺したんだ。そして、今度もまた殺すかもしれない。

それだけは阻止せねばならなかった。

しかし、ハイエルフのことを語る相棒の顔には、嫌悪や憎悪は見当たらない。それどころか、純粋に褒めているようだ。

『お前は、やつを許せるのか？』

「あの時は、あれが一番確実な方法だったんだよ」

『それはそうだけどよ……』

「今度は防いでみせるさ」

『今回は前と違って、ゼライセはロミオの血の力を手に入れていない。きっと、何とかなるはずだ』

「何とかするんだ」

『おう』

あのナヨナヨとした子供が、一端の口を利くようになったもんだ。

「やっぱり、フランもいるね……」

『前もいたしな』

「ああ」

『そんな顔すんな。今回は前とは違う。すでにロミオたちとの顔合わせも済んでるみたいだしよ』

「分かってる。でも……」

相棒の顔が、憎々し気に歪んだ。殺気さえ滲む。

俺にとったらウィーナレーンの方が余程許せないんだが、相棒にはそうではないらしい。黒猫族の娘に対して、強い殺意を抱いている。

それを見て、俺は何とも言えない気持ちになった。あの黒猫族の娘が俺を憎み、命を狙ってきたのは当たり前なのだ。俺に大切な者を殺されている。

俺は、それを是とする生き方をしてきた。恨み恨まれ。そうして続く負の連鎖が、殺し合いの渦が、より多くの闘争を俺に運んでくるからだ。その結果、自分が仇として討ち果たされるのであれば構わない。受け入れよう。しかし、恨むなと予め伝えていても、相棒はその相手を許さない。

そうして、負の連鎖は続く。俺が朽ち果てた後も。俺がやってきたことは――。

「――さん？」

『……』

「おじさん！」

『おっと、済まねー、ロミオ。少し考え事をしていた』

「もう、僕はロミオじゃないよ」

『そうだったな。シエラ』

「考え事って、大魔獣の封印のこと？」

『ちっと違うんだが、今は封印のことに集中したほうがいいな』

「一番警戒しなくちゃいけないのは、やっぱりゼライセの存在だけど……」

『俺にも、やつの居場所は分からん。この近くにいるかどうかもな』

「前の時にはいたんだよ。今回だって、いる可能性が高い」

錬金術師ゼライセ。自らの欲望に素直に行動する男だ。その目的のために何人犠牲になろうが、気にしない。むしろ、犠牲が増えて自らの悪名が高まることに、喜びを見出す男だった。

「前は、ゼライセにいいように利用された。でも今ならやつと渡り合える」

『そうだな。だが、あの野郎は油断ならない。どれだけ有利な状況でも、ひっくり返す切り札を持っていると思え』

「うん」

『何より、今の俺があいつにどこまで抗えるかも分からん。場合によっては、何かを仕込まれているかもしれんからな』

「そう、だね」

俺としては便利な体になったと思うが、こうなったのは間違いなくゼライセのやつに埋め込まれた魔石や剣のせいだろう。周到なゼライセのことだ。こうなることを見越して、俺を操る呪いを仕込んでいても不思議ではなかった。

「今のゼライセがそれを使えるかな？　今のロミオが前のロミオ――つまり俺とは別人物であるように、今のゼライセも前のゼライセとは別人物だ。おじさんの体を弄った記憶を持っていない」

『そうだな。だが、使えると思っておいた方が、いざという時に対処できる』

ウィーナレーン。ロミオ。ゼロスリード。フラン。キーパーソンが破滅の舞台に揃いつつある中、ゼライセの居場所だけが分からない。

それでも、俺たちは破滅を防いでみせる。そのために八年間、過ごしてきたのだ。

「船団が怪しいことは確かなんだ。もう一度異常がないか探そう」

『ああ、そうするか』

次こそ、相棒を救ってみせる。

＊

ヴィヴィアン湖に到着した翌日。

学院の生徒たちは一〇人一組となって、セフテントの町の周辺に散っていた。薬草採取や、脅威度F魔獣の討伐を行うらしい。ちゃんと、冒険者ギルドからの正式な依頼である。各班に冒険者ギルドに登録している生徒が必ず入っており、他の生徒は同行者扱いなのだ。

特戦クラスだけではなく、上級クラスなどにも普段から冒険者として活動している生徒は多い。彼らにとってはいつも通りの地味な依頼に思えるが、そう簡単な話ではないようだ。

レディブルーとヴィヴィアン湖周辺では、植生も棲息動物も気候もかなり違う。いつもと同じと考えていると、なかなか手こずる可能性もあった。まあ、各班には教官と冒険者が一人付いており、イレギュラーがなければ危険は少ないだろう。

「チャールズっす」

「フラン。よろしく」

「よろしくお願いしまっす。黒雷姫(こくらいき)さんが一緒だなんて、心強いっす」

フランも一つの班の護衛を任されている。同行する冒険者は、ランクEの若手冒険者だ。

教官と冒険者はバランスがとれるようにしているらしく、強い冒険者には弱い教官。弱い冒険者には強い教官がセットになるように調整されているようだった。

それ故、教官で一番強いフランに、一番弱いチャールズが組まされたのだろう。しかも、狙ったのかどうかは分からないが、同じ班にキャローナとカーナがいた。

「よろしくお願いしますわ。フランさん」

「ん」

「私も、またフランさんとご一緒で嬉しいわ」

最初、チャールズの頼りなさそうな様子を見て不安げだった生徒たちも、同行教官がフランであると知って笑顔に戻る。上級生たちはフランの実力を知っているからだ。それでも不安そうなのは、新入生たちである。彼らはフランが駆け出し冒険者にしか見えていないようだった。

ウルシの背に乗っている姿を見ているはずなんだが、実力をきちんと見せてはいないからな。優秀な魔獣使いとでも思っているのかもしれない。しかも、そのウルシは今は影の中におり、フランしかいない。となると、明らかに駆け出しのチャールズと、子供のフランという初心者コンビが護衛だ。そりゃあ不安にもなるだろう。それも訓練と思って、我慢してくれ。

現在、フランたち第三班は薬草類の採取と、ウルフの群れの討伐にやってきていた。場所は、湖から少し離れた山の中腹である。

キャローナが地図を見ながら、先頭を歩いていた。俺たちが手助けをすればあっという間にこなせてしまう依頼ばかりだが、今回は生徒にやらせなければいけない。余計な口出しはせずに、見守る。

「小川の周辺で採取しましょう」

キャローナの言葉に不安げな表情で返したのは、カーナだ。事前に色々注意されているからだろう。

「え？　でも、いいんですか？　水辺に近づいて」

「近寄ってはいけないのは湖です。小川であれば問題ありませんわ。ですわよね？　チャールズさん？　この先にある川だったら近づいて大丈夫でしょう？」

「え？　あ、そうっす。この先の小川であれば問題ないっす」

「ありがとうございます。では、そちらに向かいましょう」

「はい」

キャローナ、やるな。さりげなく、小川があるという情報を引き出したぞ。キャローナの持つ地図は、セフテントの冒険者ギルドで写してきたものだが、どこまで正確かは分からない。

季節によって消える川もあるし、情報が古ければやはり川がないこともある。しかし、チャールズが口を滑らせたことで、今も川があることが確実になった。チャールズがあえて嘘を言っていなければ、であるが。

まあ、単純に口を滑らせただけだろう。そもそも、本人はヒントを与えたことにすら気付いてなさそうだ。呑気にキャローナと会話している。これは他にも情報を教えてしまいそうだった。

「モドキというのは、そこまで恐ろしいのですか？」

「当然すよ。モドキを見かけても、絶対に戦おうとしないでくださいっす」

今回の学外サバイバル実習において、生徒たちにはいくつかの制限が設けられている。それは、ヴィヴィアン湖に近づかないというものだ。これは学院側が設定したものではなく、冒険者ギルドに要請されたものである。ある魔獣の出現頻度が上がっており、危険すぎるということだった。

元々、この湖にはヴィヴィアン・ガーディアンという固有種のモンスターがいた。世界中でもこの湖にしかいない希少モンスターである。だが、そのモンスターが狩られた記録はほぼないという。

まず、非常に温厚な事。縄張りから出ず、そこを越えない限り向こうから接触してくることはない。それに、縄張りに入り込んだとしても、まずは数匹で姿を現してこっちの進路を塞ぐことしかしないそうだ。無視して先へ進もうとすると攻撃されるが、それでも殺されはしないという。無力化されて、近くの陸地に放り出されるだけらしい。

ただ、だからと言って、一方的に狩れるわけではない。強い攻撃を加えると、攻撃形態に変身するのだ。しかも、周辺にいる数百体のガーディアン全てが。攻撃形態になってしまうと、周辺から人間を排除するまで止まらず、無関係な漁船や冒険者なども巻き込まれてしまう場合があるらしい。

脅威度はE。向こうから攻撃してこないことから、脅威度は低く見積もられている。また、戦闘記録も少なく、正確な強さがいまいち分かっていないようだ。ただ、ジル婆さんが若い頃に攻撃形態を見た限り、群れでの脅威度は最低でもBは下らないという。

脅威度Bって言ったら、下手すると国が危機に陥るレベルの魔獣ってことだ。

ギルドで喧伝していないのは、希少な魔獣の情報を広めると、それ目当てで密猟者が現れかねないからだった。普段はその情報を隠しつつ、生息域を立ち入り禁止とすることで対応しているらしい。

まあ、普通であれば、そこまで危険はない魔獣であろう。

だが、現在そのヴィヴィアン・ガーディアンに異変が起きていた。

なんと、縄張りから出て、人を襲う異常種が現れていたのだ。元々は殻から触手から全てが半透明の美しい姿をしているはずなのだが、モドキは茶褐色の汚い色をしており、倒しても周囲のガーディアンが暴れ出すこともなかった。

　ここまで行くと違う種なのかと思うんだが、形やサイズ、生態の一部が酷似しており、同一種であることは間違いないそうだ。その異常種をこの周辺の冒険者たちは『モドキ』と呼んでいた。

「モドキというのを一度見てみたいのですが、無理そうですわね」

「あ、当たり前っすよ！　そもそも、全然研究とか進んでないらしくって、詳しいことも分かってないんす。近づくのは絶対にやめてくださいよ？」

「分かってますわ。でも、学者さんが調べたりもしてるのでしょう？　それほど研究が進んでないのですか？」

「そうっす。縄張りから出てくる理由も、商業船団を狙う理由も、全く分かってないっす」

「商業船団が狙われてる？　本当ですの？」

「どうも、そうっぽいっていう段階っすけどね。目撃される場所が毎回商業船団の近くだし、その進路も船団を目指しているとしか思えないそうっす」

　それってかなり拙（まず）い事態なんじゃないか？　この船団がこの湖周辺の生活を支えているといっても過言ではないだろうし、船団が壊滅でもしたら、まじで周辺の町や村が滅ぶ。

　チャールズはそこまで深刻なことだと思っていないようだが、場合によっては実習が切り上げられるようなこともあるかもしれない。俺も、モドキとやらを少し気にしておこう。

　モドキのことを話しながら歩いていると、すぐに小川へと到達した。キャローナたちはそこで薬草類を探し始める。すると、一人の生徒が歓声を上げた。

「見ろ！　これって薬草の一種だよな？」

「おー、緋水草（ひすいそう）じゃないっすか！　今は品薄なんで、高いっすよ！」

以前、俺たちも採取した緋水草だ。あの時も足りていないという話だったが、今もまだ不足しているらしい。緋水草はこの国特有の風土病への特効薬となるはずだが、その風土病の感染が拡大しているのだろうか？

フランにその辺のことを聞いてもらう。だが、チャールズにも詳しくは分からないようだった。

「この辺はどうってことないんすよ。でも国の東側の方では需要が上がってるみたいっす。皆さんは魔術学院から来たんすよね？　詳しいんじゃないっすか？」

『いや、風土病が広がってるなんて話、全く聞かなかったぞ』

「知らない」

「そうなんすか？」

「キャローナは？」

「学院でも、特に問題はないと思いますわよ？　例年通り、他国からの新入生が数人、罹患した程度ではないでしょうか？」

キャローナも風土病が流行しているという話は知らなかったらしい。

「他の町では流行している？」

「いえ、フランさん。それはあり得ません」

この風土病は子供の方がかかりやすく、流行する時には確実に魔術学院でも患者の数が増えるらしい。逆に言えば、魔術学院で流行っていないのに、他所（よそ）で流行しているなどということはあり得ないそうだ。

「じゃあ、どこで流行ってる？」

「それは私にもわかりませんわ。もしかしたら、もっと東の沿岸地域のみで流行しているのかもしれませんわね」

ああ、因み(ちな)にフランは問題ない。緋水草から作った薬は、予防薬にもなるらしく、すでにフランにはそれを飲ませてあるのだ。

「カーナ、どうしたの？」

「え？　いえ、少し気になっただけです。不足してる薬を調達したら儲かるかなーと」

「おお、さすが学院の生徒さんすね。今の話からそんなことを思い付くとは」

「商会の娘ですから」

そう言って笑うカーナは、どこか納得のいっていないような顔をしている。国内の人間はいつものことだと笑っているが、外国人のカーナには俺たちと同じように違和感があるのかもしれなかった。

採取目標である薬草も手に入れて依頼達成となったキャローナたちだが、その顔に浮かぶのは喜びのみというわけではない。

彼女たちの班は、薬草採取に並行してウルフの討伐依頼も受けていた。しかし、ウルフの探索は上手くいっていない。学院周辺であれば平原に穴を掘って暮らしているが、この辺のウルフは森林に巣があるのだ。しかも、木の根元に穴を掘って潜んでいる。

それが分からなければ、探すことは難しかった。冒険者ギルドの受付で話を聞けば、すぐに分かったはずなんだけどな。ギルドで地図を手に入れるところまでは考えが及んだキャローナたちも、ウルフの習性がここまで違うとは思わなかったようだ。

護衛役のチャールズは、何とも言えない表情をしていた。見当違いの探索を続ける生徒たちにウルフの習性を教えたいが、それでは彼らの経験にならない。教えたいのに教えられない。そのもどかしさに、内心では悶えているんだろう。

小川で薬草を探している時が、一番ウルフに近づいていたと思う。思わず教えたくなったね。

ウルシは影の中に入っているので、所持している同族嫌悪スキルは影響していない。あれが機能してしまうと、キャローナたちは絶対にウルフを見つけられないだろう。この護衛中は、できる限り影の中でお留守番だな。

俺たちは近寄ってくる魔獣がいないか警戒しつつ、のんびりと生徒たちの後を付いていった。

今日はまだ一回しか戦闘をしていない。それも、遠距離にいたレッサーワイバーンを転移で瞬殺しただけだった。

ただ、ここ数日はそれなりに戦えているので、フランも今日はイライラはしていないようだ。息の詰まる町の中と違って開放的だしね。やっぱり近頃喧嘩っ早かったのは、満足いく戦闘ができていなかったからなのだろう。後は、キャローナやカーナたちと、ピクニックでもしている気分なのかもしれない。ずっと気を張り詰めっぱなしのキャローナたちには悪いが、フランにとってはそこらを散歩しているのと変わらんしね。

そのまま移動していると、チャールズが警告を発した。

「あ、これ以上は湖には近づかないでください」

「あら、もうそんな位置ですか？」

「そうっす」

深い場所で多く目撃されているモドキだが、湖岸で人が襲われた事例も数件ではあるが報告されている。そこで冒険者ギルドは、生徒の安全を考えて湖への接近そのものを禁止することにしていた。

ただ、それはあくまでも魔術学院生への配慮と対応だ。現地民の生活の糧と足を奪うわけにもいかず、船の往来に関しては特に制限ができていなかった。その結果が、目の前の光景なのだろう。

俺たちの次に気付いたのはキャローナであった。気付いてしまったと言うべきか？　絶対に面倒なことになりそうだよなぁ。

「え？　ちょ、あの船襲われていますわ！」

「ほ、本当です！」

荷物の運搬船がモドキに襲われていた。

キャローナとカーナが悲鳴を上げると、他の生徒たちも異常に気付いたらしい。

「ま、待つっすよ！　いっちゃだめっす！」

思わず駆け出そうとした生徒たちを、チャールズが必死に押し留めている。だが、それで子供が納得する訳もない。

「でも、あのままじゃ船が沈んじゃうぞ！」

「そうだ！　俺たちの位置なら助けに行ける！」

「おい、お前ら落ち着けって！」

「私たちが行っても無理よ！」

一部の生徒は救出に向かうべきだと訴えるが、モドキの情報を思い出した生徒たちは反対する。しかし、救出派の生徒たちは善意で訴えているので、反対派の生徒たちもどこか弱腰だ。反対派も、できれば助けたいと思っているのだろう。

ただ、生徒たちが行ってしまえば、確実にモドキに殺されてしまう。

（師匠、私たちが行く）

『ああ、放っておいたら、生徒たちが暴走しそうだ』

（ん）

『ウルシ、ここを頼む』

「オン！」

フランの影から飛び出したウルシに、生徒たちの視線が集中した。

「私が救助に行く。ウルシは残していくから安心して」

「え？　でも……」

まだフランの実力を見ていない新入生からは、こんな子供が行って何になるという目で見られるが、上級生たちは納得したらしい。

「お願いします」

「頼んだっす！」

「ん」

すでにマストがへし折られ、甲板にモドキの触手が張り付いている。これは急いだ方が良さそうだ。

『一気に跳ぶぞ！』

「わかった！」

俺たちは、ロング・ジャンプで船の真上に転移する。上から見ると、船の惨状がよく分かった。甲板と船側には大穴が開き、モドキを排除したとしてもすぐに沈んでしまうだろう。

『湖面に人が浮いているな。船員たちか？』

「まだ生きてる」

『モドキは船だけが狙いなのか……？』

湖面に投げ出されたと思われる船員たちに目もくれず、モドキは船を襲い続けている。人間を捕食する習性がないのか？　そう思っていたら、未だ船上に残っていた男性が、触手に巻き取られて持ち上げられるのが見えた。

『あの人やべー！』

「助ける！」

フランが空中跳躍を使い、船に向かって猛ダッシュする。新たな敵の出現に気付いたモドキが触手を伸ばしてくるが、フランはそれをかい潜って甲板に降り立った。

「はぁ！」

触手をぶった切って、今にも湖に引きずり込まれそうになっていた男性を救出する。

五メートルほどの高さから甲板に落下した男性が痛みを訴えているが、大怪我はないだろう。彼の体を掴んでいた触手が、多少のクッション代わりになったらしい。

「だいじょぶ？」

「あ、ああ」

「ちょっと待ってて」

男性を残し、フランが再び飛び出す。全員を救うには、モドキをどうにかしないといけないからだ。

『フラン、雷鳴系の攻撃はダメだ。船員を巻き込む』

「分かった。じゃあ、撃ち抜く」

『了解!』

フランの意を汲んで、俺は瞬時に形状を変化させた。投擲に適した、鍔のない、円錐状の刃を持った片手剣だ。馬上槍を小さくしたと言えば分かりやすいだろう。

「はあああ!」

『いくぜぇ!』

フランは空中で俺を振り被ると、そのまま全身のバネを使って真下へと投擲した。併せて、俺は念動カタパルトを発動する。フランの全力投擲、風魔術、念動カタパルト。それらの合わせ技によって超高速の弾丸と化した俺は、モドキの体を一瞬で撃ち抜くのだった。

硬い甲殻も、衝撃を吸収するはずの弾力のある肉体も、俺たちの前にはベニヤ板みたいなものだ。威力が一点に集中しているおかげで、周辺への被害もない。湖に浮いている船員たちが余波を被っている様子はなかった。

大きな穴を穿たれたモドキの体が、グジュグジュと溶けていく。そういえばこいつは、素材も魔石も採れないんだった。こんな風に溶けて消えちまうらしい。

「他のモドキが来る前に、皆を助ける」

『ああ。とりあえず岸に運ぼう。もう船はダメそうだ』

「ん!」

しかし、見た感じ普通の船だが、どうしてモドキに襲われたんだ? 何か理由があるのだろうか?

それとも、動く大きなモノを無差別に襲った？　謎だな。

船員たちを救出する間も色々見てみたんだが、原因は分からなかった。

後は、船員に話を聞いてみたいところである。フランによって救助された五人の船員たちは、地面の上で呻いていた。水を飲んだ者もいるが、命に別状はないだろう。

「嬢ちゃん、助かったぜ……」

「モドキがこんな場所にまで出るなんて……」

「ああ、積み荷が……」

最も年嵩の船長が、沈みゆく船を見つめながら嘆いている。

「積み荷は、水にぬれたらダメなやつ？」

「穀物類はヤバいだろうな。ただ、緋水薬(ひすいやく)だけはどうにか回収しねーと。足りてないって話だからよ。頑丈な箱に入ってるし、無事な瓶もあるだろう」

「緋水薬？」

「最近開発された、緋水草から作る薬さ。風土病に効くのは今までの錠剤と変わらんが、水薬にすることでより効能が高まってるらしい」

あの船には、その新薬が積まれていたそうだ。不足している薬とあっては、簡単に諦めることもできないだろう。

「薬の引き揚げは冒険者に頼むことになるだろうな……。魔獣の少ない場所ならいいんだが」

それはどうだろう。今はモドキのおかげで他の生物が逃げたらしく、気配は感じられない。しかし、少し時間が経てば戻ってくるはずだ。

（師匠）

『行くか？』

（ん）

今なら、俺たちでも取りに行けるからな。

「その薬は、どこにある？」

「え？　舷側の倉庫だよ。ちょうどモドキの野郎が張り付いていたあたりだ」

船長が指差すのは、船の横腹に開いた大穴だ。モドキが消えたことで、一気に水が流れ込み始めているようだった。あそこなら問題ない。むしろ大きな穴が開いていて、入りやすいだろう。

まあ、沈む理由の半分くらいはあの穴だけど。残り半分は、船体のいたるところにできた亀裂である。モドキの触手のせいだった。

「ちょっと待ってて」

「あ、お嬢ちゃん？」

驚く船長に軽く手を振って、フランは再び飛び出す。

『まずは船体その物を収納できないか試してみよう』

「おお、なるほど」

それができれば一番早い。しかし、船体を収納することはできなかった。多分、船内に生物がいるんだろう。人間じゃなくても、魚や鼠がいるだけで次元収納に仕舞うことはできなくなる。

「無理……」

『仕方ない。俺が呼吸を担当する。フランは水魔術で移動を頼む』

（分かった）

狭い船内を探索するなら、フランが自分で動く方が小回りが利いて安全だろう。

モドキによって開けられた穴から、船内へと飛び込む。中はすでに水が入っており、荷の半分くらいは水没していた。フランは半ばほどが水に浸かった木箱の上に降り立つと、倉庫の中を見回す。

「どれ？」

『うーむ……』

魔法薬だと聞いていたので魔力感知を使ってみたが、上手くいかない。

この部屋の水全体から、微量の魔力が感じられたのだ。もしかしたら、緋水薬の瓶が割れて、中身が水に溶け出しているのかもしれない。

ただ、なんか変なんだよな。何が変なのだと言われると困るんだが……。

『仕方ない。箱のラベルを確認するしかなさそうだ』

「ん」

まだ水に浸かっていない箱を確認していくが、緋水薬はない。いや、こうなったら箱を全部収納していって、後で確認した方がいいだろう。

『とりあえず収納しまくろう』

「わかった」

そうして水上から水中へと、ドンドン積み荷を回収していったんだが、水中に入ったフランが、すぐに上がってしまった。焦っているというほどではないんだが、やや驚いたような顔をしている。

『どうした？』

「……魔術が変」

『変？』

「なんか……少し上手くいきすぎる」

『どういうことだ？』

詳しく話を聞いてみると、自分の想定よりも魔術の出力が高いらしい。細かいことだが、水中で一〇センチほど動こうと水を操作すると、目算よりも数ミリ進んでしまう。普通なら気にならないのだろうが、修行によって高い魔術制御力を得たフランは、僅かな違和感に気付いたらしい。

『何か緋水薬以外にも魔法薬が漏れ出ているのかもしれん』

危機察知が働いていないので毒ではないだろうが、少々不気味ではある。さっさと回収を済ませて、ここを出よう。水中は俺が担当することにして、パパッと積み荷の収納を済ませた。

俺も水魔術を使ってみたが、確かに違和感がある。どうも、発動した水魔術がおかしいというよりも、操作する水自体に問題があるようだ。やはり何らかの魔法薬が溶け出している可能性が高い。もしくは水に溶けてしまったモドキの影響だろうか？　それもあり得そうだった。

『ともかく、さっさと脱出しよう』

「ん」

転移を使って、一気に湖岸まで戻る。その姿を見た船長たちが、安堵の表情で駆け寄ってきた。

「無事だったか！　薬は引き揚げればいいんだ！　あまり無茶するな！」

「へいき。それよりも、荷物を持ってきた」

「なに？　いや、今のは転移……。もしかして時空魔術を使えるのか？」

「ん。ここに出していい？」

「あ、ああ。頼む」

すでに船員の中でも元気だった者たちを選抜して、セフテントに向かわせたらしい。救援はすぐに来るだろうということだった。

ただ、フランが木箱を積み上げていくと、船長の顔がドンドン変化していく。最初は喜び。次に困惑。そして焦った表情となり、最後は驚愕である。時空魔術はレベルが低いと、効果が非常に弱い。それこそアイテムボックスが小箱サイズでもおかしくはなかった。

船長としては、緋水薬の入った箱だけを見つけ出し、回収してきたのだと思っていたのだろう。だが、俺たちは全ての積み荷を回収してきてしまった。三〇近くの木箱を目の前に積まれ、喜びを通りこしてしまったらしい。この後、運ぶのも手間だしな。

「これでいい？」

「あ、ああ……。あり、ありがとうよ」

メッチャ困っているな。それでもお礼を言ってくれるとは、いい人だ。

ただ、俺たちにも、これ以上はどうしようもないんだよね。今は生徒の護衛を引き受けている最中だ。緊急事態だったので離れはしたが、できるだけ早く生徒の下(もと)に戻らないといけない。本当はセフテントまで荷物を運んでやりたいところだが、それでは護衛失格なのだ。

戻る前に、気になっていたことを聞いてみた。モドキに襲われる心当たりだ。しかし、全く覚えがないらしい。見た感じ、食料と緋水薬だけだもんな。怪しいのは緋水薬だが、昔から似た薬は存在している。モドキが狙ってくる可能性は低いように思われた。

水魔術の違和感についても、よく分からないようだった。少なくとも緋水薬以外の魔法薬は積んでいなかったらしい。となると、モドキの体液説が有力かね？　ああ、緋水薬そのものが原因ということもあり得るな。ただ、薬が足りていない今、実験のために分けてくれとは言えん。

あとで詳しそうな人――ジル婆さんあたりにでも聞いてみるか。

「フランさん！　素晴らしい戦闘でしたわ！」

「す、すごいっすね！」

皆の下に戻ると、口々に褒めそやされた。新入生だけではなく、実力を分かっているキャローナたちも興奮気味だ。やはり、派手な戦闘を目の前で見ると、フランの力を実感できるんだろう。彼らの興奮はその後もしばらく続くのであった。

まあ、全然ウルフが見つからなくて、段々と興奮よりも焦りが募っていったようだが。

結局、キャローナたちはウルフを発見することはできなかった。そのまま落ち込んだ様子で野営地に戻ると、反省会だ。この時は、護衛役も助言をすることが許されていた。ただ生徒だけで考えさせるだけではなく、プロの意見を聞くことも貴重であると考えているのだ。

フランとチャールズはその日の依頼に関して、失敗点などを挙げていく。ランクが低いとはいえ、チャールズもこの湖を拠点とする冒険者のはしくれだ。採取や探索に関しては、フランよりも的確にアドバイスをしていく。

その反省会が終わった後、フランは寝床として宛(あて)がわれている天幕へと向かっていた。ウルシがいるからなのか、一人で天幕を使わせてもらっている。実力的にも、他の者から反対の声は上がらなかった。むしろ他の戦技教官などは、フランと一緒だと緊張してしまうかもしれんしな。

その道中、草むらにうずくまっている小さい影を発見する。動物ではない。ちゃんと服を着ている。小さな子供だ。

ロミオだった。

いや、気配察知でそこにいることは知っていたが、近づいてみるとどうも様子がおかしい。頬と額を真っ赤に上気させ、荒い息を吐いていたのだ。

「っ！」

フランが急いで駆け寄ると、その小さな体を慌てて抱き起こす。

熱がかなり高そうだ。幼児特有のぷにぷにのほっぺは熱で赤く染まり、額には大粒の汗が浮かんでいる。そして、誰が見ても分かるほど苦し気だ。

「……」

ロミオが薄目を開けてフランの姿を確認したのだが、もう言葉を口にする元気さえないようだった。

フランも、大丈夫かなどと聞くことはしない。明らかに大丈夫じゃないからね。

（師匠、どうしたらいい？　ヒール？）

『回復魔術はちょっと待て』

（なんで？）

『体力の消耗がどうなるか……』

体力のない子供に回復魔術を使うと、余計に体力を消耗してしまい、悪化することがあると聞いたことがある。ポーション類も同様だ。それに、怪我なのか病気なのか、単に疲れたせいで体調を崩しているのかも分からない。単純に回復魔術を使えばいいというものではなかった。

鑑定した結果、ロミオの状態は疲労になっている。だが、それがどこまで信用できるか分からない。邪人であるゼロスリードと契約状態にあることで、ロミオはやつの邪気の影響を受けてしまっている。そのせいで一部の鑑定結果が不明と表示されてしまうのだ。スキルにも正体が不明なものがいくつかあるし、ステータスも穴開きになっていて、全てを見ることができない。

『すぐにウィーナレーンのところに連れていくんだ！』

「ん！」

フランは、そっとロミオを抱き上げる。いわゆるお姫様抱っこというやつだ。フランが誰かをこうやって抱えている姿は新鮮だな。

ロミオは微かに身じろぎしたが、大きく動く体力は残っていない。結局、されるがままであった。

「頑張って」

「……！」

フランが声をかけてやると、ロミオの目が驚いたように見開かれる。

この少年にとって、フランは敵だ。まだ四歳ほどであるロミオにとって、世界はつい最近始まった物であり、その世界においてゼロスリードは頼りになる保護者なんだろう。少なくともロミオはそう認識している。

やつがロミオの前でどのように振る舞っているか分からないが、邪険にしていないのは確実だろう。でなければロミオが懐くはずがない。

そんな、ロミオにとって無二の存在であるゼロスリードを、理不尽にも攻撃してくる敵。それがフランだ。まあ、それに関しては、何も知らない子供に怒っても仕方がないとフランも理解できている。

だからこそ、ロミオに対して思うところはほとんどない。全く何も思わないわけではないが、敵意に結びつくほどではなかった。せいぜい、苦手意識があるくらいだ。

今も、体調の悪いロミオを、素直に心配している。そして、それがロミオには驚きなのだ。

ロミオは子供ながらに――いや、子供だからこそ、世界は敵味方でハッキリ分かれていると思っている。それなのに、敵であるはずのフランが、なぜ自分を助けるのか？　理解が及ばないのだろう。

混乱した様子のロミオを見て、青猫族のゼフメートと出会った時のフランを思い出した。ゼフメートは、フランが生まれて初めて遭遇した、黒猫族に好意的な青猫族である。あの時のフランも、混乱した表情をしていた。今のロミオの顔は、その時のフランそっくりなのだ。

自分たち黒猫族の天敵で、クズで卑怯で冷酷な、悪の権化のような存在。そう思っていた青猫族にも、善人がいたのだという驚き。それに近い感情を、ロミオは抱いているようだった。

「ウィーナレーン！　ロミオが倒れてた！」

「……こちらへ寝かせてくれるかしら？」

「わかった」

ゼロスリードはいない。どうやら何か雑用をしているようだ。もしかしたらロミオはゼロスリードを捜しにいったのかもしれないな。

ウィーナレーンに言われた通り、ぐったりとしているロミオをベッドの上に寝かせた。焦る様子もなく、何やら診察めいたことを始めるウィーナレーン。

「ふむ……。疲れが出ただけね。まあ、ゼロスリードの側にいるだけで、邪気の影響も受けるし、仕方ないわ」

「そう」

「これほど消耗していたのね」

ウィーナレーンがそう言って肩を竦める。他人事だな。いや、他人なんだが……。

まあ、ハイエルフである彼女にとって、子供時代など遥か昔のことである。ロミオの苦しみにいまいち共感できていないのかもしれない。

「ロミオ、治る？」

「命に別状はないわ」

「そう。よかった」

「意外ね。この子のこと、あなたは嫌っているのではないの？」

「別に嫌ってない」

ウィーナレーンの質問に、フランがフルフルと首を振って答える。

そう、嫌ってなどいない。ただ、どう接すればいいか分からないだけだ。

そうしてウィーナレーンと話していたフランだったが、急にその身を翻した。

「！　私はもういく」

最後にロミオの顔を見ると、足早に天幕の入り口へと向かう。

「……」

「……！」

ゼロスリードが戻ってくるのを察知したのだ。入り口ですれ違うが、互いに言葉を発することはない。しかし、すぐに背後からゼロスリードの声が聞こえた。

「ロミオ！」

顔を見た時は無表情だったフランが、ゼロスリードの声を聞いて目を見開く。その顔に浮かぶのは、苛立ちや怒りの感情ではない。どちらかと言えば、驚きと狼狽だろうか？　こんな表情をするフランは、あまり見た記憶がない。

『フラン、どうした？』

「……なんでもない」

とてもそうは見えないんだが……。今の言葉のどこにそんな驚く部分があったんだ？

フランは無言のまま歩き続け、自らの天幕に戻ってきた。

先程見せた狼狽の表情はもうなく、表面上では落ち着いているように見える。ただ、フランはゼロスリードのことになると、かなり感情的になる。ナーバスと言ってもいい。

声をかけるべきかどうか……。判断が付かない。悩んでいると、不意にフランに声がかけられた。

「何か悩んでいるの？」

「誰！」

『誰だっ！』

「ガルゥ！」

俺もフランもウルシも、大慌てで背後を振り返る。何せ、気配を一切感じることができなかったのだ。多少気を抜いてはいたものの、決して無防備だったわけではない。しかし、全員がその声の主の気配を一切察知できなかった。

これは異常な事態である。いや、一つだけ可能な存在がいたな。

精霊だ。精霊であれば俺とウルシには一切の気配を感じ取ることができず、フランもかなり集中していなければ見逃してしまう。だが、その可能性もなさそうだ。

目の前にいたのは、精霊などではなかった。それどころか、見覚えのある少女だ。ただし、以前とは違って、眼帯は着けていないが。

「屋台の？」

「お久しぶりね」

それは、キアーラゼンの町で屋台を営んでいた盲目の少女、レーンであった。美しいゆるふわ金髪をハーフツインにした、白い肌の美少女である。しかし、今は両目を覆っていた黒い眼帯を外し、その瞳を晒している。右目が紫、左目が緑という、いわゆるヘテロクロミアだった。

小さな魔道具によって淡い光が一つ灯されただけの薄暗い天幕の中であっても、まるで彼女の瞳は輝いているかのようにハッキリと見える。吸い込まれそうな瞳というのは、こういう目のことを言うのだろう。まるで宝石のように煌めきを放つレーンの両眼から、目を離すことができなかった。

目の焦点はしっかりとフランに合わされているように思える。盲目ではなかったのか？　あの時の鑑定では確かに欠損・両目と表示されていたはずなんだが……。再度鑑定を試みる。

『なっ！』

（師匠？）

『鑑定が弾かれた』

以前は確かに鑑定ができたはずなのに。それだけではない。

「ふふ。剣さん。無駄よ？」

「……なんのこと？」

「ふふふ」

完全に俺のことがばれている！　だが、レーンはそれに関しては追及するつもりがないらしい。微笑みながら、とぼけるフランを見つめている。

「今日は、フランに会いに来たわ」

「なんで？　それに、貴方は……精霊なの？」

『なに？』

（レーンから精霊の気配がする）

マジか？　確かに、俺はレーンの気配を全く感じられない。まるで実体のない幻が目の前に立っているかのようだった。キアーラゼンでは人の気配があったはずなんだが……。

本当に精霊なのだろうか？　こんな人型の精霊は見たことがない。かなり前にクリムトが、人型の精霊は上級だと語っていたはずだ。だとしたら、目の前にいる少女は上級の精霊なのか？

「改めて名乗るわ。私は精霊のレーン。時と水の精霊よ」

「やっぱり、精霊……。すごい。人間みたい」

精霊。しかも右目が紫で、左目が緑？　それって、ヴィヴィアン湖を守っているという、大精霊の特徴なんじゃないか？　ただ、精霊と言われると、その神秘さや美しさに納得できた。むしろ、そうでなくては納得できないほどの、浮世離れ感がある。

「今日は、貴方たちに伝えたいことがあって、来たの」

「……伝えたいこと？」

フランはレーンの正体を詮索するよりも、まずは話を聞くことにしたらしい。レーンが不意に浮かべた真面目な表情には、それだけ有無を言わせない何かがあった。

「私は、水を通して過去の因果を視ることができる。そして、視えた過去から、未来を識ることができる」

「未来？」

「そう。この世に、決まった運命などというものはない。でも、このまま何もしなければ訪れる可能性の高い、未来という名の結果は在る」

俺も詳しく理解できたわけではないが、レーンにはサイコメトリー的な能力があるようだ。相当詳しく過去を視ることができるのだろう。しかも、過去の情報を基に演算を行い、未来を予測する力もあるらしい。

俺がただの剣ではないとばれたのも、その能力のせいかもな。フランの過去が視えるなら、当然そこには俺もいるはずなのだ。

「勿論、確実ではない。今のままなら、高い確率で訪れるというだけだから」

「つまり、どういうこと？」

「貴方たちにとっての悲劇が近づいている」

レーンが痛ましげな顔で呟いた。この少女の姿をした精霊に言われると、信じてしまいそうになる。

「悲劇？」

「ええ。前の時に、貴方には救われたから、その恩を返したいと思って」

「前？　さっきから何を言っている？」

「ごめんなさい。あまり私が干渉すると、今視えている未来が全く違うものに変わってしまうかもしれない。でも、信じてもらうしかない。剣さん。この悲劇を回避するには、あなたがしっかりしないとダメ」

レーンの目が、確実に俺を捉えた。

「あなたは、気付いていない。自分の変化に」

『……どういうことだ？』

もう完全にばれている。これ以上は隠していても仕方がない。それよりも、フランに訪れる悲劇とやらが気になり過ぎる。

「あなたは、剣になりつつある」

『なりつつ？　もう、剣なんだが？』

「体はそう。でも、中は違う。未だに人」

あー、そういうことか。元人間なんだし、そこは仕方ない。

しかし、人であることが悪いということではないようだった。むしろ、人であれと言いたいらしい。

「でも、段々と人ではなくなってきている。人としての精神から、剣に相応しい精神へと、変化が加速している」

『それが、ダメなのか？』

「以前だったら、フランを止めているはずの場面で、あなたは躊躇った。最近のあなたは、一歩引いたところから俯瞰して、フランを見ている」

『それは、前から――』

「ううん。決定的に、違う。前のあなたは保護者だった。でも、今は剣。単なる剣」

『そりゃあ、俺は、剣だし……』

「そう思うことに、違和感がなくなってきている」

『違う……。お、俺は……！』

レーンに対して反論しようとして、自分が発した言葉の弱々しさに驚いた。

何だろう。もっと強く、「違う！　俺は剣だが人でもある！」と言おうとして、失敗してしまった。

否定の言葉を、口にできなかった。

「あなたは、フランの変化にも気付いていない」

『なに？』

「運動ができなくて、戦闘ができなくて、イライラしている？　本当にそうかしら？」

どういうことだ？　フランを見ると、耳をペタンと寝かせて、なんとも言えない顔で俯いてしまう。

申し訳なさに、悲しみ、寂しさ、色々な感情が混ざっているような顔だった。

「ごめんなさい……」

『な、何で謝るんだ？』

「師匠が少し変なの、気付いていた。でも、言うの怖かった……」

『フラン……』

「フランの心を最も乱すのは、あなたのこと。あなたに対しての、不安」

抱えていた不安のせいで苛立ち、攻撃的になっていた……？　俺のせいで？

「あなたは確かに剣。でも、人でもある。そのことを忘れないで」

そう告げた直後、レーンの体が薄くなり始める。

『あ、ちょっ！』

「あなたは師匠なのでしょう？　単なる傍観者にならないで。心を強く持つの。自分は、フランの師匠なのだと――」

『レーン！　まってくれ！　もう少し詳しく！』

ダメだ。言いたいことだけ言って消えちまった。

『フラン、レーンは？』

「消えちゃった」

『そうか……』

俺が剣になりつつある？　それがどう悲劇に結びつくっていうんだ？

「師匠」

『なんだ？』

「私は、師匠は師匠のままがいい」

『フラン……』

フランの声には、確かな悲しみが籠っていた。長いまつ毛が微かに震え、その目が僅かに潤んでいる。フランは俺を鞘から引き抜くと、その刀身を力強く抱きしめた。フランの温かさと、心臓の鼓動が、ハッキリと伝わってくる。同時に、フランの不安も理解できた。

小さな女の子が、震えている。

「剣なら、いっぱいある。でも、師匠は師匠だけだから」

『俺は……』

あのフランが、恐れている。俺が剣になってしまうことを。俺のために、涙まで流して。

俺は、恐ろしくなった。フランにここまでされても、自分が剣になってしまうということに恐れを抱けなかったのだ。フランに出会った頃の俺なら、絶対に申し訳なさと恐怖を感じていたはずだ。レーンが言っていた通り、剣になりかけている。それが、ハッキリと自覚できた。

ダメだ！

それじゃダメだ！

フランを悲しませるなんて、師匠失格じゃないか！　俺は絶対に剣になんかならない！　フランを悲しませない！　絶対にだ！

そう強く決意した瞬間、俺は凄まじい悪寒に襲われていた。

『ぐぅ……』

「師匠？」

剣になって、初めての感覚だ。そして、次の瞬間、俺は心の中を支配したよく分からない衝動に、体を震わせた。いや、震わせる体なんかないんだが……。

喜怒哀楽、どれでもないようでいて、全てでもあるような、不思議で強烈な感情。それが、俺の心に沸き上がってくるようだった。

『がぁ……』

「――！」

そして、ふと気付く。剣になるということに対して、強い恐怖を感じている自分に。

これは——。

「——！　師匠っ！」

よほど周囲が見えなくなっていたらしい。フランの声も聞こえなくなっていた。だが、その悲痛な呼びかけが耳に入った瞬間、急激に冷静さを取り戻すことができていた。

『……フラン？』

「師匠！　だいじょうぶ？」

『だ、大丈夫だ。全然大丈夫。すまん、ちょっと取り乱した……。なあ、最近の俺は変だったか？』

「ちょっと。でも、本当にちょっとだったから」

多少の違和感程度だったってことか。だから、言い出すことができなかったらしい。しかし、フランが明らかにホッとしている。

『フラン』

「なに？」

『俺は、俺だ。フランの師匠だ』

「ん……」

ただ、どうすればいいんだ？　レーンは心を強く持てと言っていた。つまり、まだどうにかなるってことだろう。

『俺、頑張るよ』

「ん！」

俺が、精神まで剣になりかけている。傍観者になろうとしてる。レーンはそう言っていた。

だったら、人間らしく、そしてフランの保護者らしく在ろう。

言われてみれば、最近の俺は口数が少なかったように思う。それに、フランに行動の決定を投げてしまっていた。いや、今までだって、フランがやりたいと言うことは全部やらせてきたつもりだ。だが、最近の俺はフランを信頼して任せるというよりも、判断を投げている感じだったかもしれない。

意識してしまうと逆に難しい気もするが、まずは会話から取り戻していこうと思う。

『なあ、フラン』

「なに？」

『さっき、ゼロスリードがロミオの名前を呼んだのを聞いたとき、驚いてただろ？　あれ、どうしたんだ？』

こんな会話でも、フランは嬉しそうに応じてくれる。

「あいつの声、同じだったから」

『同じって、誰と？』

「師匠」

『は？　俺と同じ？』

「ん。師匠が、私に『大丈夫か？』って聞く時と、同じ声だった……。優しい声」

予想外の答えだった。俺とやつの声が似ている？　優しい声？　勿論、声質ではなく、その雰囲気がということだろうが……。俺自身には分からないが、フランには確信があるらしい。

『ゼロスリードが、ロミオを本当に心配してるっていうのか？』

マグノリア家の血が、何か影響を及ぼしているという話はあったが……。

『マグノリアの血っていうのは、そこまで強力なのか？　精神の根底から変えてしまうほどに？』

「分からない。でも、あの言葉は本当だった。絶対に」

『……フランがそう思うのであれば、俺はそれを信じる』

「ん」

フランが狼狽していた理由も分かった。仇であるゼロスリードがロミオに向ける優しさを目の当たりにして、驚いたのだろう。あとは、ゼロスリードの良い変化と、俺の悪い変化を比べて、悲しい気持ちになったらしい。

俺は……ダメな保護者だな。フランを悲しませていたことに、気付きもしなかった。

「ねえ、師匠」

『うん？　なんだ？』

「今日は、一緒に寝て、いい？」

『……勿論だ』

「オンオン！」

「ウルシも一緒」

「オン！」

こんな楽し気なフラン、久しぶりに見たかもしれない。その事実に愕然としてしまう。

『じゃあ、みんなで一緒に寝るか！』

「オン！」

「ん！」

フランが俺を抱きかかえたまま、ベッドにダイブする。俺の刀身は剥き出しである。フランは甘えたいときは、こうやって鞘無しで抱きついてくるからな。ああ、すでに形態変形で刃は消してある。

「ねえ、師匠」

『なんだ？』

「……明日、朝ご飯作って？」

『明日？』

「ん。ダメ？」

『いいぞ。何がいい？』

「パンケーキ」

『お、そうか。久しぶりに作るか』

「ん。ねえ、師匠」

『なんだ～？』

「あのね――」

ウルシの毛皮に包まれながら、俺とフランは語り合った。特に実のある話ではなく、単なる雑談だ。

だが、今の俺たちには、一番重要なものだろう。フランが嬉しそうにしてくれている。

それだけで俺も嬉しくなる。一時間近く、取り留めのない話をしていただろうか。フランが眠気に耐えられずに寝落ちしたことで、俺たちの会話は終了した。

『……寝たか』

「すーすー」

「グーグー」

もう、俺のことでフランを悲しませない。絶対にただの剣なんかになってたまるか。

ウルシと抱き合って寝ているフランを見て、そう思えた。

『アナウンスさん』

〈はい〉

『俺の精神は……。俺の心は、剣になりかけているのか？』

〈是。個体名・師匠の精神は、剣という器に適応し始めています〉

『そうか。なあ、どうすれば防ぐことができる？　どうすれば、フランを悲しませずに済む？』

〈その要求は、相反しています。明確な回答を用意できません〉

『は？　どういうことだ？』

〈精神を人として保つ方法は簡単です。剣への適応システムを消去すれば、解決します。すでに、一部は停止済み〉

そんなものが俺に備わっていたのか。そのシステムによって、俺の精神が剣になりつつあるらしい。

『停止済み？』

〈師匠の要求により、現在は一部の感情の動きをそのままにしています〉

もしかして、先程のわけわからない衝動は、システムが止まったから？　だが、それだけではダメっぽい話し方だ。

『相反するって、俺が剣への適応をやめたら、フランが悲しむってことか？　なんでだ？』

〈適応システムは、神が用意した救済です。適応を止める事で、個体名・師匠が精神的安定を欠き、

狂ってしまう確率８８％〉

『な……！』

俺の精神が剣になろうとしているのは、神様が与えてくれた救いだっていうのか？　いや、確かに剣に人の精神を入れたら狂うっていう話だった……。

〈個体名・師匠が狂うことで、個体名・フランが悲しむ確率１００％〉

つまり、俺が剣になることを止めれば、いつか狂ってフランを悲しませる。だが、このまま剣になってしまえば、それもフランを悲しませるってことか？

『だったら……どうすればいい？　俺は、どうすれば……』

〈提案。個体名・師匠が人の精神を保持しながら、剣として狂わないだけの精神の柔軟さ、強靭さを身に付けることに成功すれば、問題ありません〉

『それって、可能なのか？』

簡単に言うけど、超難しくない？

〈成功する確率５％〉

『……ゼロじゃないんだな？』

〈是〉

ついさっき、もうフランを悲しませないって決めたばかりなんだ。だったら、可能性は低くても諦めるつもりはなかった。難しいから、何だって言うんだ？

『やってやろうじゃないか。アナウンスさんも、手伝ってくれよ？』

〈是〉

何故だろう。いつも通りの無機質な声なのに、アナウンスさんが喜んでいるような気がした。気のせいか？

〈剣化の解析、研究を推奨〉

『もしかして、どうにかできる？』

〈剣化の進行を遅滞させることが可能となる可能性71％。ただし、内部領域を一部使用するため、仮称・アナウンスさんの機能が一時的に低下します〉

剣化への対策を研究する間、アナウンスさんがあまり喋れなくなるってことか？

アナウンスさんの助けがなくなることは不安だが……。

『頼んで、いいか？』

〈是。お任せください〉

それでも、やはり剣化をどうにかできる可能性は少しでも上げたいのだ。

Side　フラン？

「ねぇ。師匠？」

『なんだ？』

「どうして、師匠はそうなっちゃった？」

『何を言っているのか分からない』

「……ゼロスリードを斬ったよ？　なのに、なんで褒めてくれない？」

『確かに、ゼロスリードを倒したことは、大きな戦果だ。だが、あそこは無理に攻めるべきではなかった。むしろ、反省が必要だ』

「もう、いい」

『わかった』

「師匠！」

『なんだ？』

「……なんでもない」

『そうか』

「……」

『……』

「……もういい！」

『フランが怒っている理由が分からない。怒りは判断を鈍らせる。何か理由があるなら、排除した方がいい』

「馬鹿！」

『なぜ罵倒の言葉を口にする？　原因はなんだ？』

「師匠のせい！」

『意味が分からない。何故怒っているんだ？』

「もう、喋らないでいい……」

『了解した』

「……」

『……』

「なんで……」

誰か助けて。

誰か――。

第二章　レイドスの魔の手

レーンによって衝撃の事実を告げられた翌朝。

俺のお手製パンケーキを腹いっぱい食べてご機嫌のフランは、ウィーナレーンの天幕に向かっていた。話があると呼び出されたのだ。

「おはよ」

「おはよう。フラン。少し相談があるの」

ウィーナレーンが挨拶もそこそこに、話を切り出してくる。その顔には微妙に焦りのようなものが浮かんでいるように思えた。

「どうしたの？」

「この湖に、異変が起きていることは知っているわね？」

「ん。モドキが出る」

「そう。それよ。正直……私でもなんでそうなっているのか分からなかった。去年まではそんなことなかったのだけど……」

異変は本当にごく最近に起きているんだろう。

「貴女には、その異変の原因を探ってほしいの」

「わたし？」

「ええ。私がお願いできる中でも、最も強いのがあなただから。護衛の仕事は一時的に解きます」

「師匠？」

『フランも、湖の異変は気になってるんだろ？　モドキと遭遇してるし』

「ん」

『なら、受けてもいいと思うぞ』

「わかった」

それに、今のフランはウィーナレーンに雇用されているわけだし、新しい仕事を割り振られたのなら、それをこなすまでだろう。これが教官の仕事かと言われたら微妙だが。

気にかかっていた湖の異変調査に大手を振って赴けるのだから、俺たちに文句はないのだ。

しかし、俺には疑問が一つあった。

『ウィーナレーンが自分で動いた方が早いんじゃないのか？』

水を操る大海魔術師で、偵察に有効そうな精霊使い。しかも地元に顔も利き、権力も金もある。湖の調査なら、絶対にウィーナレーンの方が向いているだろう。

だが、それは無理であるらしい。俺の言葉に、ウィーナレーンが首を横に振る。

「色々事情があって、私は湖にできるだけ近づきたくないの」

「？　今も近い」

「ここがギリギリ。水には入れないわ」

ウィーナレーンの顔に浮かぶのは……恐怖だろうか？　それとも嫌悪？　何か重大な理由があるのは間違いないようだ。

「なんで？」

「これは……他言無用よ？　他国に漏れたら、ろくなことにならないから」

「わかった。絶対に言わない」

「とは言え、全てを語るには時間がない。軽く説明するわね」

「ん」

「まず、ヴィヴィアン湖の底には、ある魔獣が封印されている」

「魔獣？」

「ええ。それこそ、脅威度A以上は確実な、大魔獣が」

以前にもキアーラゼンで話を聞いたことがあるが、大昔のヴィヴィアン湖はもっと小さい湖だったという。しかし、天変地異で海と繋がり、その後再び海と切り離されることで今の大きい湖になったと聞いた。実はこの天変地異というのは、その大魔獣が引き起こした物だったのだ。

海にいながらヴィヴィアン湖に住む大精霊の存在を感じ取り、その力を食らおうとしたのである。

そして、精霊の下に到達するため、海と湖を繋げてしまったらしい。国の地形を大規模に変えてしまうような力を持っているなら、間違いなく脅威度A以上だろう。

「結局、湖の精霊は魔獣に食べられ、魔獣は凄まじい力を得たわ。大陸全土が大きな災禍に見舞われるかと思われた」

元々、大陸の一部を海に沈めてしまう程の大魔獣が、大精霊を取り込んだのだ。それこそ、脅威度Sに認定されてもおかしくはなかったらしい。暴れ出せば、確実にジルバード大陸が滅びるレベルだ。

だが、ウィーナレーンの知人が、その魔獣の封印に成功した。魔獣の力の源でもある海から切り離し、新しく生み出された湖の底に魔獣を封じたのだ。魔獣は海に適合した存在となっており、真水の中に長期間いるだけでも弱っていくという。そして、その知人が死んだ後はウィーナレーンが封印を引き継ぎ、守ってきたのだ。

　知人とやらについて詳しく語られなかったが、ハイエルフなのかもしれない。その口調には親愛が感じられたし、死後にわざわざ封印を引き継ぐぐらいだからな。

「封印の引き継ぎと同時に、私はその魔獣と契約状態になった。正確には、魔獣の中に取り込まれた湖の守護精霊と契約することで、魔獣とも契約することになった、かしら？」

「守護精霊、生きてるの？」

「精霊だから生きてるとは言えないけれど、まだ消滅したわけではないわね。魔獣と一体化し、存在し続けている」

　その精霊との契約を利用することで、ウィーナレーンは封印下にある大魔獣を大人しくさせているそうだ。

「私の中には、その魔獣と精霊の力の一部が取り込まれている。だから、私が湖に入ってしまうと、その力が魔獣と引き合い、両者が活性化して封印が緩んでしまう」

　だからウィーナレーンは湖には近付けないらしい。それでも異変の原因を探ろうと、湖に住む精霊たちに話を聞いたが、要領を得なかったそうだ。

『そもそも、モドキの大本になっているヴィヴィアン・ガーディアンって、何なんだ？　単なる魔獣じゃないらしいが。その封印された大魔獣に関係あるのか？』

「ヴィヴィアン・ガーディアンは、封印を守るための守護者。まあ、私ではなく、魔獣の中にいる精霊が生み出したものだけれど」

だからか。ヴィヴィアン・ガーディアンは自ら人を襲わず、ある一定の場所に近づく者を排除しようとするらしい。不審者を魔獣の封印に近づけさせないような性質があるんだろう。

「攻撃されたら、暴れるのは？」

「私にも全てが分かっているわけではないけど、警告のためだと思うわ。封印に近づく者が、頻繁に現れないようにしているのよ」

「なるほど」

そして、俺はふと気になったことを尋ねてみた。

『その精霊の名前はレーンか？』

「あら？　どうして知っているの？」

『そう名乗られたからな』

「昨日会った」

フランが俺の言葉を引き継ぐ。その直後だった。ウィーナレーンが、擦れた声を上げる。

「なん……ですって……？」

俺たちの口から出たレーンの名を聞き、ウィーナレーンの表情が劇的に変化した。

その顔にあるのは、疑心と驚愕だろう。限界まで見開かれた目で、フランを凝視する。

「嘘でしょ……？」

嘘であってほしい。そう願っているかのようなウィーナレーンの表情だ。しかし、フランは首を横に振る。

「本当」

「本当に本当……なの？」

「ん」

そして、座ってた椅子が倒れるほどの勢いで立ち上がると、信じられないといった様子で、叫んだ。

「馬鹿な！　そんなことあり得ないわっ！」

「なんで？」

「レーンは……！　あの子は……！」

弱々しい仕草で机に手を置くと、喘ぐように言葉を紡ぐ。

「私がここにいる限り！　ウィーナレーンが存在する限り、レーンは現れない……！」

『どういうことだ？』

「ウィーナレーン？」

「そうよ、私は未だにウィーナレーン……。どういうことなの？　湖の異変は、そのせい？」

ダメだ。俺たちの言葉が完全に耳に入っていない。

混乱と狼狽を浮かべた顔で、自らの髪の毛をガリガリとかいている。その様子は、今までの落ち着いた様子からは想像もできない、正に狂態と呼ぶに相応しい有様であった。

勿論、レーンがウィーナレーンの話に出てきた湖の精霊で、魔獣に取り込まれているのだとすれば、現れるのがおかしいというのも分かる。一緒に封印されているはずだからだ。

ただ、ウィーナレーンの言いようは、そういった意味ではないようにも思えた。

「……フラン」

ウィーナレーンが突如として動きを止め、低い声でフランの名を呼んだ。

「なに？」

「湖の調査、早急に進めてくれるかしら？」

今のウィーナレーンに、これ以上の質問をする勇気は俺たちにはなかった。フランでさえ気圧されているのが分かるほどに、ウィーナレーンの声と真顔は迫力があったのだ。

「……わかった」

正直、逆らえん。というか、断ったら何かされそうな恐ろしさがあるのだ。

「地元のギルドには、この件で動いている人間がいるだろうから、そっちから話を聞いてみて」

「ん」

「私の名前も使って構わないわ。少しの無茶も赦します。大抵のことは握り潰してあげる。何としてでも、情報を持って帰って」

『おいおい。穏やかじゃないな』

「それくらいの事態が起きているということよ」

ハイエルフが狼狽するほどの事態？　それって本気でヤバそうなんじゃ……。これは、異変の正体を突き止めないとまずそうだ。

「お願い」

「ん」

そして、天幕を後にしようとした俺たちだったが、ウィーナレーンの言葉に引き留められる。

「ねえ。レーンは、私のことは何か言っていた？」

「ん？　別に何も？」

「そう……」

俺の見間違いだろうか？　ウィーナレーンの顔には、寂しさが浮かんでいるように見えた。

「ウィーナレーン……だいじょぶかな？」

『どうだろうなぁ。聞ける雰囲気じゃなかったし、俺たちにできるのは依頼を頑張ることだけだ』

「ん！」

野営地を後にした俺たちがやってきたのは、セフテントの冒険者ギルドである。

ここに到着してから、レーンの屋台について伝え忘れたことに気付いた。ウィーナレーンの迫力を前にして、少しばかり動揺していたらしい。まあ、次に会った時には伝えよう。

「奥へどうぞ」

受付嬢もフランを覚えていたらしく、完全に顔パスである。ジル婆さんに会いたいと伝えたら、すぐに通してくれた。

「おんやぁ？　黒雷姫じゃないか。なにか用かい？」

「ん。湖の調査をしている」

「……そりゃまたどうして？」

フランが訥々と、ウィーナレーンから調査するように頼まれたことを語った。それにより、事態が自分たちの想像以上に深刻であると悟ったのだろう。ジル婆さんは居住まいを正す。

「なるほど。あの方も、事態を憂慮しているということかい」

「ん。何か情報ない？」

「こちらでも勿論調べているが、調査は進んでないね」

そもそも、モドキが出現するヴィヴィアン湖の中央部は、相変わらずヴィヴィアン・ガーディアンに守られている。そのせいで、大本を調べることができないのだ。

「異常を調べている冒険者はいないの？」

「何人かいるよ。あんたが知ってる冒険者だと、ロブレンにシエラだろうね。ああ、後はジュゼッカもありかね。派手な見た目のわりに気配が薄い女だが、確かモドキに興味をもっていたはずさ」

ロブレンは覚えている。商業船団に所属する、ランクB冒険者だ。ウルシと模擬戦をやって負けた人物だった。メチャクチャ大らかな、優男だったはずである。シエラというのは、フランに殺気をぶつけてきた子供だった。何故か初対面のはずのフランに、殺気を向けてきた冒険者だ。あの少年が、フランに話を聞かせてくれるかね？　ただ、ジュゼッカって誰だ？　聞いた記憶ないが。

「ジュゼッカって、誰？」

「最近登録したばかりの、ランクG冒険者さね。まあ、面白そうな女だから、見かけたら話を聞いてみるのもいいかもねぇ。青髪黒肌っつー、この辺じゃ見かけない色してるから、見りゃわかるよ」

ジュゼッカっていう女、どうも訳ありっぽいな。ジル婆さんがそれでも名を挙げるくらいだから、実力は高いと見た。見かけたら、話を聞いてみるのもいいかもしれない。

「うちで依頼を出しているのはロブレンだけだね。シエラやジュゼッカは独自に調べているようだよ。まあ、それはシエラたちだけじゃないが」

冒険者ギルドでは異変に関する情報を広く求めているし、上級冒険者のロブレンに指名依頼を出す熱の入れようだ。この異変の謎を解いて名を上げようとか、上級冒険者に勝ってギルドに自分の存在をアピールしようと考える冒険者は多いらしい。

「とりあえず、分かっていることを教えておくかね」

「お願い」

「まず、モドキどもは船を狙ってくることが多い。まだ理由は分かっちゃいないけどね。それと、正常体と違って人を食う」

「食う？　ムシャムシャ？」

「ああ、ムシャムシャとやるね。まあ、どうやら魔力を吸収するためにやっているようだが。他の魔獣を襲っている姿も確認されている」

　ヴィヴィアン・ガーディアンが生物を襲うのは、攻撃された時だけだ。しかも、その際も食べることはせずに、あくまでも襲うだけである。

　そう考えると、人を襲って魔力を食うというモドキの異常性がよく分かった。

「船が襲われる理由は？」

「それも分かっていない。積み荷から絞ろうと考えたが、単一の品物しか載せていない船なんざほぼないしね」

　これって、ほぼ何も解っていないに等しいんじゃないか？　そう思ったら、マシな情報もあった。

「ただね、狙われる確率はやはり商業船団が断トツで多いのは確かだ。船の数が多いから襲いがいがあるのかもしれないが、他に理由がある可能性も考えられる」

　なるほど。だったら、そっちも調べてみるか。最初はロブレンに話を聞きにいくけどね。まあ、まずはウィーナレーンのところに戻ってレーンの屋台について報告しよう。もう落ち着いただろうし。

　だが、お暇（いとま）する前にジル婆さんに聞いておきたいことがあるのを思い出した。

「ねえ、緋水薬って、周りに何か影響がある？」

「どういうこった い？」

「昨日——」

モドキに襲われた船を助けた際、水魔術に多少の違和感があったことを説明し、その原因が緋水薬か、モドキの体液だったのではないかと説明する。すると、ジル婆さんが納得するように頷いた。

「そうか……。嬢ちゃんクラスなら、感じ取れるかもしれん。多分、それは緋水薬の効果だろうよ」

「そうなの？」

「確か時空魔術を使っていたね？」

「ん」

「なら、敏感なのも頷ける」

そして、ジル婆さんが説明をしてくれた。

「この湖の水には、ほんの僅かに魔力が混じっている」

「魔力？」

「ああ、時空系に近しい魔力なんだがね」

「ふーん。なんで？」

「さて、それはアタシらにも分からん。何百年も昔からそうだとしか言いようがないねぇ」

この辺の人間はそういうものだと思って生きているようで、疑問に思ったりはあまりしないらしい。

「普通では全く感じ取れないほどの、ごく僅かなものだ。あんたも、分からなかっただろう」

「ん」

確かに、緋水薬のことがなければ、俺たちも気付くことはなかっただろう。その程度のごく微量の魔力であるようだ。ただ、周囲に全く影響がないわけではなかった。

それがこの国に根付く風土病だ。病原菌などが原因ではなく、水源となっているヴィヴィアン湖の水を生まれた時から摂取し続けることが原因であるらしい。

実際、国内に僅かにある湖以外を水源にしている地域では、風土病は存在していないそうだ。

仕組みは単純である。湖の水を飲み続けることで、体内に時空魔力が溜まってしまう。結果、その魔力によってほんの少しだけ、ヘイストにかかったような状態になってしまうのだ。要は、湖の水が非常に効果の弱いヘイストポーションの役割を果たすわけだ。ただ、効果が本当に僅かであるため、誰も気付かない。気付かないが故に、本人の感覚と、体の反応がずれ続けることで疲労が溜まり、さらに酔ったような状態になってしまう。それが風土病の正体だった。

大人がほとんど発症しないのは、一度発症すれば体が慣れて問題なくなるからだ。そもそも、発症せずに適応する者も多い。

また、どれだけ重度でも、風土病で死に至る者はいなかった。酷い車酔いみたいなものだからな。

それに、特効薬を摂取すればすぐに治る。それ故、この国の人間はこの風土病をそこまで重要視していなかった。一生に一度だけ罹るかもしれない、死の危険がない麻疹（はしか）のようなものだ。当然、他の病と併発したり、体調不良が原因の事故で亡くなる者はいるが、そこは風邪などでも変わらない。

「で、その特効薬にも、時空魔術系の魔力が宿っている」

ヴィヴィアン湖水系でのみ生育する緋水草は、その水に対する耐性があった。

簡単に言うと、茎には時空魔術を弾いて乱す効果があり、それで緋水草は湖の水から身を守っている。そしてその内部には、根から吸収した水に含まれる魔力を蓄積し、制御する力が備わっているらしい。緋水草からそれらの効果を抽出することで、風土病の特効薬は作られているのだ。

この薬を飲むと、体にかかっているヘイスト効果がさらに強化される。その結果、感覚のズレを脳が自覚し、すぐにアジャストしてくれるのだ。人間の体というのは凄いもので、一度アジャストする感覚を理解すれば、二度と酔わなくなるらしかった。

「時空魔術に適性があるやつの話だと、薬を飲んで強化されている状態でも、ヘイストの一〇〇分の一程度の効果だそうだよ」

普段からヘイストを使い慣れているフランには、それが大きなズレとして感じられたのだろう。

ただ、疑問も残る。今の話を聞いた感じ、風土病は感染する類（たぐい）のものではない。それで、今年のように流行るということがあり得るのか？

毎年一定の患者が出るのは仕方ないにしても、急激に流行るといった理由が分からないんだが。

フランがそう尋ねると、ジル婆さんがいくつか理由を挙げていく。

「色々あるさ。戦争やら何やらの後で、子供が多めに生まれる年があるだろう？」

どうやらこっちの世界にもベビーブームがあるらしい。

「その子供たちが育って一斉に風土病にかかれば、例年よりも患者が多いという事態になる」

それ以外にも、外国からの移民を受け入れた数年後などにも、患者が増えることがあるそうだ。結局、耐性のない人間が一気に増えることがあれば、それがきっかけになり得る。

「あとは気候にもよるねぇ。少し暖かくて霧が多く発生した年には、どうしても水が体内に入り込む量が増えちまう。それによって、患者が増えるのさ。他にも、水を多く利用する新種の作物の流行や、新しい製法の酒の開発。ああ、水に溶かすタイプのお香が流行したことで患者が増えたなんてこともあったねぇ」

　水というのは人の生活と切っても切り離せないものであるので、些細な理由が風土病患者の増減に繋がるのだ。

「じゃあ、今年はどんな理由で患者が増えてる？」

「さてね……？　流行ったあとに理由が判明することが多いし、アタシにゃ分からんよ。それこそ、ウィーナレーン様にでも聞くんだね」

　冒険者ギルドの管轄ではないってことか。たしかに、病の流行る理由なんて、国や研究機関の担当だろう。どうせこのあとウィーナレーンのところに戻るんだし、その時に聞いてみよう。

　そう思ったんだが、天幕に彼女の姿はなかった。

「ウィーナレーンいない」

『そうだな……。小一時間くらいしか経ってないんだが』

「……どこいった？」

「俺は何も聞かされてはいない」

　フランが、天幕の中で拘束されているゼロスリードに尋ねるが、行き先は知らないようだ。

『独自調査に出たのかもな』

（どうする？）

『うーむ……』

　仕方ない。ゼロスリードに言付けを残して、ロブレンに話を聞きに行くか。ゼロスリードが相手でも、業務的な会話ならできるようになったしな。

それにしても、この男を一人だけ残していて平気なのかと思ったが、精霊の監視がきっちり付いているようだ。力を大きく抑えられたゼロスリードであれば、どうとでもなるのだろう。

しかし、両足首に鎖を繋がれ、首に拘束具をはめられたその姿は奴隷にしか見えない。それでも暴れ出さずにじっとしている様子は、とてもあの戦闘狂と同一人物とは思えなかった。

「ウィーナレーンに、キアーラゼンにレーンがいるかもって伝えて。屋台をやっているって」

「……わかった」

互いに無表情なままで、そんなやり取りをする。フランは相変わらずゼロスリードのことを嫌っているが、向こうはどうなんだろうか？　憎い？　嫌い？　分からないんだよな。

言うことを言ったフランが天幕を出ようとすると、ゼロスリードに不意に呼び止められた。

「待ってくれ」

「……何？」

フランが一応立ち止まり、険のある声で対応する。

「……頼みがある」

「頼み？　頼みだと……！」

ゼロスリードがその言葉を口にした直後、フランがキョトンと首を傾げた。しかし、すぐに憤怒の表情で、呟く。抑えきれない殺気が、周囲の空間を覆い尽くしていた。

だが、ゼロスリードは恐れた様子もなく、その場で跪く。恐れていないわけではなく、覚悟が決まっているのだろう。ここで、フランに斬られたとしても、仕方ないと思っているのだ。

土下座をしながらもフランを見つめるその目は、ゼロスリードの物とは思えぬほどに澄んでいた。

「頼みが、ある」

フランの口から、ギギリという歯が噛みしめられる鈍い音が聞こえる。思わず俺の柄に伸ばされた手が、信じられないほどに震えていた。

『フラン！　まて！　ここは――』

（……だいじょぶ）

未だにその目には怒りの炎が灯っている。しかし、フランは俺の柄に掛けられた手を解くと、そのままゆっくりと拳を下ろした。

（わかってる。わかってるから……）

フランのその様子を見て、続きを語ることが許されたと判断したのだろうか？　ゼロスリードが再び口を開いた。

「……対価は、俺の命」

「!?」

「ウィーナレーンは、俺とロミオの契約を解除するつもりだ。その後だったら、俺の命を好きにしてもらっていい」

「意味が分かってる？」

「ああ、ただ殺すだけでは飽き足らないというのであれば、拷問でも何でも、してくれ」

「……」

「頼みたいことは、ロミオについて。俺が死んだ後、ロミオをバルボラの孤児院に預けてほしい」

「……」

「俺が一緒に居れば、ロミオは不幸になる。だから、頼む」

ありえない。俺でさえそう思った。自分の命を報酬にして、ロミオを託す？

しかし、嘘ではないのだ。本気でそう言っている。虚脱したように、フランの腕から力が抜けた。

同時に、あれほどまき散らされていた殺気が雲散霧消する。今度は不気味なほど、静かな気配だ。

ダラリと下げられた手が、ブラブラと揺れている。まるで、俺を抜こうか抜くまいか、迷っているようにも見えた。

だが、しばらく無言でいたかと思うと、ゼロスリードに向かって頷いてみせたではないか。

「……わかった」

「本当か？」

「ん。お前の命を対価に、ロミオを孤児院に連れていく」

「……ありがとう、ございます」

「……ふん」

土下座の状態で頭を下げ続けるゼロスリードに、フランは背を向けた。そのまま、何とも言えない表情で歩き出す。

『フラン、よく我慢したな』

（……あいつ、変わった。やっぱり、前のゼロスリードじゃない）

『だから赦したのか？』

（……赦してない。でも……）

フランも言葉にするのは難しいらしい。それでも、即座に剣を抜くのではなく、その言葉に耳を傾けようと思う程度にはゼロスリードが変わったということだろう。いや、変わったのはフランもか。

依然として憎しみはあるが、違う感情も芽生えているらしい。

『偉かったぞ』

「……ん」

魔術学院でフランがゼロスリードに斬りかかったあの時、俺は仕方がないと思ってしまった。

例えば俺がフランの立場だったら、絶対に攻撃をしかけていただろう。それこそ、関係ない人間を巻き込もうが、知ったことではない。正に、暴走するんじゃないだろうか？

そう思って、フランがゼロスリードに襲いかかるのは当然だと考えてしまった。だから、止めるのが遅れたし、俺に止める権利があるのかとも考えてしまったのだ。

それに、俺はフランの剣だから、その結果が破滅に向かう道だったとしても、最後まで付き従おうなどと考えていた。馬鹿な話だ。それはもう保護者じゃない。レーンが言った通り、血の通っていない俯瞰の思考だ。保護者失格である。

自分のことは棚に上げてでも、叱るのが保護者ってもんじゃないだろうか？　自分の親を思い出す。決して、聖人君子でもなければ、できた大人でもなかった。美点と欠点を挙げたら、欠点の方が多い人たちだった。小さい頃には親に叱られながら、「お前が言うなよ」などと思ったこともある。

だが、それでも俺を叱り、育てた。そもそも、反面教師になるのも、保護者の仕事だろう。

あえて仕事と言ったのは、保護者に必要なのは愛情だけではないからである。保護者には義務もあるのだ。庇護下にある子を健やかに、正しく育てる義務が。

保護者を自任する以上、それを忘れてはいけないだろう。

だから、俺は褒める。とりあえずでも憎しみを抑えて、矛(ほこ)を収めることができたフランを。

『フランは偉いな』

「ん」

ただ、気になるのは、本当にフランはゼロスリードの命を奪うつもりなのかということだ。フランにそれを尋ねてみると、困った顔で俯いてしまった。

「……わかんない」

『そうか』

どうやら、あの場の勢いで約束をしてしまったようだ。

「……でも」

『でも？』

「ゼロスリードは、まだ許せない」

『そうか』

「ん」

まだ、ね。もしかしたら、いずれ――。そう思えるだけでも、今は十分だ。


ゼロスリードとの緊迫の一幕の後。

俺たちはキアーラゼンの町にやってきた。ここにロブレンがいると聞いたのだ。

他国にも近く、湖畔の乙女の伝説も残る。湖に起きた異変の調査をするには、外せない場所と言えるだろう。それに、レーンの屋台にも、もう一度行ってみたい。

だが、以前の場所に彼女の屋台はなかった。場所を移したのかと思って町を巡ってみたが、どこにもない。フランの食べ歩き件数が二〇を超える頃、完全に町の端までやってきてしまった。これだけ捜してもないってことは、もう屋台を出していないんだろう。

道中で出会った学院の生徒にも話を聞いてみるが、目撃情報はなかった。生徒たちは実習中だが、見聞を広めるための観光は推奨されている。そのため、多くの生徒がセフテントの町を歩いているのだ。キャローナたちも食べ歩きをしていたし、カーナの姿も見かけた。

『カーナと一緒にいた女、あれってジル婆さんが言ってたジュゼッカってやつじゃないか？』

（？　カーナ？　どこにいた？）

『え？　気付かなかったか？　さっき通り抜けた公園にいたぞ。カーナと、青髪に黒い肌の女がなんか喋ってたな。てっきり、邪魔をしないようにあえてスルーしたと思ってたんだが……』

フランはカーナたちに気付かなかったらしい。屋台に夢中だったしなぁ……。それにしても、カーナとジュゼッカは知り合いなのか？　それとも、たまたま話しかけられた？

うーむ、せっかく見かけたんだし、話を聞くべきだったかね？　まあ、過ぎたことは仕方がない。次に出会ったら、しっかりと声をかけることにしよう。

その後俺たちは、この町の屋台を取りまとめている商会に向かって、レーンについて尋ねることまでした。すると、そんな名前の商売人などいないという返答である。

その言葉に嘘はなかったし、いい加減な返答でもないだろう。なにせ、ウィーナレーンの名前を出したうえに、冒険者カードまで見せたのだ。さらに俺も分体創造を使って、保護者として同伴している。これは人としての精神を保つために、このスキルが有効かどうか試す意味もあった。この状態で人と会話をしてみて、どうなるか。

大物の名前に加え、高ランク冒険者が相手だ。町の屋台を差配している担当者は、青い顔で震えていた。名簿を何度も見直す姿を見て、ちょっと可哀そうになったほどだ。

その様子を見かねた商会長が対応を代わってくれたのだが、彼が調べても結果は変わらなかった。

ただ、一つだけ心当たりがあるという。

「この町には、ある都市伝説がございます」

「都市伝説?」

「真偽定かではない、非常に不確定な話なのですが……」

いつからか分からないが、普通には出会うことのできない幻の屋台があるという噂が、商人の間で囁かれているらしい。いつ何時、どんな場所に現れるかは分からない。だが、旅の人間が不思議な屋台に遭遇し、驚くほど美味い食べ物を売ってもらったという話があるそうだ。

「その屋台の売り子は、黒い布で目を隠した、不思議な姿をした少女だそうです」

「ん。間違いない。それ」

「まさか本当だったとは……。ただ、そうなりますと、我らとしてもこれ以上の情報はありませぬ。以前にも探そうとした者がおるそうですが、結局見つけることはできなかったと」

「そう……」

「その正体にしても、湖畔の乙女が人の営みを見るために少女に扮しているのだとか、悪魔が人の姿をとったのだとか、無数にありますからな」

レーンは間違いなく、ステータス偽装系の能力を所持している。あと、認識阻害能力も持っているかもしれない。精霊だから普通の人間には見えないんだが、それだけでは屋台まで発見されない理由にはならないのだ。多分、自分以外にも効果が及ぶ認識阻害を使えるんだろう。普通の商人が探したところで、どうにかなる可能性はなさそうだった。

『まあ、発見できないものは仕方ない。ロブレンのところにいこう』

「どう？　何か変わった？」

『うん？　ああ、この体か？』

フランが首を傾げて分体を見ている。ただ、俺的には微妙な感じだった。

『うーん、なんだろうな……』

「ダメだった？」

そもそも本体は剣で、同時に分体も動かしているわけで、完全に人の体に戻ったわけではない。それに、分体は感覚が弱く、人の体であるとは到底感じられなかった。フルダイブVRゲームのアバター風？　ともかく、これじゃない感が非常に強かった。むしろ、人のふりをすることで、より自分が剣なのだと思い知らされた気がする。

あと、フランが微妙に嫌そうなんだよね。フランにとって俺は剣だ。それが当然で、久しぶりに見る俺の分体は違和感があるらしい。

『まあ、目指している方向とはちょっと違うし、頻繁にこのスキルを使うほどじゃないかな？』

「ふーん」

と言いつつ、フランはちょっと嬉しそうだ。やはり分体創造があまり好きではないらしかった。

今後は、時おり使っていってはみるが、ずっと分体を出しっぱなしということはないだろう。

俺は分体を消して、フランを促す。

『さ、港いくぞー』

「おー」

情報によると、ロブレンは一時間ほど前までは港にいたそうだ。

この辺ではすさまじい有名人なので、商人たちに聞いたらすぐに居場所が判明したのである。

言われた通りの場所に向かうが、そこで俺たちは予定外の人物と鉢合わせしていた。

「あれ……えーっと……」

『シエラだ』

そこにいたのは、殺気の少年こと、シエラであった。漆黒の刃を持ったどこか禍々(まがまが)しい印象の剣を逆手に持って、何故か湖に剣先を浸けている。何をしているんだ？

「――だね」

「――かな？」

小声で何かをブツブツと呟いているが、ハッキリとは聞き取れない。誰かと喋っているような雰囲気もあるが、周りには誰もいない。独り言をつぶやく癖があるんだろうか？

そのままさらに近づくと、シエラ少年がバッとこちらを振り向く。

「……！」

「……」

暫(しば)し見つめ合うシエラとフラン。

興味深げなフランとは対照的に、シエラがフランに向ける視線にはやはり殺気が籠っていた。

「……」

フランとシエラが無言で睨み合う。フランはいつも通り無口無表情なだけだが。

結局、シエラが視線を外して立ち上がると、フランの横を通り過ぎようと歩き出した。

その瞬間、フランの横にいたウルシが一気に巨大化すると、フランとシエラの間に割り込んだ。

「グルルル……」

威圧を全開にして唸り声を上げるウルシ。突然のその反応に、シエラが驚いた様子で足を止める。

ウルシの視線はシエラ――ではなく、その腰に下げられた剣に向いていた。

ウルシが警戒するほどの魔剣ということか？　いや、だからといってこの反応は？　殺気を放つ相手が、強力な魔剣を所持しているからか？　俺は疑問に思いつつ、シエラとその魔剣を鑑定した。

『どうってことないが……？』

シエラのステータスは以前見たものと変わらない。年齢の割に強いことは確かだが、せいぜいがランクD冒険者程度の能力だった。だが、剣を鑑定してみて、俺はウルシが警戒する理由が分かった。

『銘が不明だと？』

相手が俺よりも格上で鑑定に失敗した場合、ただ表示されないだけで終わる。不明とは表示されない。不明と表示されるのは邪人や邪気を纏ったものだけだった。なるほど、ウルシは邪気察知のスキルを持っている。俺やフランでも感じ取れないごく僅かな邪気を、剣から感じ取ったのだろう。

『ウルシ、少し抑えろ』

「ガル……」

ウルシが大型犬サイズに戻り、その威圧を弱めた。だが、いつでも飛び掛かれる体勢のままだ。シエラにもそれが分かるのか、こちらも警戒した様子で身構えている。

「その剣……どこで手に入れた？」

「……教える必要があるか？」

その声を初めて聞いたかもしれん。思ったよりも甲高い声だ。

「邪気が感じられる」

「だから？」

「別に」

「ふん」

今の反応、シエラは自分の剣に邪気が秘められていることを理解しているようだ。正直、どうするか迷う。

本人に邪気は感じられないし、邪気の籠った武器を持っているからといって、邪悪とは限らないだろう。邪気ということであれば、俺だってそうなのだ。いや、むしろもっと酷い？　なにせ、邪神の欠片が封じられている。そんな俺を使うフランは邪悪なのか？　違う。ただ、使っている剣に少々曰くがあるだけである。

シエラもそうなのだろう。少年は不快そうに眉をひそめると、そのまま歩き出す。ウルシの威圧に軽く驚く程度で済むのは凄いな。実力で言えば、瞬殺されてもおかしくはないはずなんだが……。凄まじく度胸があるらしい。

そのままウルシを避け、フランとすれ違う瞬間だった。シエラが足を止め、口を開く。

「……ウィーナレーンは、ロミオを殺すかもしれない」

「！　どういうこと？」

「だが、あの女が決めたということは、それが必要だということだ。その時は余計な真似はするな」

「まて！　説明する！」

「……ウィーナレーンに聞け」

シエラはそれだけ言って歩き去ろうとしたんだが、フランがそれを許さなかった。前に回り込み、睨みつける。しばし睨み合う両者だったが、シエラが面倒くさそうにため息を吐く。

「はぁ……マグノリアの血筋には、『邪神の聖餐（せいさん）』の力が秘められている。だが、その力を使用すれば、ロミオは死ぬ」

「じゃしんのせいさん？」

「邪を喰らい、邪を吸収し己が力と変える。邪神より与えられた邪を統べる為の悍（おぞ）ましい恩寵。それがマグノリアの邪神の聖餐。各家に伝えられる邪神の恩寵こそが、ゴルディシア三家の力の源泉だ」

ゴルディシア三家っていうと、邪神を封じているという神官みたいな家系だったよな？　マグノリア、カメリア、ウィステリアの三家だったか？　ウィーナレーンの話では、遥か昔にゴルディシア大陸に存在していたが、もう滅ぼされた家のはずだ。今の話だと、邪神に力を与えられた？　つまり、邪神を崇（あが）めていたのか？　なのに、邪神を封印していた？

「邪神に与えられたって？」

「自分で調べるんだな。今重要なのは、この湖だ。ここに封じられた魔獣には、邪神の欠片の力も取り込まれている。その力を抑えるには、ロミオを生贄（いけにえ）にし、邪神の聖餐の力を利用して封印を行うことが最良の道だ」

おいおい、湖の大魔獣には邪神の力まで混じってるのか？

「何でそんなこと知ってる？」

確かに、シエラはロミオのことに詳しすぎる。ただの調査でここまで知ることができるとは思えなかった。しかし、シエラが答えてくれるわけもない。

「お前には関係ない。とにかく、俺やウィーナレーンの邪魔をするな。それだけだ」

冷めた表情で告げるシエラに、フランが反発するように言い返す。

「ロミオは死なせない！」

「……？　お前は、ロミオの敵じゃないのか？」

「なんで？」

「ゼロスリードの敵なのだろう？」

「ん。ゼロスリードは敵。でも、ロミオは別に敵じゃない」

「……ちっ」

フランの言葉を聞いたシエラは、不快気な表情で舌打ちした。シエラは何をどこまで知っているんだ？　ロミオやゼロスリードとフランの関係を知っている理由がよく分からない。何者なんだ？　俺が疑問に思っていると、フランが立ち去ろうとしてるシエラの背に疑問を投げかける。

「お前は……ロミオのお兄ちゃん？」

「違う」

シエラは振り向きもせずにそれだけ答えると、町の雑踏の中へと消えていった。

『ロミオの兄？　どうしてそう思ったんだ？』

「色々詳しかったから」

『なるほど。まあ、マグノリアの血の力とか、その辺を知っている理由にはなるか』

「それに……」

『それに？』

「ロミオに似てた」

『そうか？』

確かに髪の色などは同じだが、そこまで似ていたか？

「ん。目がそっくり」

『目？』

「私を睨む目が、同じだった」

ああ、言われてみると確かに似ているかもしれない。ロミオがフランに向ける目と、シエラがフランに向ける目。敵愾心（てきがいしん）の混じった鋭い目は、雰囲気がそっくりだった。

なんでフランにあんなことを教えたんだろうか？　何が狙いなんだ？　ともかく、タダの冒険者ではないことは確かだろう。

シエラを見送った俺たちは、その後ようやくロブレンと接触できていた。シエラ少年に気をとられていて気付かなかったが、同じ港にいたのだ。

「町中ではもう少し大人しくしてくれるとありがたいかなー」

ロブレンは、当然先程のシエラとの一件を見ていたのだろう。苦言を呈された。

特にウルシかな？　急にあれだけ大きな狼が出現して、威圧を放ちながら獰猛な唸り声を上げたのだ。幸い、港に人がいなかったからよかったが、場合によっては大騒ぎになっていただろう。冒険者や衛兵が出動する事態になっていてもおかしくはなかった。

『フラン、ウルシ。謝っておけ。確かに俺たちが悪い』

「ごめんなさい」

「オン」

「分かってくれればいいんだ。次は気を付けてくれよ？」

あれ？　それで終わり？　もう少し小言が続いても仕方なかったと思うんだが。

やはり高位冒険者とは思えないほど、柔和な男だな。

「ねえ、シエラの持ってる剣。あれ、なに？」

「気になるのかい？」

「湖にチャポンて浸けてた」

「え？　そんなことしてたかい？」

「ん」

「うーん、シエラが冒険者になった頃にはもう持ってたね。六、七年くらい前かな」

なに？　六、七年前って言ったら、シエラはまだ本当に子供だぞ？

「この国だと、そんな子供が、冒険者になれる？」

「まあ、登録はね。一二歳を超えるまでは、ランクGから上がれないから、雑用しかできないんだ」

なるほど。冒険者になろうっていう子供が、まともな素性なわけがない。追い返しても、犯罪に手を染めるか、野垂れ死ぬだけだろう。なら、仕事を与えてやる方が子供にとってもマシってことか。

特に湖周辺では、商業船団が若い冒険者の面倒を見ているようだし、仕事はあるのかもしれない。

「あの剣は……。この辺だと、呪いの魔剣と言われてるよ。あの剣を無理やり奪おうとした冒険者が、ことごとく不運に見舞われたんだ」

「……死んだの？」

「いやいや、せいぜい大怪我をした程度だね。当初はシエラが何かしたんじゃないかって言われていたけど、全部にアリバイがあったんだ。でも、無関係とも思えない。だから呪いさ」

「なるほど」

邪気が関係しているのだろうか？　呪いをかけられた様子はなかったし、呪いは状態異常耐性で防げるはずだからフランは大丈夫だろう。

結局、ロブレンは剣に関してそれ以上の情報を持っていなかった。まあ、魔剣というなら、探査や感知系の能力があるのかもしれない。それで、湖の異変を調べていたんだろう。

「シエラがモドキのことを調べているのは知っていたけど……。何か掴んでいるのかな？　次に会ったら聞いてみるか」

「その時は私にも教えて」

「おや？　もしかしてフランも異変について調べているのかな？」

「ん」

「こんなとこでどうしたのかと思ったら。でも、セフテントを離れていいのかな？」

フランが魔術学院の教官になったという情報は、すでに掴んでいたらしい。それならば話は早い。

俺たちはロブレンを探していた理由を説明し、何か情報がないかと尋ねる。勿論、ウィーナレーンの名前もしっかり使わせてもらったよ？　それが一番話が早いからな。

するとと、ロブレンも納得したように頷いた。

「なるほど。ウィーナレーン様が腰を上げたのか」

「ん」

「実は、今から商会に行って、資料をもらってくるつもりだったんだ」

「資料？」

「ああ、良ければ一緒にどうだい？　手伝ってくれたら、助かるんだけど？」

『その方が早く情報を入手できるだろうし、ここは手伝う方がいいだろう』

「わかった」

「おお、ありがとう。じゃあ、行こうか」

商会に再び戻ってきたフランを見て、情報の不備に文句を言いに来たとでも思ったらしい。先程と同じ担当の人が真っ青になっていたが、そうじゃないと分かると非常に丁寧に対応してくれた。

「よく分からないけど、助かったよ。こんな簡単に資料を見せてもらえるとは思ってなかった」

積み荷の情報などは、商会の機密に抵触する場合もある。ロブレンがランクB冒険者とは言え、そこまであっさりと見せてもらえることは稀だという。

それが、今回はお願いしたら即座に資料室まで案内された。それに驚いているらしい。

「普通は、これこれこういう資料が見たいとお願いして、それを持ってきてもらうんだ」

しかも、それは持ち出し禁止が当たり前だし、写しをとることさえいい顔をされない。

資料を見る者が見れば、商会の内情や、仕入れの状況も全て分かってしまう。だからこそ、普通は冒険者に情報を全部開示するなど絶対にしない。

「さっききた時に、ウィーナレーンの名前を出したから」

「ああ、それは確かに怖いかもね。あの方に逆らったら、この国じゃ生きていけないし」

『怖っ！　権力者だとは分かっていたけど、そこまでか！』

そうこうしているうちに、資料室に到着する。そこにはすでに、いくつかの資料が机の上に出された状態であった。お茶もポットと一緒に用意されているし、お茶菓子まで置かれている。

至れり尽くせりだ。やはり、ウィーナレーンがそれだけ恐れられているようだった。その部下と思われるフランに、できるだけ便宜を図ろうというのだろう。

「何を調べるの？」

「襲われた船の積み荷だよ」

なんとロブレンは、方々の町の商会を回り、モドキに襲われた船の積み荷を調査しているという。場合によっては船長などに話も聞いているそうだ。

「人が魔力目当てで襲われたのか、特定の積み荷が狙われているかをハッキリさせようと思って。フランさんは、こっちの資料の確認を頼むよ」

「……わかった」

一瞬、メッチャ嫌そうな顔をするフラン。だが、ここまできて断ることはできなかった。

『フラン、頑張れ』

「……ん」

そうして二人は資料を読み、船の積み荷をリストアップしていく。根気の必要な作業ではあるが、フランはそれでもやり遂げた。二時間の間に何度か居眠りしそうになったが、俺が声をかけたらすぐに復活して、作業に戻ったからな。偉い偉い。

今回調べた情報と、ロブレンがすでに調べ上げていた他の商会の積み荷のリストと照らし合わせ、一つの結論に達する。

「何か分かった？」

「ああ。襲われた船、全てに積み込まれていた荷は一種類しかなかったよ」

「なに？」

「緋水薬。もしくはその原料となる緋水草だね」

確かに、全部の船には緋水薬や緋水草が積まれていた。あとは食料品類だが、パンや小麦をモドキが狙うとは思えなかった。

「人間の魔力を狙ってという線も完全に消えたわけじゃないけど……」

「魔獣とかもいる。人を襲うのは変」

「そうなんだよね」

魔力を摂取したいのであれば、もっと手頃な獲物がいるだろう。レイク・マーダーのような魔獣なら、人間よりも魔力が多いはずだ。そして、モドキであればその強さも全く問題にならないだろう。

「……工房に行ってみるか」

「工房？」

「緋水薬を製造している工房さ」

「どこにある」

「商業船団だよ」

ただ、商業船団に向かうと決めたとしても、簡単に行けるわけではない。現在は寄港しておらず、一度セフテントに向かい、そこから快速艇で向かう必要があった。

(師匠、ウィーナレーンが戻ってきてる)

『だな。そっちに顔を出していくか』

(ん)

セフテントの隣に作られた魔術学院の野営地から、ウィーナレーンの気配が感じられる。

俺たちは調査の中間報告をしておくことにした。ロブレンには冒険者ギルドへの報告に向かってもらい、俺たちは野営地に戻る。

天幕には、椅子に座って何やら集中しているウィーナレーンの姿があった。ロミオとゼロスリードは隣の天幕にいるようだ。

『何かしてるのか？　魔力が不思議な流れをしてるのは分かるが』

「精霊がいる……」

どうやら精霊と交信中だったらしい。邪魔をしてはまずいと、踵（きびす）を返そうとしたフランだったが、その背中に目を開けたウィーナレーンが声をかけた。

「フラン。大丈夫よ」

「いいの？」

「ええ。大したことはしてないから。周囲の精霊から情報を集めていただけ」

精霊との交信は熟練の精霊術師でも大変だと聞いていたんだが、ウィーナレーンにとっては大したことではないらしい。

「言付けは聞いたわ。レーンがキアーラゼンにいると？」

「ごめんなさい。見つからなかった」

『もう一度行ってみたんだ。不思議な少女がやってる屋台があるっていう噂を聞けただけで、レーンには出会えなかった』

その後、俺たちはウィーナレーンに今までのレーンとの会話や、出会った状況を報告することになった。時間が空いたおかげか、もうレーンの名前を聞いただけで取り乱すようなことはない。おかげで、こっちも冷静に話ができたね。

まずはキアーラゼンの屋台で出会った時のことだ。最初は盲目の少女だとしか思わなかったことや、俺たちにまで姿が見えたことなどを語って聞かせた。

「……町で屋台？」

「ん。美味しかった。でも、なんで精霊のレーンが、あんなことしてた？」

「それは私も知りたいわ」

「ウィーナレーンにも分からない？」

「分からないわね……」

ウィーナレーンの顔には、深い苦悩の色が見て取れた。レーンの行動の理由が分からないらしい。

「本当、何を考えているのか……。そもそも、単独で行動ができたの？　やはり接触するしかないわね。まあ、いいわ。続きを聞かせてちょうだい」

「ん」

ウィーナレーンに促されて、次に俺たちはレーンと再会したときのことを語る。急に現れたことや、レーンに教えられた忠告の内容などだ。

「レーンには本当に未来を視る力がある？」

「ええ、間違いない。それに精霊は契約者に命令されているのでもない限り、嘘はつかない。あの子の場合は少し特別だけど……。嘘ではないと思うわ」

『となると、俺の精神が剣に適合しちまったら、本当にフランに悲劇が……？』

「そういうことになるわね」

『なあ、どうすればいいと思う？』

何千年も生きている相手だ。もしかしたら、何かアドバイスをもらえるかもしれない。

正直、そこまで期待していたわけではないんだが、ウィーナレーンは顎に手を当てて考え始めた。

「うーん……。なかなか難しい質問だわ。まず、師匠は狂いたくない。でも、狂わずにいるには、剣に適合しなくてはならない」

『ああ』

「しかし、剣に適合すれば、人の情のような物を失ってしまう。しかも、フランに何らかの悲劇が訪れるかもしれない」

『そうだ』

「つまり、狂わないように剣に適合しつつ、人の心も保たなくてはならないというわけね」

『可能だと思うか？』

俺の問いかけに、ウィーナレーンが沈思する。

「……そうね。私は過去に何度かインテリジェンス・ウェポンと出会ったことがある。でも、だいたいは狂っていた。ただ、その狂い方にはいくつか種類があったわ」

「種類？」

狂い方に、違いなんてあるのだろうか？

「一つが、言動が支離滅裂で、躁鬱が激しい状態。まあ、狂ったという言葉で思い浮かべるタイプがこれかしら。共通しているのは、自分の剣の体を憎み、剣として生きることに倦んでいること。人としての自我が、剣の体を受け入れられなかったのでしょうね」

ファナティクスもそうだった。次に何を仕出かすか分からないタイプだ。

「次に、とても思考する武器とは思えない、心を感じさせないタイプ。人間から心や感情を全て取り去って、受け答えだけする機能を取りつけたら、ああなるんじゃないかしら？」

機械みたいなタイプってことだろうか。

「もちろん、人工的に作られた存在であれば珍しくはないわ。会話機能の付いたゴーレムなんかはそうだもの。でも、元々人間だった存在を封じていたり、精神を転写したという存在がそうなってしまっては、それはもう狂っていると言えると思う」

アナウンスさんは、元々そういう存在として生み出されたが故に、狂っているとは言われない。それが当たり前だからだ。しかし、俺がアナウンスさんのようになってしまったら、確かに狂っているのだろう。

『前者は、人間としての意識が強すぎた場合。剣に適合できずに、狂う。そして後者は、剣への適応が進み過ぎた場合か』

「だと思うわ」

俺は後者になりかけていたってわけだ。しかも自分では気付かず。

恐ろしい。思ったよりも危険な状態だったことを自覚して、ゾッとした。

できれば、ウィーナレーンから対処方法の情報を聞き出せるといいんだが。

「そこで、私が出会ったことがある唯一の狂っていないインテリジェンス・ウェポンの存在が重要になる。今思えば、剣と人。双方の精神の均衡を保っていたのでしょうね」

「その剣は、どうして狂わなかった？」

「……これは、確実な理由じゃないわ。それでも彼女が他の剣たちと違うところがあったとすれば、使用者との絆かしら？」

ウィーナレーンが言うには、狂っている剣たちは様々な使用者の手を渡り歩き、強力かつ珍しい剣として扱われていた。だが、例外であるその剣は、作り出された時からずっと同じ使用者に使われ、その使用者と相棒のような関係を築いていたらしい。

「剣でもあり、人でもある。そんな自分を誇り、受け入れていた。それが、彼女の精神を支えていたと思う。まあ、推測だけどね」

『なるほど……』

使用者との絆か。ただ、具体的にどうすればいいんだろうか。フランともっとコミュニケーションをとればいいのか？　だが、悩む俺を他所に、フランが安堵の表情で笑いかけた。

「なら、師匠は大丈夫」

『え？』

「だって、私たちは最高のコンビ」

『フラン……』

「だから、師匠は大丈夫」

フランは慰めや希望的観測を口にしているわけではなく、本気でそう思っているらしい。もうこの問題は大丈夫だとばかりに、笑っている。

その顔を見て、知らず知らずの内に俺を支配しかけていた焦燥感が、綺麗に消えるのが分かった。フランと一緒なら、俺は大丈夫。なんの不安もなく、そう思えた。

「狂うかもしれないと怯えていれば、それが精神の均衡を崩すきっかけになってしまうかもしれない。私も、フランくらい楽天的な方がいいと思うわよ？　完璧な対処法があるわけじゃないし、自覚し続けることが大事なんじゃないかしらね？」

『……そうか』

「ん！」

「あなたたちが自分たちの問題点を理解し、どうにかしようと足掻き始めた時点で、未来は大きく変わっているでしょう。それこそレーンが告げたという悲劇は、すでに回避されているかもしれない」

レーンは「このまま何もしなければ訪れる可能性の高い、未来という名の結果」と言っていた。確かに、問題を理解した時点で、未来は変わったかもしれない。

『だが、それで悲劇を回避できているのかどうかは分からない。そもそも、それが訪れるのがいつなのかも分からないんだ』

俺が狂う狂わないはともかく、悲劇というのが何なのか？　俺が剣になってしまいフランが悲しむというだけではなさそうな口ぶりだったし、レーンの言葉からすると直近に訪れるようではあった。

ただ、長命種や精霊といった、永く存在している者たちの時間感覚は得てして俺たちとは違っていることが多い。俺たちにとっての一〇年、二〇年が、レーンにとっては一日、二日程度の感覚である可能性も否定できないのだ。

『なあ、その狂っていないインテリジェンス・ウェポンは、どこにいるんだ？』

レーンの告げた悲劇に間に合うかどうかは分からないが、会ってみれば何かのヒントになるかもしれなかった。

「そうねぇ。もしこの湖の異変の原因を突き止められたら、教えてあげるわ。どう？」

俺もフランも、けち臭いとは思わない。それだけ価値がある情報だからな。しかも、今回の異変には関係がない情報だ。ウィーナレーンにはそれを何の代償もなく教える義理はなかった。

「絶対に、異変の原因をつきとめる！」

『おう』

今までの調査もフランは本気であった。だが、切羽詰まってはいなかっただろう。雇い主であるウィーナレーンの頼みだから、できる範囲で手を尽くす。そんな感じだった。だが、これでこの事件は、俺たちが積極的にかかわる事案となったのだ。フランのやる気が目に見えて違っている。

「頼んだわよ」

「ん！」

そうしてウィーナレーンから、改めて原因の調査を頼まれた俺たちだったが……。

ロブレンとの合流地点には向かわず、野営地の中を歩いていた。キャローナたちに挨拶するためだ。ウィーナレーンからの依頼で、キャローナたちの班の教官役を外れることになってしまったからね。しかもあの時は、ウィーナレーンの迫力に負けて、挨拶もできずに調査に出てしまったのだ。

キャローナやカーナに何も言えなかったことを、フランが気にしているようだった。それを責めるような娘たちではないだろうが、挨拶くらいはしておきたい。

そのまま生徒たち用の天幕に向かうと、中ではキャローナたちの班と、冒険者のチャールズ、さらに顔見知りの教官がいた。彼がフランの代わりにキャローナたちの護衛になったのだろう。どうやらこれから依頼に向かうところであったらしい。しかし、フランを見付けると笑顔で出迎えてくれた。

「フラン！　戻ってきたのですか？」

「ん。ウィーナレーンに頼まれた仕事のせいで、キャローナたちに挨拶できなかったから」

「では、わざわざ挨拶に？　ありがとうございます。しかし、湖の異変の調査と聞いていますし、仕方ありませんわ」

ウィーナレーン直々の頼みの重さを理解しているらしい。それに、キャローナたちもこの国で生まれた身として湖の異変に興味があるらしく、皆から質問攻めにあった。

フランはキャローナたちに、モドキが緋水薬を狙っている可能性が極めて高いことを伝え、水辺に近寄る際は周囲に緋水草がないかどうかを確認するように忠告する。

ああ、当然ウィーナレーンの許可は取っているぞ？　キャローナたちにはまだ調査中であることなどを理由に、情報を広めないように言ってある。ウィーナレーンの命令だと伝えたので、言いふらすことはしないだろう。

ほぼ間違いないとは思うが、それでも未確定な情報だからな。ウィーナレーンはこの情報が変に伝わってしまったら、民衆の間に不安が広まったり、吊し上げが横行するかもしれないと危惧していた。何の根拠もなく、緋水草の関係者に対する魔女狩りめいたことが行われないとも限らないのだ。

そう考えると、今の段階で噂が広まるのはまずいということなのだろう。

まずは、モドキが本当に緋水薬を狙っているのかどうか、確定させる必要があった。まあ、そちらはウィーナレーンが調べてくれるそうなので、俺たちは当初の予定通りロブレンと一緒に商業船団に向かうつもりだ。

キャローナたちは不安そうな表情をしている。風土病の特効薬が魔獣に狙われているとなれば、やはり国民にとっては他人事ではないのだろう。

そんな中、少し違う反応をしているのがカーナである。不安よりも、驚きの方が強いように見える。

「カーナ?」

「あ、いえ……」

フランも気になったらしく、カーナに声をかけた。

「どうしたの?」

「……フランさん、少しいいでしょうか?」

すると、カーナが意を決した表情でフランの手を取り、皆から少し離れようとする。

「……実は、提供できる情報があります」

「湖の異変に関して?」

「まだそこに繋がるかは分かりませんが……。実家の伝手を使って調べてもらった情報なので、できればフランさんにだけお伝えしたいのですが」

カーナがそう言うと、キャローナは納得した様子で自ら距離をとった。他の班員たちもキャローナに促され、それに倣う。

貴族や商会の伝手というと、それだけで色々と重要な情報が含まれているかもしれないからな。自身が貴族なだけあって、キャローナは自分たちが聞かない方がいいと理解したのだろう。

「それで？」

「情報は、緋水薬に関するものです」

カーナが囁くように語り出す。言葉を選んでいるようなのは、家の内情に関して喋れないことがあるからだろう。特に、情報伝達の方法は絶対に隠したいようだ。まあ、商家なら当然なのかね？

カーナはこの国に入った直後から、緋水草やそれを使った薬に関して調べていたそうだ。価格や原料、効能に至るまで、移動中も色々と情報を仕入れていた。

「なんで？」

「商材として使えないかと考えたのです」

この国では、風土病の特効薬の原料としてしか認識されていない緋水草。だが、まがりなりにも魔法薬の素材である。研究次第では様々な利用方法があってもよさそうだった。

カーナは緋水草を仕入れて、国外に販売できないかと考えたらしい。さすが商会の娘である。

しかし、それがかなり難しいようだった。命に関わることは少ないとはいえ、病は病。その特効薬の原料で、栽培が不可能である緋水草は、国外への販売がほぼされていない状況だった。禁止されているわけではない。ただ、多くの国民が国外へ大量に出荷することを嫌がる傾向があった。

商人も例外ではない。やはり、いざという時に特効薬が不足したらと考えると、緋水草を輸出することに二の足を踏むようだ。もし自分の仕事が原因で薬不足になれば、この国で生きていくのも難しくなるだろうしな。

「それでも何か道はないかと思い、色々と調べていたんですが……。ある時に違和感を覚えまして」

「どんな？」

「大量の輸出は無理でも、少量を購入することは難しくありません。そこで、まずは緋水草を各地で購入して、実家に送ることにしました」

購入場所をあえて変えたのは、生育地域による差異を調べる目的があるからだ。まあ、そうしないと、研究用に必要な数を集められなかったということもあるが。

しかし、カーナはある時、値段の差に気が付く。

普通は多く採取できる湖近辺が安く、離れれば離れるほどに高くなるのが当然だ。しかし、現在はその相場が崩れているようなのだ。緋水草は湖周辺が一番高く、魔術学院の周辺では例年通りの値段で販売されていた。しかも高騰の理由が、東部地域での患者数の増加であったらしいのだが……。

「風土病患者の増加など、起きていません」

「……ほんと？」

「はい。実家の伝手を使い、ベリオス王国内の風土病患者の数を調べました。例年通りだそうです」

だが、実際に緋水薬の不足が起きているぞ？

「では、国内で販売されたことになっている緋水薬は、どこに消えたのでしょうか？」

「それも分かってる？」

「新型の緋水薬の流通は特殊です。開発に成功した工房と契約を結んだある商会が、ほぼ独占している状態ですね。そして、その商会は――裏でレイドス王国とつながりがあります」

「！」

まじかよ。じゃあ、今回の異変、レイドス王国が裏で何かをしている？

「まだ、何が起きているかは分かりません。しかし、湖の異変と同時期に、新たな特効薬が開発され、その商売にレイドス王国の影がちらついている……。さらに、情報が何者かに操作されている形跡があります。余程しっかり調べないと、風土病患者の増加がデマであるとは気付けないでしょう」

その商会が異変に無関係なのか、何らかの陰謀が絡んでいるのか。急にきな臭くなってきたぞ。

そして、カーナと内緒話をしているついでに、気になっていたことを尋ねてみた。公園で会話していた、ジュゼッカについてである。ただ、カーナは小さく、「言えません」としか答えなかった。もしかして、カーナの情報源はジュゼッカ？　だとしたら、言えないのも当然だろう。

カーナを気に入っているフランは、これ以上ジュゼッカに関して追及するのは止めたらしい。

「ありがと。色々教えてくれて」

「本当は、国に帰るように言われたんです。でも、友人たちを置いて一人で逃げるなんて……」

親からすれば確かに心配なはずだ。しかし、カーナは学院での生活を余程気に入ったんだろう。フランに陰謀を止めてもらいたいのかもしれない。

「ん。任せて」

「はい」

フランはカーナの目を見つめながら、力強く頷いた。商会の機密に近い情報を漏らしてくれたカーナの想いを、しっかりと受け取ったのだろう。そのまま、皆に挨拶をして野営地を出る。そして、足早にセフテントに戻った。

ロブレンと合流を果たしたフランは、カーナからの情報を出所はぼかして彼に伝える。

「あの商会が、レイドス王国と繋がりが？　信じられないな……」

ロブレンも相当驚いていた。緋水薬の販売を行っているメッサー商会は、古くからある商会で、信用度の高い商会であるそうだ。

「裏を取る必要があるね」

「ん。でも、ロブレンは気付いてなかった？　病気が本当は流行ってないって」

そうなのだ。俺たちが一番気になったのがそこだ。風土病の流行がデマであるなんて、少し調べたら誰にでも分かりそうなものだが、国内で気付いている人間はいないのだろうか？

「そうだね。そもそも、そんなもの調べる人間がいないんだよね」

「なんで？」

「だって、困ってる人間がいないから」

緋水薬が足りていないと言われているものの、流通が全くないわけではない。ある程度の数は国内に出回っている。それでも、全員分には足りないと思われていたわけだが……。

「本当は風土病が流行していないのであれば、本来の患者さん全員にはきっちり行き渡っているだろうね。つまり、薬が手元に届かないと騒ぎ立てる人間はどこにもいないわけだ」

「ん」

「緋水草の値段が上がってはいても、薬の値段は例年通りだし」

さらに、新型の薬の流通を一手に取り仕切っているのはメッサー商会である。噂の出所がメッサー商会自体であるならば、物流のおかしさを指摘する人間もいない。

結局「新型である緋水薬が足りていない」と囁かれてはいるものの、被害を受けた人間はいないわけだ。例年よりも緋水草を多く採取することになった冒険者たちが、苦労をしているくらいだろうか？

「でも、そんな噂を流す理由は？」

「さてねぇ。病気が流行ったというデマを流し、緋水薬の値段を吊り上げるっていうなら分かるんだけど……。そんなことはしていない。だとすると、緋水薬そのものが目的なのかもしれない」

「どういうこと？」

「国内に販売したように偽装して、他の場所に持っていく。例えばレイドス王国なんかにね。目的は分からないけどさ」

つまり、緋水薬の入手が目的の可能性が高いってことか。

「どうやって調査する？」

「そりゃあ、商会の関係者に聞き込みをするのが一番かな」

だよな。できれば幹部級の話が聞きたい。

「その商会は、どこ？」

「本拠地は商業船団だ」

工房も商会本部も、商業船団に居を構えているらしかった。

「アポもなしで突撃して、話を聞いてもらえるかどうかが問題だね」

「だいじょぶ」

「何か秘策でも？」

「ウィーナレーンの名前を出せばいい」

俺もフランも、この国におけるウィーナレーンの影響力の凄まじさはもう理解している。

ウィーナレーンの名前を出して、逆らえる相手がいるとは思えなかった。もうね、黄門様の印籠レベル？　しかも、多少のことは揉み消すという、有り難くも恐ろしいお墨付きももらっているのだ。

乱用するつもりはないが、こういう時こそ権力を使わないとね。

「ははは。そうだった。君はあの方の依頼で動いているんだったね。じゃあ、その作戦で行こうか」

「ん」

商業船団へは船で向かうつもりだったのだが、ウルシに走ってもらうことにした。その方が圧倒的に速いからだ。迷わなければ、だけど。湖と言ってもそのサイズは小国規模。方角を見失えば遭難することも普通にあり得る。実際、何らかのトラブルで帰還できない船が、年に何隻も出るそうだ。

ただ、今回は商業船団が比較的岸から近くにおり、道案内——今回は湖案内か？　まあ、航路などに精通しているロブレンもいるので迷う心配もない。

「はは！　速いね！　凄いよ！」

「オンオン！」

空を駆けるウルシの背で、ロブレンがはしゃいでいる。空を往くという経験が、思いの外気に入ったのだろう。褒められてウルシもご機嫌だ。

ロブレンは模擬戦でウルシに負けたんだが、含むところがないらしい。納得しているんだろう。むしろ、尊敬というか、ウルシを認めてくれている素振りすらあった。ウルシもロブレンの実力は見ているので、背に乗せるのも嫌がらない。意外にもいい関係だった。

セフテントを出発し、湖の上を駆けること三時間。

一度町へ戻るかどうか悩み始める頃、俺たちは商業船団を見つけることができていた。

「あの中央の船の少し後ろにある船。あそこに降りてくれるかな？」

「わかった。ウルシ」

「オン！」

上から見ると分かりづらいが、そこは冒険者ギルドの船であった。空から降下してくるウルシを見て、甲板の冒険者たちが驚いている。中には武器を構える者もいたが、背に乗っているロブレンを見てすぐに騒ぎは収まった。降りたのがここでよかった。他の船だったら大騒ぎになっていただろう。

ロブレンが冒険者たちを解散させて、すぐに行動を開始する。

「じゃあ、早速メッサー商会に向かうとしようか」

「ん」

商業船団は乱雑に船が並んでいるように見えて、実はそれぞれの船の細かい配置が決まっているそうだ。それ故、詳しい人間であれば何がどこにあるのか、分かっているらしい。

「どの船？」

「あれだ。あの赤い旗の掲げられた船だ」

意外と近くに見えるんだが、行くまでには結構遠回りする必要があった。まあ、船から船へと移動していくのだから仕方がない。時には船同士をつなぐ簡易吊り橋を渡り、小舟で船を移る。

「ウルシに乗っていったらすぐだよ？」

「ダメだよ。騒ぎになるから。さっきのでも、あとでギルマスが怖いのに」

まあ、それは仕方ない。商業船団は町みたいなものだ。その上をウルシで飛ぶってことは、町中をウルシに乗って駆け回るみたいなものだからな。

そうして、ロブレンの案内で辿り着いたメッサー商会の船は、小型ながらも中々に豪勢だった。手すりには彫り物が施され、甲板には観葉植物が置かれている。ここが普通の商会でいうロビーのような扱いなのかもしれない。この船全てがメッサー商会の持ち物であるという。

最初は何を当たり前の話をと思ったが、小さな商会では船一隻の所有が難しく、それぞれが大型船の一角を借りて事務所にしているらしい。いわゆるテナント方式だ。

そう考えると、商業船団に所属する船を一隻丸々所有できているメッサー商会の羽振りの良さがよく分かった。こんな商会をいきなり訪れて話を聞いてもらえるかと思ったのだが……。意外にもすんなりと幹部と面会することができていた。

「この湖のトップ冒険者の貴方が、急に訪ねてこられたと聞きましてね」

待たされなかったのは、ロブレンのお陰だったらしい。考えてみたら、この規模の商会が有力な冒険者であるロブレンを知らない訳がなかった。

「そちらのお嬢さんを紹介していただけますかな？」

「彼女はフラン。これでも冒険者ですよ？　色々と手伝ってもらっています」

「ん。私はフラン」

「そうですか。私はメッサー商会のグレゴリーと申します。以後、お見知りおきを」

まだフランが黒雷姫だと気付いていないかな？　丁重ではあるが、高位冒険者の同行者として遇している感じだ。見下したりせずに、しっかりと対応しているのはポイント高いね。だが、レイドスと繋がっている疑いがあるせいで、そんな態度もやましいことを隠しているように感じてしまう。

「それで、本日はどのような用件でしょう？　何か御入用の物があるのでしたら、我が商会の全力をもって、揃えさせていただきますよ？」

「いえ、お気持ちは大変ありがたいのですが、本日は取引に来たのではないのですよ」

「ほう？」

まずはにこやかに話が始まる。だが、すぐに相手の顔が曇ることになるだろう。

「実は、ギルドの依頼で動いておりまして。調査にご協力いただければと思い、うかがったのです」

「調査とは？」

「湖の異変についての調査です」

ロブレンがそう口にした瞬間、グレゴリーが一瞬身じろぎをした。だが、それは本当に一瞬のことだ。表情が変わったわけでもなく、声に出たわけでもない。

だが、最初から強い疑いを持っている俺たちにとっては、その程度でも十分にヒントになる。ロブレンもフランも、グレゴリーが何か知っている可能性が高いという確証を強めたらしい。

「ほほう？　それで、当商会に来られた理由はなんなのです？　湖の調査で、ご協力できることはないと思いますが？」

「では、メッサー商会の帳簿と、倉庫を見せていただけませんか？」

「なんですと？」

帳簿なんていくらでも贋物を用意できてしまうはずだ。だが、相手の反応を見るのが目的である。それでも構わない。それに、本当に偽帳簿を出してくれれば、それを足掛かりに犯罪を立証することもできるかもしれない。どれだけ上手く偽帳簿を付けていても、完璧な物など存在しないのだ。

「ですから、メッサー商会における緋水薬の売買記録の記載された帳簿全てと、緋水薬を仕舞っている保管倉庫を確認させてはいただけませんか？」

メッサー商会が黒であると確信したことで、ロブレンはかなりの強気である。

「ははは。何をおっしゃるのかと思えば……。無理に決まっているでしょう？　商会の機密ですよ」

「そこを曲げてくれと頼んでいるのですよ」

「もしや、我が商会に何らかの疑いをかけているのですか？　今回の異変に関わりがあると？」

「さて、どうでしょう？　それを調べたいので、協力をお願いしたいのですがねぇ？」

「荒唐無稽なお話ですな。我が商会は一切の関係がありません」

グレゴリーが厳しい表情で立ち上がった。これ以上話すことはないという意思表示なのだろう。

「お引き取り下さい。残念ですよロブレン殿。あなたは冒険者にしては、礼儀を弁えたお方だと思っていたのですが。二度とお取引をすることはないでしょう」

グレゴリーがそのまま背を向けて、部屋の出口に向かって歩き出す。

しかし、ここで逃がすわけにはいかない。何せ、こいつは幾つも嘘をついていた。湖の調査で協力できることはないという部分だけではなく、異変に無関係だという主張も嘘であった。真っ黒である。

『フラン、こいつは絶対に色々と知ってるぞ』

「ん。まった。まだ話がある」

「そっちにはなくても、こっちにはある」

フランの言葉に、グレゴリーがさらなる怒りの表情を浮かべた。しかし、彼が怒鳴り声を上げる前に、ロブレンが口を開く。

「そうそう。彼女は私とは違う場所から依頼を受けていまして。共同で調査をなさっています」

「違う場所？」

「フランさんは、ウィーナレーン様から全権を預けられて、この度の異変の調査をされております」

「ウィーナレーンだと？　こんな子供が？」

「ふふ。確かに子供ですが、その実力は折り紙付きです。異名持ちのランクB冒険者にして、魔術学院の特別教官の肩書を持っている方ですので」

「なに……？　異名？　もしや、黒雷姫……？」

「ん。ランクB冒険者のフラン。よろしく」

「彼女の身元は私が保証しましょう」

ロブレンがそう告げると、グレゴリーの動きが止まった。何やら葛藤しているらしい。それも当然だ。グレゴリーとしては、このまま怒った体（てい）を装って二人を追い出したかったのだろう。

しかし、ウィーナレーンの名前を出されると話は違う。ぶっちゃけ、この国においては王族などよりもよほど影響力がある存在だ。そのウィーナレーンの名代と名乗る相手の命令を断る商会など、存在するはずもなかった。

それでなお反発し、帳簿や倉庫の確認を拒否すれば、やましいことがあると言っているようなものなのだ。すでにロブレンが何らかの情報を掴み、メッサー商会を疑っている。ここでウィーナレーンから調査を依頼されているというフランの願いを退ければ、その疑いは確信に変わるだろう。

フランもロブレンももう確信しているのだが、グレゴリーはまだ何とかなると思っているだろうしな。ロブレンが保証している以上、フランがウィーナレーンの名代だというのは間違いない。それを信じられないと言い張ることも可能だろうが……。

一〇秒ほど固まっていたグレゴリーだったが、結局は苦い顔で頷いていた。

「わかりました。しかし、全ての帳簿を用意するのには時間がかかりますので、まずは倉庫にご案内いたしましょう」

グレゴリーが人を呼び、どこかに案内するように伝えている。本人は、帳簿を用意すると言って出ていく。俺はそのグレゴリーに、形態変形で飾り紐から生み出した一本の糸を張りつけた。グレゴリー程度の実力なら気付かれることもないだろう。まあ、意味もなく振り向かれたりしたら、目に入るかもしれんが。その場合は仕方ない。

ただ、なんとか発見されることはなかった。グレゴリーが部下に怒鳴るように命令している様が、糸を通してばっちり覗き見られている。どれだけ細くても、俺の体の一部だからな。

「おい！　計画を前倒しにする！　国元への撤収準備を急がせろ！」

「何かあったのですか？」

「冒険者どもに感づかれた！」

「そ、それは……。冒険者如きが我らの計画に気付くなんて……」

「馬鹿が！　やつらが何もできない無能者であるなどというプロパガンダ、本気で信じているのか？

赤騎士どもと同程度の存在と思えと言っただろう！」

「も、申し訳ありません」

「まあいい。ともかく、撤収準備はまかせる。商会長にも伝えろ」

「わ、分かりました。して、冒険者どもはいかがなさるので？」

「やつらは三番倉庫に連れて行くように指示した。あとはあの薄気味悪い屍人に任せておけばいい。喜んで殺してくれるだろうよ」

「だ、大丈夫でしょうか？」

「本人曰く、黒屍人どもは赤騎士をしのぐそうだからな。大丈夫だろう」

やっぱり、まともに倉庫を案内するわけがないと思っていたが、これから向かう先には何かが待っているらしい。屍人？　つまりアンデッドってことか？　それに、国元に撤収って、やはりこいつらは他国――レイドス王国の人間であるらしい。

（師匠、どう？）

『倉庫に敵が待ち受けてるぞ。準備を怠るなよ』

（ん。わかった）

商会の人間に案内されながらも、俺たちは着々と準備を整えていた。フランは戦闘に備えて身体強化などのスキルを発動しつつ、俺はいくつかの魔術を発動直前で準備する。その物騒な様子が理解できたのだろう。ロブレンが盛大に顔を引きつらせた。だが、これで理解したはずだ。これから向かう先に敵が待ち構えていると。ロブレンも密かに体内で魔力を練り始めた。よしよし。

案内の男性は戦闘能力が全くないせいで、俺たちが何をしているのか理解できていないようだ。しかし、何も感じていないわけではないのだろう。

時おり俺たちの方を振り返り、何も分からずに首を捻るということを繰り返している。

『ウルシ』

（オン？）

『グレゴリーを見張れ。逃げられちまうかもしれないからな』

（オン！）

そのまま数分歩くと、船の底に近いジメッとした区画に案内された。その一角にある、一見普通の扉の前で案内人が立ち止まる。

「こ、ここです」

「ふーん」

扉の向こうからアンデッドの魔力や気配は感じ取れない。

ただ、扉や壁からは、微かに魔力が感じ取れた。壁などに結界が張られているのだろう。まあ、一応確認しておくか。俺は再び飾り紐を鋼糸化すると、扉の隙間から部屋の中に侵入させた。ロブレンたちからは、フランが糸使いのスキルを持っているように見えるはずだ。案内人が驚いている。

「入る前に、少し調べることがある。どうせこのあと中をみせるんだから、いいでしょ？」

「そ、それは……」

案内人の男性がどうするべきか悩んでいるが、その後ろにロブレンがそっと移動した。こちらの邪魔をしようとしたら、止めてくれるつもりなのだろう。

糸を部屋の中に入れれば、さすがにアンデッドの気配がする。ただ、本当に微かだ。あまり強力なアンデッドではないのか？　どこにいるかと軽く探ってみたら、部屋の中央に置かれた棺から死霊の魔力が立ち上っている。以前、アレッサで同じものを見たことがあった。鑑定してみると、同じアイテムだった。アンデッドの気配を抑えつつ、魔力消費を抑えて眠っていられる魔道具だ。

隠蔽の魔道具を使ってなお気配が漏れているということは、強力な上級アンデッドが隠れているのかもしれない。しかし、狙い過ぎじゃね？　アンデッドの寝床に棺形の魔道具って……。隠れているつもりなのだろうが、自己主張が強すぎる。怪しさが凄まじい。

『まあいいや。とりあえずこっそりと先制攻撃を仕掛けさせてもらおう』

俺は鋼糸をスキルで操作して、棺の周辺に張り巡らせる。そして、魔力強奪スキルを多重起動させた。アンデッドは魔力で動いているため、魔力を吸収されると弱体化するし、魔力切れを起こせば消滅するのだ。

『おらおら！　登場前に昇天しちまいな！』

周辺の魔力が急激に減り始めるのが分かる。これならば棺だけではなく、アンデッドにも影響があるだろう。さて、どうする？　未だに姿も分からないアンデッドよ？

自らに降りかかる異変には気付いているだろうが、ここで動けばフランたちに自分の存在がばれてしまう。未だに奇襲ができると思っているアンデッドにしてみれば、ここで動くことに躊躇があるようだった。そもそも、やつからはフランたちによる攻撃かどうかも分からないはずだ。

そのまま十数秒ほど経過した頃、ついに棺に動きがあった。内側からバーンと勢いよく蓋が跳ね上がり、次いで干からびた死体が上半身を起こす。そこらのアンデッドよりは高位の相手が出現するとは思っていたが、そこにいたのは想定以上の相手であった。

『ワイト・キングじゃねーか！』

それは、脅威度B魔獣である、ワイト・キングだったのだ。間違いない。魔狼の平原で戦った相手だからな。ただ、威圧感や魔力の大きさは、以前戦ったワイト・キング――アイスマンには劣っていた。同じ種類でも、レベルや生前の能力などで、その力は変わるんだろう。

姿形もよく似ている。着込んでいるローブもほぼ一緒だろう。でも、おかしくないか？　いくら同じ種類の魔獣とはいえ、装備が一緒っていうのはあり得ない。いや、違うか。ここはレイドス王国と繋がりがあるとの疑いがある。魔狼の平原で戦ったアイスマンも、レイドス王国の黒骸兵団の所属だった。つまり、同じ部隊に所属する同僚的なことなのかもしれない。

『フラン。アイスマンレベルの相手の可能性もある。絶対に気を抜くなよ』

（ん！　わかった！）

俺がフランに情報を伝えている間にも、ワイト・キングが困惑した様子で周囲を見回す。

「な、なんだこれは……。糸……？」

まだ状況がつかめてはいないか。しかし、すぐに周囲に張り巡らされた糸が、魔力を吸い上げていると理解したようだ。魔力を溜め始める。一気に吹き飛ばすつもりであるらしい。させんがな。

『おらぁ！』

「ぬおお！　こ、これは浄化の……！」

俺は糸をワイト・キングの体に巻き付かせつつ、浄化魔術を発動する。まだスキルレベルが低いのでワイト・キングレベルの相手を倒せるほど威力はないが、大分弱らせることはできているはずだ。

扉の外にもワイト・キングの叫びは聞こえている。しかも、何やら苦しんでいるようにも聞こえるだろう。案内人は、オロオロとするばかりだ。どうすればいいか、分からないらしい。

『後は頼む！　フラン！』

「ん！」

「ちょ、何を！」

案内人の制止など無視して、フランは扉を蹴破ると、無言のままアンデッドに斬りかかる。

「なぜ、俺様のことが――ぐおぉぉぉ！」

奇襲するつもりが奇襲され、全く対応が間に合っていない。それでも障壁を張って対応しようとしたようだが、魔力強奪と浄化魔術によって発動が妨害されていた。

「があっ――」

糸で縛り上げられていることで身を捩ることさえ敵わず、無防備にフランの攻撃を受けるしかない。

ワイト・キングはお得意の死霊魔術を使う間もなく、フランに棺ごと真っ二つにされたのであった。

『よし、よくやったぞフラン』

「ん……」

難敵であるワイト・キングを、周囲に被害を出さずに瞬殺したはずなのに、フランの顔は浮かない。

『どうした？』

（また魔石なかった）

『ああ、そういえばそうだな』

このワイト・キングも、魔狼の平原で倒したアイスマンと同じで、体内に魔石を持っていなかった。

もしかして、ワイト・キングって魔石を持たない種族なのか？

　まあ、今は唖然としているロブレンに説明をするのが先決だ。

「フランさん……？」

「ん？」

　目の前で突如行われた戦闘に、ロブレンが唖然としている。いや、戦闘というよりは、一方的な討伐だったが。

『フラン、説明してやらないと』

「中にアンデッドがいたから倒した」

「アンデッド？」

「ん。それに、緋水薬もない」

　フランの言葉を聞いたロブレンが、倉庫の中を覗き込む。真っ二つにされたアンデッドと棺の残骸に加え、確かに倉庫の中に薬がないことを確認したのだろう。未だに腰を抜かしている案内人に視線を投げかける。

「これはどういうことかな？」

「アンデッドがいることは知っていたの？」

　ロブレンとフランに同時に質問され、案内人が震えあがった。

「し、知らない！　知りませんでした！」

『嘘だ』

「緋水薬がないことも知ってた？」

「知らない！」

『嘘』

この案内人も、ある程度の事情を知っているということだろう。

「ロブレン、こいつは色々知ってる」

「へえ?」

フランの言葉に、案内人がビクリと震える。嘘を見抜かれたことが分かったらしい。

「少し痛めつければ、情報喋るかも」

「なるほどなるほど」

「ひ、ひぃぃぃ!」

その後、フランが剣を振り被ると、それだけで男はペラペラと情報を喋ってくれた。

彼自身はこの国の人間だが、死んだ父親がレイドス王国の人間であったらしい。あの国は方々に長期潜伏のスパイを送り込んでいる。この男の父もそうだった。ただ、生え抜きのレイドス王国人ではないため、忠誠心は低いようだ。こちらの質問には嘘なく答えている。

「レイドス王国は、この湖で何をするつもりなの?」

「わ、分からない! 本当だ! ただ、東征公(とうせいこう)のお抱え錬金術師っていうやつが、商会長たちに指示を出してるらしい!」

「東征公?」

「し、知らないのか?」

「ロブレン知ってる?」

「名前だけはね。ただ、レイドスの情報はほとんど入ってこないから、レイドス王国にいる四大公爵の一人っていうことしか知らない」

国交がないうえに、冒険者の出入りもない。それ故、ロブレンであってもレイドス王国の内情については詳しくないらしい。案内人に詳しく説明させると、現在のレイドス王国の情勢はかなり混沌としている。まず、国王が事故死してしまい、不在であるらしい。そして、死去した前国王の遺児の中で、誰を王にするかが決まっていないという。

嫡男は王と共に死亡してしまっており、正式な後継ぎが不在の状況なのだ。幾つかの派閥がそれぞれの擁立した候補を推しており、泥沼状態に陥っているらしい。最も年長の子供でも一三歳であり、最有力と呼べるほどの候補がいないことも問題の長期化に拍車をかけているようだ。

そろそろ決まるらしいという噂もあるが、確定情報ではないらしい。

その混乱するレイドス王国を支えているのが、国王に次ぐ地位と領地を持った、四大公爵家である。遥か昔、レイドス王国は北方に乱立する小国家群の一つでしかなかった。しかし、ある時に軍事的才能に優れた覇王が王位を継ぎ、その王によって周辺国家を併呑して今の国土を築いたのである。

その時に活躍したのが、覇王の腹心であった四人の将軍である。東征将軍、西征将軍、南征将軍、北征将軍によって率いられた四つの軍団は、破竹の勢いで周辺国家を侵略し、レイドス王国は急速に拡大していった。

そして大戦の終結後、それぞれの将軍は併合した土地の有力国家の王族を娶って、公爵に任じられたのである。ただ、それぞれの公爵家には多少の序列があるらしい。最も有力と言われているのが、北征公爵家。次いで西。東と南はほぼ同格という感じだという。その差は、過去の戦績によるものだ。

北征将軍は、少ない手勢を巧みに操り、目標とされるジルバード大陸北部の完全制覇を成し遂げている。そのことで、現北征公爵家は国民や貴族から尊敬を集めていた。

西征将軍も、フィリアース王国の神剣ディアボロスの入手には失敗したものの、西部をほぼ手中に収めている。さらに奴隷の売買などを行うことで経済的に最も潤っており、西征公爵家も北征公爵家に負けない威勢を誇っているらしい。

逆に、東と南の公爵家は力を弱めていた。没落とまでは行かないものの、北、西に比べたら半分以下の力しか持たないそうだ。それもまた、過去の戦が影響している。

東にはウィーナレーンが、南にはクランゼル王国が立ちはだかり、両公爵家の進撃を止めたのだ。そのせいで二家は領地がやや狭いうえ、発言力も北と西に比べ低かった。その現状をよしとしない南と西の二家は、公爵に封じられた後も戦いを継続し続けたという。そして負け続け、膨れ上がる戦費が経済を圧迫するという悪循環に陥ったのだ。

ここ最近は正面から戦を仕掛けることはしなくなった代わりに、水面下で様々な陰謀を進めているらしかった。今回のことも、大本には東征公爵家がいるらしい。

「でも、俺みたいな下っ端には詳しいことは分からないんだ！　グレゴリーさんが、そんなことを呟いてたのを聞いただけで！」

案内人の男が知っていたことは、メッサー商会がレイドス王国の隠れ蓑(みの)になっているということと、そのトップが東征公爵であるということ。それと、現在は公爵によって派遣されてきた錬金術師が、商会内で指示を出しているということだけだった。

「その錬金術師は何者？」

「わ、分からないです……。名前も知らないんです！　でも、今は緋水薬作りの工房に出入りしているって……」

情報をある程度聞き出した俺たちは、とりあえず案内人をぶん殴って気絶させてから、手足を縛って転がす。

「この後どうする？」

「君はどうするんだい？」

「幹部を捕まえる。ウルシが見張ってるからすぐに済む」

「じゃあ、そっちは任せていいかな？　私はギルドに報告して、そのまま工房に向かおうと思う」

「わかった」

確かに、二手に分かれた方が逃げられる可能性も低いのだ。ロブレンは案内人を抱え上げると、そのまま冒険者ギルドに向かうらしい。

レイドス王国が背後にいるとなれば、個人の問題ではないということなんだろう。

『俺たちはグレゴリーの捕縛だ』

「ん！」

遠くに感じるウルシの気配を頼りに、船の中を進む。

道中で商会の人間に出会った場合は、できるだけ優しく眠ってもらうことにした。全員がレイドス王国の人間なのか、現地の雇われ従業員なのか分からないからだ。

確実に敵と判明していれば、足をへし折って転がしておけばいいんだけどな。

『フラン、そこの角だ』

「ん」

辿り着いたのは、船の上層階の一角である。上層がオフィス、下層が倉庫になっているのだろう。

『ウルシ。いるな？』

（オン）

俺が呼びかけると、観葉植物の影の中からウルシが現れる。

『この部屋にグレゴリーがいるのか？』

（オンオン！）

間違いないらしい。

『フラン、部屋の中にいるやつは全員捕縛する』

（ん！）

『ウルシは、船から逃げ出すやつがいないか監視だ。誰であっても逃がすな。手荒になってもいい』

（ガル！）

そして、ウルシを見送った俺たちは、目の前の室内に踏み込んだ。

中にいた人間たちは、フランによって斬り裂かれた扉が倒れる音で、ようやく侵入者に気付いたらしい。デスクを漁っていたグレゴリーが、こちらを振り返った。次いで、驚愕の表情を浮かべる。

「な、なぜ……」

「なんでアンデッドに殺されずに、ここにいるか？」

「！」

その言葉で、自分たちの企みが露見したことが分かったのだろう。

「ジャグ！　ベード！　殺せ！」

部屋の中にはグレゴリー以外にも、冒険者風の男たちがいた。

部屋の外のフランに全く反応できていなかったことからも分かるが、あまり強くはない。いや、戦士としての能力は普通なんだが、感知などの戦闘以外の技能が低い感じだ。

「……はぁ！」

「ぬおお！」

ただ、訓練はしっかりとされているらしい。余計な言葉を口にすることなく、フランに対して攻撃を仕掛けてきた。相手の氏素性も年齢も関係なく、命令に従うことを叩き込まれているのだろう。連係の練度も悪くはなかった。相手がランクE冒険者程度であれば、通用していたかもしれないな。

だが、残念ながらここにいるのは、ランクAとも互角に戦う一流の戦士だ。

二人の繰り出した剣の連撃は、空しく宙を斬っていた。

フリッカージャブのように振るわれたフランの拳が、二人の顎を連続で打ち抜き、意識を一瞬で刈り取る。ジャブとはいえ、フランの力で殴られたのだ。顎の骨は最低でも粉々だろう。

「な……じゅ、従騎士二人を瞬殺？」

「アンデッドを倒した私が、いまさらこんなやつらに苦戦するはずがない」

何故か驚愕するグレゴリーに、フランが首を傾げながら告げる。すると、見開かれていたグレゴリーの目が、さらに見開かれた。人間の目って、あんなに大きくなるんだな。

「倒した……？　倒しただと？」

「ん」

「嘘だっ！」

「嘘じゃない」

「あれは、小国であれば滅ぼすことさえ可能な化け物なんだぞ……！　素体は非戦闘員だったが、並の冒険者には傷付けることさえできないはずだ！　それを……！」

「倒した」

「馬鹿な！」

どうやら、アンデッドに気付いて、戦わずにスルーしてきたと思ったらしい。まあ、ワイト・キングの強さを知っていれば、そう思われても仕方ないだろう。目の前で男二人が瞬殺された光景を見ても、フランがワイト・キングより強いとは思えないようだった。だが、どちらにせよ自分が勝てない相手であることは理解しているらしい。グレゴリーの目に、怒りと焦りの色が浮かんでいた。

「小娘……。今なら穏便に――」

フランを脅してこの場を切り抜けようと考えたのだろう。しかし、グレゴリーの言葉を遮るように、フランが口を開く。

「お前らがレイドス王国と繋がっているのは分かっている」

「は、はは……。何を言い出すかと思えば。どこでそんな誤情報を……」

この期に及んで言い逃れをしようとするが、もういいや。ここで問答をしていても仕方がない。

フランが身を低くしながら軽く踏み込み、グレゴリーの腹にボディブローを突き立てた。フランの拳が、小太りのグレゴリーの贅肉に完全に埋没する程度には深くめり込んでいる。

「うげおぉぉぉおぉぉ！」

色々な物を吐き出しながら、グレゴリーがその場にうずくまった。自らの嘔吐物に顔から突っ込んでいるが、そんなことに気付かないほどに腹部の痛みが耐えがたいのだろう。

吐き出す物が無くなっても、まだ腹を押さえながらえずいている。それでも、十数秒もすれば多少マシになってきたのか、悲愴感のある表情でこちらを見上げるグレゴリー。自分の立場が完全に理解できたらしい。浄化魔術をかけられながら、屈辱そうな呻き声を上げている。

「色々喋ってもらう」

「……くっ」

やはり戦闘員ではないグレゴリーは痛みに対する耐性が高くはなかった。暴力を用いた尋問を受ける覚悟はしていたのだろうが、実際に痛めつけられてその覚悟が折れてしまったらしい。ヒールをかけられて、あんなに絶望的な顔をする人間、なかなかいないだろう。

「うあぁ……喋る……喋りますぅ……しゃ、しゃべらせて、くださぃぃ」

一〇分後には泣きながらそう懇願していた。

話を聞いてみると、グレゴリーはレイドス王国の貴族だった。なんと、子爵であるらしい。とはいえ、二〇年以上も前に商人に偽装してベリオス王国に入り込んで以来、貴族らしい生活などしたことはないらしいが。それでもレイドス王国への忠誠心を失わないのは凄いと思ったが、単に忠誠心が高いというよりも、裏切ったら殺されるという恐怖心が強いようだ。

実際、祖国を裏切ろうとして殺されたスパイ仲間もいるそうだった。スパイを見張るスパイがいるのかもしれないな。それに、レイドス王国のスパイは、少々特殊だ。常に相手の国に対して工作を行うのではなく、有事の際に動きやすいように、普段は真面目に活動していることが多い。

フィリアース王国に潜り込んでいたサルートという騎士も、信頼を得るために平時は普通に働いていたのだ。グレゴリーも同じで、数年に一回レイドス王国に情報を送る以外は、本当にまともな商人として活動をしていたらしい。そのおかげでこの地で信頼を得るまでとなり、今回の緋水薬に関わる陰謀もスムーズに進めることができていたそうだ。

グレゴリーたちは東征公の配下であり、その配下の錬金術師の計画を手伝っている形であるという。

「その錬金術師は何者？」

「ゼライセという、まるで子供のような男です」

フランが目を見開く。なんと、ここでやつの名前を聞くことになるとは思わなかった。

「ゼライセッ！　やつがこの国にいる？」

錬金術師ゼライセ。各地で暗躍する、クソサイコイケメン錬金術師。バルボラでは俺たちもしてやられたことがある。まあ、こっちもやつの計画を邪魔してやったから、痛み分けと言えば痛み分けだが。

それにしても、レイドス王国にいたんだな。元々、レイドス王国の所属なのか？　いや、クランゼル王国で育てられたような話をしていたが……。

「ゼライセは、レイドス王国の部下？」

「せ、正確には東征公の配下かと……」

「やつは他の国で追われてる」

「わ、我が国と敵対している国での犯罪歴は関係ありません。それに、冒険者ギルドがないレイドス王国では、ギルドのかけた懸賞金も意味がない」

つまり、他国の犯罪者であっても、有能であれば受け入れるということか。それどころか敵の敵は味方という論法で、他国で手配されている者を積極的に受け入れている可能性すらあった。

『もしかして、あのアンデッドはゼライセが使役しているのか？』

フランがそのことについて尋ねると、ゼライセとは全く関係がないそうだ。あのアンデッドは、南征公の配下である黒骸兵団から貸し出されたアンデッドであるという。やはり黒骸兵団の所属だったか！　理性あるアンデッドの集団ということだったが、南征公が生み出しているのか？

「レイドス王国が生み出している？」

「く、詳しくは分からない！　でも、黒骸兵団で、理性あるアンデッドを生み出す秘術を開発したらしいのです！」

「そんなこと、可能なの？」

「あ、あのワイト・キングも、まともな会話は一応可能でした。その精神は大分変質してはいましたが……。やつが言うには、人間を無理やりアンデッドに変えていると！」

奴隷に死霊魔術を覚えさせた後に、無理やりアンデッドに変化させるという方法をとるらしい。そうすることで、死霊魔術を使用可能な高位のアンデッド――つまり、ワイト・キングが生み出されるんだろう。ただ、素体となった者の相性によってどのクラスのアンデッドに変わるかは分からないらしく、賭けでもあるそうだ。

そうしてアンデッドにしたあと、高位の死霊術師が支配し、レイドス王国に忠誠を誓わせるらしい。

わざわざ人間をアンデッドに変える利点としては、やはり強い理性と、会話能力があげられる。普通は精神が狂ってしまい、複雑な作戦行動を取らせることが難しいアンデッドが、人としての思考を持つことで恐ろしくも強力な兵士に変貌するのだ。

ただ、アンデッドとなった者は時間経過によって徐々に肉体と精神が変質していってしまうので、平時は棺で眠っていなければならなかった。あの棺には強力な隠蔽効果もあるので、敵国の中枢までバレずに運び込むことも可能である。考えてみたら、恐ろしい存在だった。

実際、レディブルーにはチャードマンという、黒骸兵団のアンデッドが潜んでいた。あいつが破壊工作を始めていたら、かなりの被害が出ていたはずである。今回のワイト・キングだって、実際に暴れ始めれば商業船団は壊滅していた可能性もあった。実際は、ウィーナレーンが出てきた時に少しでも対抗できる存在と目されていたようだ。まあ、俺たちが瞬殺してしまったし、あの程度でウィーナレーンがどうにかなったとは思えんがな。

色々と疑問もあるけど、今はアンデッドよりも緋水薬が重要だ。

「お前たちの目的は何？　緋水薬をどうするつもり？」

「ゼ、ゼライセ殿の最終的な目的は知らされていません！　ただ、緋水薬を大量生産せよと！」

「その緋水薬はどこに送ってる？」

「ど、どこにも……」

はあ？　どういう意味だ？　緋水薬を作って、何かに使おうとしてるんじゃないのか？

だが、グレゴリーが語るには、作った緋水薬はこの船の倉庫に大量に保管されたままになっているらしい。国内用に僅かに流通させている以外は、全てここに残されているそうだ。

そのうち、どこかに運ぶのだろうと思われていたが、もう一年以上このままだという。

（なんで？　緋水薬を手に入れることが目的じゃない？）

『さてな……。それに、こいつらがレイドス王国の人間でゼライセの指示で動いていることと、湖の異変のつながりも分からない』

メッサー商会が何かをしたせいで異変が起きているのかと思っていた。それこそ、緋水薬を何らかの方法で悪用して、今回の異変を引き起こしているくらいのことは考えていたのだ。

だが、本当にそうなのか？

「湖に異変が起きていることは知っている？」

「は、はい」

「お前らの仕業？」

「め、滅相もない！　そんな大それたこと、しているわけがないでしょう！」

『まじかよ。こいつ、本気でそう言ってるぞ』

グレゴリーに知らされていないだけ？　それとも本当に関係ない？

『フラン、ゼライセから無理やりにでも話を聞く必要がありそうだ』

フランがグレゴリーにゼライセの居場所を尋ねる。

「こ、工房だ！　緋水薬の工房にいる！」

（ロブレンがいってるとこ？）

『ああ、そうだろうな』

もしかして、このままだと逃げられるか？　ロブレンを馬鹿にするわけではないが、ゼライセをどうにかできるとは思えない。こちらが工房を怪しんでいるとバレてしまえば、ゼライセは即座に逃走に移るだろう。ただ、この船を放置もできないんだよな。全員を捕縛できているわけじゃないし、商会長などの幹部も全員は捕まえられていない。

悩んでいると、ウルシの遠吠えが聞こえた。同時に、この船に向かってくる複数の気配がある。

『どうも、冒険者たちが来たみたいだな』

ウルシの声に緊迫感がなかった。敵ではないのだろう。

はたして甲板に出てみると、冒険者たちが小舟に乗ってこちらに向かってくるところであった。中には見知った顔もいる。以前、模擬戦をしたことがあるランクC冒険者のダゴールたちだ。

「黒雷姫殿！　久しぶりでござるな！　お元気そうで何より！」

「ん。ダゴールも」

「はっはっは。それが数少ない取柄(とりえ)ですゆえ。さて、ロブレン殿から頼まれてこの船の制圧に参ったのですが、どのような状況となっておるのでしょうか？」

冒険者たちのまとめ役であるダゴールに、縛って隣に転がしてあるグレゴリーが全て喋ったということと、この商会がレイドス王国の隠れ蓑であるということを説明する。

「ロブレン殿の説明で聞いてはいましたが、やはり本当でしたか……」

「後は任せていい？」

「任されましょう。して、黒雷姫殿はいかがなされるので？」

「工房に向かう」

「なるほど」

「とりあえず、この船にいる人間は全員捕縛して」

「分かり申した」

これで、俺たちは工房に向かえるな。ただ、正確な場所が分からないから、案内がほしいところだ。ここから見えるなら、簡単なんだけどな。そんなことを考えていたら――。

ドゴオオオォォォォォンンン！

突如、轟音が鳴り響いた。

「う！」

「オフ！」

『うわっ』

フランとウルシが、ビクッと首をすくめる。俺も驚いて、思わず声を上げてしまったのだ。

音が聞こえた方角を見ると、すぐに原因が分かった。商業船団の一角にあった小型の船から、天に昇る巨大な火柱が噴き上がっていたのだ。何かが爆発したのだろう。事故？　事件？　魔獣にでも襲われた？　未だに炎が舞い上がり続ける船の姿は、ニュース映像で見たタンカー火災にも似ている。

まあ、規模はこっちの方が小さいが。

それでも、あの火勢では周囲の船に飛び火する恐れもあるし、救助もままならないだろう。

『あの船って何の船なんだ？』

商業船団の船は、役割も持ち主も千差万別だ。居住用の船や漁業用、オフィスに工房、ギルドの本部など、俺たちみたいなよそ者では一見しただけでは判別できない。

「ダゴール。あの船、どこの船？」

「あ、あれが黒雷姫殿が向かうと言っていた工房船でござる！」

第三章　インテリジェンス・ウェポンたち

向かうつもりであった工房船が、火柱と黒煙を噴き上げていた。

『ロブレンたちは無事なのか？』

（師匠、ゼライセの仕業？）

『分からん！』

だが、限りなくその可能性は高いだろう。

『とりあえずあの船に向かうぞ！』

「ん！　ウルシ！」

「オン！」

フランはウルシの背に飛び乗って、爆発炎上する工房船に向かった。工房というだけあって可燃性の薬品などを積んでいるのか、時おり大小の爆発が起きている。しかも、船底に穴が開いたようで、かなりの速度で沈み始めていた。これは、かなりの大惨事だろう。

魔術で水をかける程度で、どうにかなるようには思えない。

『おいおい、ロブレンたちは……』

「師匠！　あそこ！」

フランが指差す先には、板に掴まって湖に浮かぶロブレンの姿が見えていた。

「ロブレン！」

「ああ、フランさん……」

俺が念動を使って、ウルシの背の上にロブレンを引き上げる。かなり憔悴しているようだ。

「だいじょぶ？」

「私はなんとか……。だが、一緒に工房に踏み込んだ他の冒険者たちが……」

「何があった？」

悲痛な顔をするロブレンに、フランが爆発の原因を尋ねた。

「工房にいた錬金術師が、いきなり瓶のようなものを投げたんだ。そうしたら、大きな爆発が起きて、さらに薬品に引火してね」

「その錬金術師は？」

「分からない。爆発に巻き込まれたはずなんだが……。その程度で死ぬとは思えないんだよ」

ロブレン曰く、金髪碧眼の、子供のような喋り方をする青年だったそうだ。

「あれはただの錬金術師じゃない。もっと、恐ろしい相手だよ……。見ただけで、鳥肌が立った」

間違いない。ゼライセだ。ロブレンはベテラン冒険者の鋭い勘で、相手がただ者ではないと察知したのだろう。

『フラン、とりあえず救助を優先するぞ』

「ん！」

ウルシとフランは手分けして、湖に浮かぶ人々を救出していった。

「だいじょぶ？」

「た、助かった……」

「オン？」

「ひぃぃぃぃ！」

救助した人の中には、ロブレンとともに船に踏み込んだ冒険者以外にも、工房船で働いていた普通の人々もいる。

冒険者は感謝してくれるんだが、そうでない人々はウルシを見て悲鳴を上げていた。巨大な狼に襲われると思ったのだろう。いや、最初の方は、ウルシが口を使って引き上げたりしてたから特にね？　体も大きいし、顔も迫力がある。普通の人に怖がるなというのは、なかなか厳しいと言えるだろう。

『だからそんなに落ち込むなって』

「オフ……」

後半はロブレンのような水上歩行ができる冒険者たちも救助に加わり、かなりの人数を救出することができていた。それでも全員無事とはいかず、多くの遺体を回収することになってしまったが。

フランが拳を握り締め、怒りに震えている。

「……ゼライセッ……！」

『あの野郎、どこに行きやがった？』

「ガル！」

怒りを覚えているのは、俺もウルシも同じだ。

ゼライセは転移系の能力を持っているはずだが、爆発を自身で起こしたのなら、まだそれほど遠くにはいっていないだろう。ウルシの鼻で追うことはできないか？　もしくは、今の俺やフランなら、スキルでその存在を感知することができるかもしれない。

『ゼライセはまだこの辺に――』

ドゴオオオン！

『な、なんだ？』

「あれ！　また火！」

慌てて音の出所を確認すると、ここことは別の船から火柱が上がっているのが見えた。

さすがに、あれがどの船かは分かる。さっきまでいたところだからな。

『メッサー商会の船が……』

工房船に続き、メッサー商会の船までもが業火と煙に包まれ、ゆっくりと沈もうとしていた。

あり得ないほどに火の回りが速い。証拠隠滅のため、船に何らかの仕掛けを施していたらしい。

「いく！」

『ああ！』

俺たちは再び救助活動に勤しむ。だが、救助できたのは冒険者ばかりであった。商会の人間の多くは冒険者によって拘束されており、火から逃れることができなかったのだ。上手く湖に飛び込んでも、手足が縛られているせいで溺れてしまう者もいたらしい。しかも、事態はこれで終わりではなかった。

ゴゴッ！

またまた大きな音が響いてくる。ただ、今度の音は爆発音ではなかった。体の芯に響くような、重い衝撃は感じなかったのである。爆発の音というよりは、何かが軋んで壊れるような破砕音だ。

ゴゴオ！　ドゴオン！

しかも、断続的に何回も聞こえてくる。

『フラン、上に！』

「ん！」

俺たちはその場で上昇し、音のした方角を見てみた。

『ありゃぁ……、やベーな』

「師匠！　いく！」

『ああ！　ウルシ急げ！』

「オン！」

どうやら、俺たちの感知スキルが狂ったわけではないらしい。

『なんであんな大量のモドキが……！』

「ゼライセが呼んだ？」

『馬鹿な！　生態もよく分かってないモドキをどうやって！』

なんと、商業船団の複数の船が、モドキによって襲われていた。すでに船縁（ふなべり）に取り付かれ、大きな穴を開けられている船もある。

メッサー商会や工房船への出入りをするために冒険者の多くが駆り出され、警戒網が薄くなっていたのだろう。そこに、大量のモドキが押し寄せたせいで、対処が間に合わなかったのだ。

これは偶然か？　いや、そうじゃない。モドキはもともと緋水薬を狙っていると推測されていた。そして、工房船、商会船が爆発炎上したことで、大量の緋水薬が湖に流出してしまった。

しかも大きな音と、目立つ炎の柱。モドキを引き寄せるには十分な条件と言えるだろう。

モドキの気配が多すぎて正確には分からんが、船団の周囲に三〇体以上はいるはずだ。しかも、さらに集まってきているだろう。

『ともかく、モドキを狩るぞ！』

「ん！」

『二人とも、派手な魔術は使うなよ？　船団に被害を出さないように、接近戦で仕留めるんだ！』

「前と同じ。だいじょぶ」

「オン！」

『よし、行くぞ！』

俺たちとウルシ、二手に分かれて近くのモドキから倒していく。三手に分かれることも考えた。水中で戦えば、俺が単独で動く剣であると露見する可能性も低いだろう。だが、それは止めておいた。付近にまだゼライセがいるかもしれない。そんな場所で、フランを一人にしたくなかった。

今のフランがあっさりと倒される恐れは低いと思う。だが、ゼライセには強さやステータスでは測りきれない、不気味さがある。何をするか分からない怖さがあった。

「師匠？」

『おっと、すまん。ちょっとゼライセの存在が気になっただけだ。それよりも、まずはモドキをどうにかしないとな』

「ん！」

数は多いものの、モドキ相手に俺たちが苦戦することはなかった。あまり派手な攻撃はできないせいで手数は必要だが、こちらがダメージを負うことはほとんどない。船などを狙っているモドキに奇襲を仕掛けられるし、元々俺たちが格上だ。苦戦する要素がなかった。だが、気は抜かない。

（師匠、見られてる）

『ああ。俺も視線を感じてる。だが、どこからかは――』

（私も分からない）

明らかに、何者かが俺たちを見ていた。船団の人間が、モドキたちを蹂躙（じゅうりん）する謎の少女を、驚きを持って見つめているということではないだろう。

それはもっと粘っこい、不気味な視線である。まるで、興味深い実験対象を観察しているかのような。もしくは、道端で目を付けた幼女の誘拐計画を練っているかのような。強烈な不快さと、陰湿な変質性が感じられた。すぐにでも居場所を見つけて叩きのめしたくなる。それに、こいつは俺たちだけを見ているのではない。どうやら、この戦場全体を観察しているらしかった。

何者なのだろうか？　捕まえれば分かるだろうが、相手の場所が分からない。余程距離があるのか、高度な隠密能力を持っているかのどちらかだろう。だが、それは俺とフランの話である。

（オンオン！）

ラグナロクウルフに進化したウルシの鋭敏な感覚は、視線の主を捉えているようだ。さすがだな。

『ウルシはそのままそいつの居場所を捕捉し続けろ』

（オン！）

まずはモドキを片付けることが先決だ。他の冒険者たちも参戦し始めたが、まだ戦力が足りていないからな。俺たちが抜ければ、船団に大きな被害が出るだろう。

『強いのはロブレンと――シエラか』

戦線に復帰したロブレンと、どこからともなく現れたシエラ。この二人の戦果が特に目立っている。

（ん。あの剣、凄い）

『確かに』

　フランが驚く通り、シエラの振るう漆黒の剣は、想像以上に強力な魔剣であった。邪気を纏うせいで鑑定ができなかったが、相当な高位魔剣であることは間違いないだろう。単純な攻撃力だけではない。明らかにシエラの能力を底上げしているのだ。しかも、かなりの強化率だった。

　元々はランクD相当のシエラの動きが、ロブレンと比べても遜色がないほどである。

　黒い邪気を纏った剣を握り、高速で水上を駆けながらモドキを次々と斬り裂く姿は、とても下級の冒険者とは思えなかった。ランクB級でもおかしくはないのだ。

　だが、シエラからはなぜか、焦りに似たものを感じ取ることができた。それは、モドキに対する警戒とも、怒りの感情とも違っているように思える。強大な相手を前にした覚悟がそう思わせるのかと思ったが、今見ているシエラの力ならば、モドキの群れであっても問題なく戦えるだろう。あれほどの緊張感を纏うのはおかしく思える。ならば、何に対しての緊張だ？

　モドキを倒しながらもシエラを観察していると、何かを探しているようにも見える。

　どうも、俺たちと同じように、戦場を見つめる視線の主を探しているようだった。

『まあ、俺たちが先に見つけたけどな！』

「オン！」

　勝ち誇ってはみたものの、見つけたのはウルシだ。しかも、俺はまだ視線の主を発見できていない。

『モドキも粗方仕留めたし、頼むぞウルシ』

　船団の周りにモドキがいなくなったことを確認した俺たちは、間髪容れずに行動を開始した。相手を逃がさないためだ。

『視線の主が逃げる前に、決める！』

（オン！）

作戦自体は難しくない。隠れている相手にウルシが影転移を使って奇襲を仕掛け、ウルシの気配を辿って俺たちも転移するだけだ。問題は、相手が転移でも届かないほど遠くにいた場合だが――。

「オォォンン！」

問題なかったらしい。ウルシがその場で影に潜っていった。

そして次の瞬間には、船団の数十メートル後方にウルシの気配が出現する。

『っていうか、近いな！』

「ん」

これは、相当な隠密能力を持った相手というのは確定だ。二〇〇メートル程度しか離れていないのに、俺とフランの探知を誤魔化すレベルというのはかなりのものだろう。

『油断するなよ』

「ん！」

俺は、戦闘準備万全のフランとともに、ウルシを追って転移した。勿論、気配は消している。転移した直後に発見されては、奇襲の意味がないからな。

ウルシのやや上空に跳んだ俺たちの眼下では、ウルシと一人の男が向かい合っている。

ウルシと同じように水面を踏みしめて立つ男の周囲には、黒い触手のような物が蠢（うごめ）いていた。ウルシが放った拘束魔術だろう。だが、男の張った障壁に防がれているようだ。

『ゼライセッ！』

一見すると爽やかにも見える薄笑いを浮かべる金髪碧眼の男には、ハッキリと見覚えがある。それはクソサイコイケメン、ゼライセであった。予感はあったが、やはり視線の主はこいつだったか。

「師匠！」

『分かった！』

フランが即座に俺を構える。その言葉に呼応して、俺は自らを刀形態へと変形させた。久しぶりの感覚かもしれない。ここまでツーカーで通じ合ったのは。

やはり、剣とその使い手だ。俺はフランの保護者だけど、フランの剣でもある。俺たちが最も通じ合うのが戦いの場というのは、必然なのだろうな。フランが小さく頷く。

「ん」

それだけで、分かる。フランの言いたいことが。フランが俺に、何を求めているのか。

フランが空気抜刀術を繰り出そうとしていると瞬時に悟った俺は、最も適した風の属性剣を発動する。他にも自分の求める様々なスキルを発動した俺に、フランが満足げに目を細めた。

『さあ、行こう。フラン！』

「ん！」

ウルシに足止めされているゼライセに対して、気配を消したフランが奇襲を仕掛ける。

「――！」

天から湖面に向かって無言で駆けるフラン。

本来なら出てしまうはずであろう、音や空気の動き、体温といった様々な気配は、スキルで完璧に消されている。湖面に映る自らの影さえも、魔術で消しているのだ。

空から降ってくるフランにゼライセが気付いた時には、彼我の距離は数メートルまで近づいていた。

「うわぁぉ！」

「しっ！」

間抜け面を晒すゼライセに向かって、フランが俺を振り下ろす。

ゼライセからは武の匂いはしない。心得はあっても、達人ではないのだ。むしろそのゼライセが、斬られる前にフランの奇襲に気付いたことが異常だった。やはり、普通の相手ではない。その想いを強くしつつ、俺は属性剣を多重発動させる。

『くらえ！』

俺の刀身が、ゼライセの体をすり抜けた。抵抗さえ感じないほど、あっさりと斬り裂いた——わけではない。一切の感触がなかった。それこそ幻を斬ったかのように、透過してしまったのだ。

『は？』

「？」

フランの放った斬撃はゼライセの体をすり抜け、その足元の水面を十数メートルに渡って深く斬り裂いただけであった。直前までは確実にゼライセの気配があったはずだ。その場に絶対に存在していた。それは間違いない。しかし、今は違う。姿は見えていても、気配や魔力が一切感じられない。

俺たちがディメンジョン・シフトを使った状態にそっくりだが、時空魔術を使った気配は一切なかった。何をされたのか分からない。ただ、俺もフランもそこまでは驚いていなかった。案の定というかなんというか、こいつなら躱すかもしれないと、心のどこかで思っていたからだ。

だからこそ、動揺することなく、次の行動に移ることができる。

「はぁぁ！」

『おらぁ！』

間髪容れず、フランが連続で斬撃を繰り出した。同時に俺は魔術を撃ち続ける。ゼライセの使っている透過能力の正体は分からないが、ディメンジョン・シフトのような能力なのであれば、長時間続くものではないはずだ。ならば、能力が切れるまで攻撃を続ける。それが俺たちの判断だった。

「おやぁ！　フランさんじゃないか！　久しぶりだね！」

「今頃っ！」

『余裕ぶりやがって！』

「そんな怖い顔しないでよ～」

ゼライセが敵意のない、呑気な笑顔を見せる。それを見て苛立ったフランの剣速がさらに上がるが、ゼライセの透過能力が途切れる様子は一向になかった。そのニヤケ顔に念動を叩き込んでも、フランの剣が幾たび閃（ひらめ）こうとも、相手はヘラヘラと笑ったまま、その場に突っ立っている。

『ならこれだ！』

「あっはっは！　無詠唱の時空魔術なんて、さすがだね！」

俺が放ったのは、時空魔術ディメンジョン・ソード。相手の防御などを無視してダメージを与える術だが、ディメンジョン・シフトなどに対しても有効な術であった。

しかし、ゼライセのムカつく笑顔は崩れない。

『ちっ！』

ディメンジョン・ソードが半透明の壁に弾かれた！　障壁か！　どうやら、対策は万全であるらしい。しかし、対策をしているということは、時空属性での攻撃が有効だということだ。

『ウルシ！』

「ガルォ！」

「うわっ！　こっちの狼まで！」

ウルシのスキル、次元牙である。時空属性を帯びているのはディメンジョン・ソードと同じだが、威力は圧倒的に高い。多分、時空魔術ではなく、その上位にあたる次元魔術相当のスキルなのだろう。迫る牙を見たゼライセが、眼前に障壁を作り出した。とっさに張った程度の障壁でウルシの攻撃を防げるはずもないが、一瞬でも時間を稼げればよかったらしい。

ゼライセの姿がかき消え、数メートル離れた場所に現れた。異様なのは、魔力の動きなどを、全く感知できなかったことである。俺は転移先を察知するために意識を周囲に張り巡らせていた。それなのに、転移の挙動を一切捉えることができなかった。

やはり、相対しているゼライセは幻影なのか？　いや、幻影ならば、その幻影を作り出すための魔力が感じられるはずである。だが、このゼライセからは、何も感じることができなかった。

それこそ、自然現象によって生み出された、蜃気楼のような虚像。そうとしか思えないんだが……。

それならば、会話ができるはずもない。それに、俺の時空魔術を防いだり、ウルシの攻撃を躱したのだ。やはり、何らかの方法で自分の実体を消しているのだろう。

『……フラン、時空魔術を全力で放つ。サポートを頼む』

「ん」

威力の弱い時空魔術でも、過剰に魔力を込めることでそれなりの威力に引き上げられるのだ。

『ウルシは止めに集中しろ。俺の攻撃を躱したやつに、間髪容れず仕掛けるんだ』

「ガル！」

逃げ足の速いゼライセのことだ、このままだと逃げられる。こいつを逃したら、何をしでかすか分からん！　魔力を全て使い切ろうとも、ここで仕留める！

「フランさん、こんなところにまで来てるなんて……。もしかして僕を追ってきたのかい？」

ムカつく表情を崩さぬまま、挑発するように口を開く。そんなわけあるかい！

「違う。そんなことより、ここで何してる？　緋水薬をどうするつもり？」

「えー？　知りたいかい？」

「お前がレイドス王国の偉いやつの部下になったことは知ってる。この国で、なに企んでる？」

「ふっふーん、そこまで知りたいなら、教えてあげてもいいよ？」

フランの質問に、ゼライセがあっさりと口を割り、ペラペラと自らの悪事を語り出す。そうだ、こいつはこういうやつだった。まあ、その分力を練れるし、事情も分かるから有り難いけど。

「僕らの狙いは、緋水薬じゃなかったのさ！」

「ん？」

緋水薬じゃない？　あれだけ溜めこんでいて？

「不思議そうな顔だね？」

「じゃあ、なんで緋水薬を集めてた？」

「あれをあえて集めてたわけじゃなくて、ただ不要な分を倉庫に放り込んでただけなんだけどね」

意味が分からない。必要だから緋水薬を作り、倉庫に保管していたんじゃないのか？

「僕らが欲していたのは、緋水薬の製造過程で出る、あるものだよ」

「あるもの？」

「廃液さ。ま、僕からしたらそれが本命で、緋水薬が廃液みたいなものだけどね」

フランが驚く様が、やつの自己顕示欲に火をつけたのだろう。より饒舌にしゃべり始める。

元来この国に存在していた錠剤型の風土病特効薬は、緋水草一本を全て使ったものだった。

まずは、緋水草の茎の外皮が持つ時空魔術を乱す効果で、体内に溜まった時空魔力を散らす。その後、茎の内部に備わった時空魔力を制御する力が作用し、時空魔術酔いを治すのである。

だが、ゼライセたちメッサー商会が開発した緋水薬は、茎の内部にある制御力が備わった部分だけを使用した物だったらしい。

その結果、両者には大きな違いが生まれた。錠剤の方が効き目が出るまで時間がかかるのだ。水薬は、飲んですぐ効くらしいが、錠剤は数時間かけてゆっくり治るらしい。

それだけ聞くと水薬の方が優秀そうだが、これが開発されなかったのには大きな理由がある。

まず、錠剤は作製が非常に簡単だ。水薬は、抽出や分離、瓶詰めなど、煩雑な作業と高価な器具が必要となる。だが、錠剤は鍋で煮込んで乾燥させるだけだった。まあ、その作業にスキルや薬剤は必要になるが、揃えることは難しくはない。しかも、錠剤は保存も利くし、持ち運びもし易く、値段も安い。副作用もないし、風土病への耐性も備わる。薬としての完成度が元々高いのだ。その製法がすでに広まっているのに、わざわざ水薬を開発しようという者は今まではいなかった。

メッサー商会が販売を開始した時も、喜ぶ人間が多い反面、そんな無駄な実験をしてたのかという呆れ混じりの反応もあったらしい。しかし、メッサー商会は開発した。てっきり、その薬自体が必要なのだと思っていたが……。

まさか、薬自体はどうでも良くて、その製造過程でできる廃液が目的だったとは。いや、ゼライセの言う通り廃液が目的なのだとしたら、緋水薬は単なる副産物だったということだろう。

「そんなもの、何に使う？」

「実は湖の中心に用があってね。でも、厄介な守護者たちがいて近づくことができないだろう？　ゼライセであっても、ヴィヴィアン・ガーディアンの守りは突破できなかったようだ。それにしても、湖の中心に用がある？　つまり、ゼライセの真の目的は封印された大魔獣？

「だからさ、どうにかやつらを排除できないかと思ってね？　水と時空の魔力で生み出された、魔法生物に近い物だということは分かっていたからさ。それを乱す緋水草の抽出液を湖に大量に垂れ流せば、消えないかなーと思ったんだ」

それが、廃液を求めた理由か！

「消えなくても、弱体化くらいはするんじゃないかと思ってたんだけど……。まさかあんな風に変異するなんて思わなかったよ。しかも、異常化したガーディアンは魔力不全を起こすみたいで、狂暴になるみたいなんだ。あははは！　面白いと思わないかい？」

「思わない」

大勢の人に迷惑をかけておきながら、面白いの一言で済ませるんじゃない！　これを本気で言っているから、より質（たち）が悪いのだ。

「まあまあ、他にも興味深いことがあってね。異常化したガーディアンは、緋水薬を求めるようになるんだ。元に戻ろうという本能が働くんじゃないかと思うんだよね。どう思う？」

そうか、それがモドキによる船襲撃の理由だったらしい。乱れてしまった魔力を、緋水薬の持つ魔力を散らす効果でどうにかしようとしているのだろう。結果、緋水薬に惹かれて集まるわけだ。

「それにしても、よく僕まで辿り着けたねー。これでも、それなりに気を遣って、ばれないように動いてたんだけど」

「バレバレ。すぐに分かる」

「あれー？」

フランがゼライセの問いに勝ち誇った顔で言い返すが、調べてくれたのはカーナだからな？　しかも、そんな簡単なことじゃなかったと思う。

「おかしいなぁ。他にも嗅ぎまわってるやつらはいたけど、誰も僕らには辿り着けなかったのに……。裏切り者がいる……？　うーん」

どうやらカーナの情報網は、かなり凄いものだったらしい。小さな商会なのかと思っていたが、実は国を跨ぐような大商会だったりするのだろうか？　いや、レイドスの内部情報を持っているということは、つまりそういうことなんだろう。商会全体がスパイなのか、レイドスと密かに繋がりを持っている程度なのは分からんが。

「そんなことよりも、お前の本当の目的はなに？」

「さて、何でしょう？」

「……魔獣を復活させて、この国を滅ぼす」

「あははは！　残念！　不正解！　そんなこと興味ありませーん！　世界を滅ぼせるっていうならと

もかくさー。この国を滅ぼした程度じゃ、精々この大陸で何百年か語られるくらいじゃん？　あははははは。下らないよ！」

ゼライセがそう言って、天使のような無邪気な顔で嗤った。

「この湖に封印されてる魔獣は、普通じゃないんでしょ？　いろいろ混じってるって話だし、僕の作ろうとしてる究極の魔獣のいいサンプルになるかもしれないじゃん？　僕の抑えきれない知的好奇心故ってことかな？」

これだけのことを企んでおいて、好奇心を満たすことが目的？　やはりこいつは理解できん。ただ野放しにできないことは再認識できたぞ。

『フラン、準備はできたか？』

（ん）

『ウルシ？』

（ガル！）

よし、フランもウルシもしっかりと準備ができたらしい。当然、俺も魔術とスキル、どちらも完璧だ。時空魔術を連打してやるぜ！

『まずは、俺が先制攻撃で隙を作る。そこに一気に突っ込め』

（わかった）

（オン！）

そうして俺は、ゼライセのムカつくイケメンフェイスにワンパン入れてやるつもりで魔術を放とうとした。

だがその直前で、俺は新たな気配を感じ取る。無視できないほどの存在感を放つ、強大な気配だ。

商業船団から、凄まじい速度でこちらに向かってくる。覚えがある気配だった。

そちらに視線を向けると、茶髪の少年が水上を跳ねるように駆けてくる姿が見える。やはり、シエラだ。俺たちの加勢に来てくれたのかと思っていたんだが……。

「ゼライセェェェ！」

「おや？」

シエラの目は、真っすぐにゼライセを見つめている。その鬼気迫る表情を見るに、何らかの因縁があるようだ。ゼライセに向かって殺気を迸（ほとばし）らせるシエラの姿は、ゼロスリードに襲いかかったフランによく似ている。抑えきれないほど強い怒りと憎悪が、彼の体を突き動かしているのだろう。フランなど目に入っていないのか、ただ射殺すような目でゼライセだけを睨んでいた。

一直線に迫ってくるシエラを見て、ゼライセがその顔をニンマリと歪ませる。

「もしかして彼は……。へえ、大きくなったもんだね」

やはり面識があるらしい。いったい、どんな関係なのだろうか？

ただ、これはチャンスだ。ゼライセの視線は、水上を駆けるシエラに向いている。

シエラを勝手に囮（おとり）にすることになるが、ゼライセを倒せるチャンスなどそうそうないだろう。

『シエラの攻撃に合わせて、俺たちも動く！』

（ん！）

（オン！）

相変わらず、俺たちが牽制で繰り出した攻撃はゼライセをすり抜けているが、これは囮である。俺たちが無駄な攻撃をしていると思わせて、時空魔術の攻撃をシエラに気を取られているゼライセに全力でぶつけるのだ。

『準備はいいか？』

（ん）

直後、シエラが一気に跳び上がる。その頭上には、漆黒の剣が掲げられていた。シエラがどんな攻撃を仕掛けるつもりかは分からんが、時空属性も感じられず、ゼライセにダメージを与えられるとは思えない。しかし、ゼライセの目をこのまま引き付けてくれるだけでも十分だった。

『いくぞ！』

ディメンジョン・ソードに限界以上の魔力を込め、放とうとしたその直前だった。

「邪気解放！」

シエラが鋭い言葉を発する。そして、シエラから――いや、シエラの掲げた剣から、膨大な量の邪気が溢れ出していた。周囲の空間を喰らい、塗りつぶすかのように、邪気が周囲を侵蝕していく。

「え？」『うぉ？』

ゼライセと俺が、同時に間の抜けた声を上げてしまう。シエラの剣から放たれた邪気は、それほどに大量だったのだ。シエラの剣に邪気が封じられているのは知っていたが……。

これほど強大だったとは！　それこそ、超強力な邪人を剣の形に封じ込めたとか、そんな曰くでもなければあり得ないほどの凄まじい邪気が、剣とシエラから立ち上っている。シエラ自身は、大丈夫なのか？　命が心配になるレベルだ。

（師匠、あれ、なに？）

『分からん！　だが、絶対に注意を怠るなよ？　あれはもう、ただの冒険者の範疇を超えている！』

「ん」

『それにしても、この邪気……』

邪気に固有の波長のようなものがあるとは思えないが、どこか覚えがある気がした。この威圧感、初めての気がしない。

『どこだったか……フランは分かるか？』

（ん）

『え？　分かるのか？』

（ゼロスリードの邪気に似てる）

なるほど。言われてみると、似ている。俺たちが無意識のうちに、一定以上に強力な邪気同士を似ていると感じてしまっているのかもしれない。

しかし、今の状態はまずい。邪気というのは、無条件にこちらに嫌悪感を抱かせる。

あれだけ強力な邪気を不意打ちのような形で浴びた俺たちの精神は、どうしても僅かに揺らいでしまっていた。心が揺らげば、スキルや魔術の精度も下がってしまう。

『フラン、集中し直せ！　せっかく練り上げた魔力、無駄になるぞ！』

だが、この程度の衝撃、可愛いものだったのだ。次の瞬間、俺たちはさらなる精神的衝撃に晒されることとなっていた。

「理よ、乱れろ！」

ゼライセに向かって飛び掛かるシエラ。その叫びに呼応するように、漆黒の邪剣が禍々しい光を放つ。どう見ても、浴びたらまずい類の光だろう。咄嗟に障壁を張ったんだが――。

ドボン！

俺たちは大きな水しぶきを上げ、湖に落下した。

『え？』

「う？」

「オン？」

フランとウルシの空中跳躍が、何の前触れもなく発動しなくなったのだ。それだけではない。準備していた魔術も、発動直前に消滅してしまっていた。魔力で消し飛ばされたり、魔術を封じられたのでもない。なんというか、スキルその物が乱され、発動に失敗したとでも言おうか。発動させていた強化魔術も察知スキルも、ことごとくが打ち消されていた。

どう考えても、シエラの剣が放った黒い光のせいだよな？　ありとあらゆる魔術やスキルを、打ち消す力とでもいうのか？

濡れ鼠になったフランたちを咄嗟に念動ですくい上げようとしたんだが、問題なく発動している。どうやら、さっきの光を浴びた瞬間に発動、もしくは準備していたスキルが打ち消されてしまったらしい。せっかく時間をかけて、魔術を準備してたのに！　ただ、それは俺たちだけではなかった。

「なんだよっ！　もう！」

ゼライセも湖に落下しているのだ。しかも、その気配がしっかりと感じられた。やつの使っていた謎スキルも、シエラによって無効化されたらしい。

凄まじい邪気に、周辺のスキルを無効化した謎の能力。正直、侮っていた。シエラは俺たちの想像の上をいく力を持っていたようだ。

「死ねぇ！　ゼライセェ！」

「くっ！　痛いじゃないか！」

「ちっ！」

湖に投げ出されたゼライセに、空を駆けるシエラが剣を叩きつけた。その剣は、確実にゼライセの体を斬り裂いている。盛大に噴き上がる血飛沫（ちしぶき）が、その証拠だ。

右の肩口から肺あたりまでを斬り裂かれたゼライセが、口から大量の血を吐き出すのが見えた。だが、ゼライセはダメージを感じさせない動きで水中から空へと逃れる。痛いなどと言いつつも、その顔に苦痛の色はない。だが、ゼライセから感じられる生命力が確実に弱っているのが分かる。

すでにポーションを使って傷は塞がれたものの、明らかにシエラがゼライセを追い詰めていた。

シエラは、俺たちにとって味方と考えていいんだよな？　だが、以前にフランに向けて殺気を放ってきたことを考えれば、シエラがフランに対して何らかの隔意を抱いていることは間違いない。

今はゼライセに集中しているようだが……。

『フラン、動けるか？』

（ん！）

すでにスキルは正常に作動し、フランもウルシも空中跳躍で跳び上がっていた。

その間にも、場所を湖面から空に移し、シエラとゼライセの激しい戦いが始まっている。

シエラの動きは速いが、剣術の腕前はそこそこだ。剣の能力でステータスは強化されても、スキルはそのままなのだろう。

シエラの邪剣と、ゼライセがどこからか取り出した水晶で作られた美しい剣が、激しく打ち合わされる。

「このぉぉ！　ゼライセェ！」

「速いね！　でも、それじゃ僕には届かないよ！」

対して、ゼライセの動きがあり得なかった。突如、達人並の動きを発揮したのだ。確実に剣聖術スキルを所持している。それも、高レベルで。いや、魔石兵器の効果か。やつは、魔石に込められたスキルを短時間使うことができる技術を編み出していた。それによって剣聖術スキルを得たのだろう。

「はぁぁぁ！　死ねぇ！」

「あははは！　それは無理な相談だね！」

ゼライセの笑い声に怒りを掻き立てられたのか、シエラの攻撃がさらに激しさを増す。

そんなシエラを見て、ゼライセが心底楽しそうな笑みを浮かべた。普通なら爽やかなイケメンスマイルに見えるはずなんだが、不吉さしか感じない。内面が滲み出ているんだろう。

「あは！　すごい！　凄いねその剣！」

「……」

「いやー、あの小さな子供が、こんなに育つなんてねぇ！」

「っ！　お前が！　今のお前が俺を知っているわけがない！」

ゼライセの言葉に、シエラが顔をしかめた。やはり知り合いか？　だが、シエラが不思議な言葉でそれを否定している。今のお前がって、どういうことだろうか？　もう、忘れたはずってことか？

シエラとゼライセがどういう関係なのか、見えないな。昔、ゼライセに人体実験されて、捨てられた的なことだろうか？

ゼライセはシエラの言葉を聞いて、さらにその笑みを深める。

「ふっふーん。果たしてそうかな？」

「……戯言を！　こちらを惑わせるつもりか！」

「いやいや、本当に知ってるってばー。ねえ？　ロミオ君？」

「……俺は、シエラだ！」

「そう名乗ってるの？　でも、僕は君たちをよーく知ってるよ？　ロミオ君とゼロスリードさん？」

「なぜ、それを……」

どういうことだ？　ロミオ？　あと、ゼロスリードって……。あの少年の本名がロミオで、どこかにゼロスリードが隠れている？

ただ、シエラの態度は、彼の名前が本当にロミオであると、認めているとしか思えなかった。

「俺たちを……監視していたのか？　いや、しかしそれでも……」

「さて、どうでしょう？」

「……どうでもいい。ここで元凶であるお前を殺せば、全て終わりだ」

「君に僕が殺せるかい？」

「殺せるさ！」

シエラが戸惑いながらも、さらに殺気を漲らせた。

（師匠、どする？）

『そろそろ、俺たちも参戦するか』

完全に二人の世界だが、ゼライセに怒りを抱いているのは俺たちも同じなのだ。

名前や、ゼライセとのことは後で聞けばいいさ。

『フラン！』

（ん！）

ゼライセが何故か透過能力を使わない今がチャンスなのだ。シエラに再び打ち消されることを警戒しているのか、頻繁に使えるものではないのか。ともかく、今は確実に実体がある。

「本気で行くよ？」

『おう！　ここで仕留めるぞ！』

できればシエラを巻き込みたくはない。聞きたいこともあるし、一応は味方だからな。

それ故、彼ごとまとめて攻撃してしまうような範囲攻撃や、大規模攻撃は使えない。ならば、持てる力を全て込めた、全力の一刀しかないだろう。

「覚醒――閃華迅雷（せいかじんらい）。剣神化っ！」

『きたきたぁ！』

剣神化特有の、刃を覆う破滅的なまでの魔力と、自分の思考が最適化される不思議な感覚が俺とフランを包み込む。

「黒雷転動（こくらいてんどう）――！」

剣神化による最適化は、剣術だけに及ばない。その場において、俺たちが持てる能力を最大に引き出してくれていた。フランの身に宿る黒天虎（こくてんこ）の力と、神に連なる剣腕。さらに、俺の所持するスキルたち。それらが融合した時、それは誰にも躱すことができない必殺の一撃となる。黒雷の速さと、最高の斬撃と、研ぎ澄まされた隠密能力がその一撃に詰め込まれているのだ。

この攻撃ならば、過去に苦戦した強敵たち相手でも通用する自信があった。それこそ、リッチやアマンダ相手でも、発動さえすれば倒せるという確信がある。

まあ、あいつら相手だと、その前の段階でこちらが倒される可能性は高いんだけどね。

黒雷転動で突如出現したフランに対し、シエラは全く反応できていない。視線も意識も、真横に出現したフランへ一切向いてはいなかった。

それに対して、ゼライセは反応できている。シエラの剣を左手を犠牲にして受け止めつつ、引いた水晶の剣で俺を防ごうと動いていた。反射神経と剣術レベルが俺たちと互角でなければこの動きは無理だ。剣聖術級のスキルを得ているかと思っていたが、どうやらさらに上位であるらしい。しかも、魔石兵器によって超反応に類するスキルを身に付けていることも間違いなかった。

以前、エクストラスキルである盗神(とうしん)の寵愛を使われたこともある。それを考えれば、どんなスキルを使えても不思議ではなかった。だが、ゼライセが俺たちの放った斬撃を防ぐことは敵わない。

「えっ？」

目の前で起きた不可思議な現象に驚き、ゼライセが目を瞬(またた)かせた。

俺と接触した瞬間、ゼライセの手に握られていた剣が、綺麗さっぱりと消滅してしまったのだ。

その直後、腹が満たされるような感覚とともに、俺の中に魔力が流れ込んでくる。

『ごちそうさん！』

水晶に見えていたゼライセの剣は、実は魔石でできていた。近づいてそれが分かったので、そのまま斬りかかったのである。

魔石のスキルを一定時間使用可能にする、魔石兵器。魔石でできたゴーレム、魔石兵。さらに、魔石を人間に埋め込む魔人研究など、ゼライセは魔石のエキスパートと言ってもいい。そのゼライセが使っていた、魔石製の剣だ。多分、何らかの特殊能力がある、危険な魔剣だったのだろう。

だが、俺の前ではただのご馳走でしかなかった。

「ちょっ……！」

ゼライセの野郎の本気の驚き顔を見ると、嬉しくなっちゃうね！

「たぁぁ！」

「ぎぃぃがぁぁっ！」

直後、俺の刃が無防備なゼライセに叩き込まれた。確実に肉を斬った感触があった。間違いなく、実体がある。しかも、神属性による攻撃は、予想外に効いたらしい。シエラに斬られた時には顔色一つ変えなかったゼライセが、みっともなく悲鳴を上げていた。

もしかしたら、ありとあらゆる属性に対して優位であるという神属性は、痛覚鈍化系スキルなどを無効化するような効果があるのかもしれない。

「神気……なんて、ずるい……よ……」

磔（はりつけ）にされた聖人のように、両手を左右に開いた恰好のゼライセ。大量の血をゴポゴポと吐き出しつつ、背中から湖面へと落下していく。

だが、俺は違和感を覚えていた。心臓狙いで放たれた袈裟（けさ）斬りの途中で、硬い物とぶつかった感触があったのだ。普段なら、背骨や肋骨に引っかかったのかと思うだろう。だが、今放たれたのはフランが繰り出した必殺の一撃だぞ？　骨どころか、多少硬い金属程度なら豆腐のように斬り裂けるはずだった。今の俺が硬いと感じるほどの強度を持った何かが、ゼライセの中に在ったということだ。

実は似た感触に覚えがあった。クランゼル王都の事件の時に、疑似狂信剣が刺さった者を斬った感触と全く同じなのだ。だが、ゼライセに疑似狂信剣が刺さっているわけが――。

「……これで、終わりかぁ……」

バシャンという音を立てて、ゼライセの体が湖に落下した。その体から流れ出る血が、湖面を赤く染め上げる。流れ出ているのは血液だけではない。その身の内にある、生命力までもが湖に溶けだし、失われていくように思えた。ゼライセの目から光と熱が失われ、存在感が急速に薄れていく。

「あは……さよなら……――」

生命力が完全に失われる、最後の瞬間。ゼライセが微笑(ほほえ)んだ。

直後、その肉体が内側から膨張し、一瞬で数倍に膨れ上がる。

『やべっ！』

その勢いのままに、ゼライセの遺体が体内から紫色の霧を噴き出した。いや、体内からではないな。ゼライセの遺体その物が霧状に変異し、四散したのだ。

ブシュウォオォォォォォォォォ！

危険察知がガンガンと警鐘を鳴らしているが、それがなくとも見れば分かる。アレは絶対に触れてはいけないものだ。

『ただでは死なないか！』

「オン！」

俺とウルシは大慌てで転移を使って距離を取る。一〇〇メートル以上は離れたが、未だ危険察知が反応している。それも仕方ないだろう。俺たちとゼライセが落ちた場所の中間ほどにいた水鳥が、もがき苦しんで死ぬのが見えた。

『取り敢えず風で抑える！』

俺は風魔術で広範囲を囲い、そのまま圧縮するように風の壁を狭めていく。何とか全ての毒霧を風魔術で封じることに成功したようだ。少なくとも、紫色の禍々しい霧は、視認できる範囲にはない。

空気中、水中に溶け込んでしまった分はどうしようもないが、危機察知はもうほとんど反応していないので、問題はないだろう。

最後は、俺が毒吸収スキルで全てを食らいつくして終わりだ。吸血鬼のように体を毒霧に変化させるようなスキルだったとしても、全て吸収し尽くされてしまえば復活もできないだろう。

『って、シエラは大丈夫だったか？』

「あそこ」

『おー、無事か』

シエラもいつの間にか距離を取っている。毒に侵された様子もなかった。ゼライセの最後っ屁も、無駄に終わったようだな。

「……勝った？」

「オン？」

フランとウルシは、どこか納得いっていない様子だ。俺も同じ気持ちであった。

『これで、終わりなのか？』

確かに、会心の一刀だった。それこそ、格上相手でも一発逆転を狙える攻撃であったのだ。

だが、こんなあっさりと勝ててしまうのか？　相手は、あのゼライセだぞ？　リッチに代表される格上の強敵たちとは違う意味で、油断のできない相手だったはずだ。

あの攻撃でさえ、躱されてしまうかもしれないと、心のどこかでは思っていた。

それなのに――。

だが、俺たちは確実に目撃した。ゼライセが生命力を失って、死亡する瞬間を。ゼライセの顔が、体が、手足が崩れ、紫の霧と化すその瞬間を。そして、その霧が俺に食らい尽くされる瞬間を。

確実に、ゼライセは死に、肉体は消滅した。

釈然としないのはフランやウルシも同じらしく、その顔には純粋な喜び以外の感情があった。だが、あの状況で生き延びているはずもない。納得できないままに、俺たちはゼライセの死を認めるしかなかった。俺たちがその場で立ち尽くしていると、シエラがこちらに近づいてくる。

「……ゼライセを、仕留めたのか……？」

「ん」

「そうか……。助かった」

シエラが頭を下げたことに、軽く驚きを覚える。まさか、こうも素直に礼を言われるとは思ってもいなかったのだ。むしろ「余計な真似をするな」とか「俺の獲物だったのに」的な事を言われると思っていたからな。それだけ、ゼライセを倒したかったということなんだろう。

シエラは未だに邪気を放つ黒剣を、腰の鞘に戻す。フランの目は、その剣に吸い寄せられていた。

「ねぇ、その剣は……だいじょぶなの？」

先程まで発していた凄まじい邪気に、スキルを打ち消す能力。フランでなくとも気になるだろう。

フランのあまり具体的ではない問いかけに対して。シエラは頷きを返す。

「問題ない。俺が扱う限り、害はない」

「そう」

「あ、ああ」

自分の言葉にあっさりと頷いたフランに、シエラが驚きの顔をしていた。多分、もっと追及されると思っていたのだろう。

冒険者同士の場合、他人の使っている曰くありげな武器の出自や、入手先をしつこく聞くことはマナー違反である。だが、シエラが本当に制御できているかどうとかいう点は、もっと突っ込まれてもおかしくはなかった。大量の邪気を放つ強力な剣などという存在、放置すれば周囲に大きな被害が出かねない問題だからだ。

しかし、フランはそれ以上何かを突っ込んで聞くこともなく、納得した。それに拍子抜けしたらしい。まあ、フランは俺でトンデモソードに慣れているからね。自由意思があり、邪神の欠片が封印され、他にも色々と秘密が満載だ。それに比べたら、ちょっと邪気を放つくらい許容範囲なのだろう。

肩透かしを食らって微妙な顔をしているシエラに、フランが問いかけた。

「ゼライセのこと知ってた?」

「あ、ああ。少し因縁がな……」

どうやら、「お前には関係ない」と突っぱねられたりはしないようだ。

シエラはやはり、以前からゼライセを知っていたらしい。ただ、ゼライセが自分たちを知っていたことに驚きの声を上げていたことから考えるに、直接的な知り合いではないのだろう。少なくとも、何度も顔を合わせたことがあるような間柄ではないはずだ。

ゼライセの陰謀で、何らかの被害を負ったとか、そういう関係なのかもな。

「ずっと捜していたんだが……。よく、あれを発見したな？」

ゼライセを仕留めたことで、シエラに認められたのだろうか？　以前のような棘のある態度は和らぎ、ポツポツと自分たちのことを語ってくれた。まあ、本当に簡単にだけど。

シエラはここ何年も、ゼライセを捜していたらしい。この周辺で暗躍しているという情報はあったらしいが、どうしてもたどり着くことはできなかったそうだ。ゼライセを発見できなかっただけではなく、やつと繫がりのあったメッサー商会や、その背後のレイドス王国の情報も掴むことができなかったという。それでもゼライセがこの周辺にいるという確信があったらしく、ずっとこの地域でやつを捜し回っていたらしい。

それにしても、俺たちが一番気になっていることについては、やはり自分からは語ってくれそうもないな。フランもそう思ったのか、再びシエラに対して疑問をぶつけた。

「ゼライセが、シエラのことをロミオって呼んでたのは、なんで？」

「あー……」

「シエラがロミオ？　あの、ロミオ？」

俺たちにとってロミオというのは、ゼロスリードと一緒にいる幼い少年だ。それが、目の前の少年と同一人物だとは、俄かには信じられない。シエラとロミオと出会った場所から考えても、ロミオの体がただ成長しただけとも思えない。

だが、ゼライセは確かにシエラのことをロミオと呼び、ゼロスリードの名前も口にしていた。

どういうことなんだ？

「……それは……」

否定せずに口ごもるっていうのは、何か関係あると言っているようなものだぞ？

「俺は――」

『フラン！』

「っ！」

シエラが口を開こうとした時であった。

水中で魔力が膨れ上がる。そして、深い水の底で、何かが高速で動き出したのが分かった。

明らかに生物ではない。生命力もないし、生物特有の気配を一切感じない。しかし、かなり強大な魔力を纏っていることは間違いなかった

しかもその反応が現れた場所が、ゼライセが沈んだ場所の真下なのだ。無視することはできない。

シエラ――ロミオ？　まあ、今はシエラでいいか。シエラも謎の移動物体に気付いているらしい。再び腰の邪剣に手を掛け、駆け出したフランに追従してきた。

移動物体は水中を北へと向かって進んでいく。それなりに頑張って走らないと、フランですら置いていかれそうになってしまう速度だ。シエラは必死の形相である。まだ余裕があるフランに比べ、すでに全速力だった。身体能力と空中跳躍の練度では、フランに軍配が上がるのだろう。これ以上速度をあげたら、脱落してしまうかもしれない。

『まずは正体を見極める。俺を水中へ』

「ん！」

フランによって投擲された俺は、一気に謎の移動物体へと近づいた。すでにそこそこの深度なうえ、戦闘の余波で水が濁っているので、湖底までは見通せない。だが、確かに、水を割って突き進む何らかの存在が感じられた。サイズは俺より少し小さいくらいで、形状は細長い。

『ふむ？』

光魔術で複数の光源を作り出す。前方へと撃ち出された光が周囲を照らし出し、俺は相手の姿をはっきりと捉えることに成功した。

『剣……だと？』

それは、刀身が半ばからへし折れた、一振りの細剣であった。しかも、見覚えがある。

『疑似狂信剣じゃねーかっ！』

先程、俺がゼライセを斬った時にあった、硬い感触。もしかして、本当に疑似狂信剣だったのか？

だが、疑似狂信剣であれば、ひとりでに動く可能性はなくはない。なにせ、疑似的なインテリジェンス・ウェポンのようなものだ。しかし、大本であるファナティクスが破壊された今、まさか稼働している疑似狂信剣が存在しているとは思わなかった。王都で出没した疑似狂信剣は、ファナティクスが破壊された時点で全て稼働停止したのである。

そして、ゼライセの手に渡っているのも想像の外だ。いや、本当に疑似狂信剣か？　あの破損が俺の斬撃によるものだとするならば、共食いが発動していないのがおかしい。何がどうなっている？

『とりあえず動きを封じよう』

念動を使って、未だに魚雷のように突き進む疑似狂信剣を捕獲しようとした。だが、失敗に終わる。

『今、確実に避けたよな』

明らかに、俺の念動を回避した。

その後、数度にわたって念動や、軽い攻撃魔術を放ってみるが、全てが空ぶってしまう。

その動きはなんというか、非常に生物的だ。機械的なプログラミングによる、予め決められた回避行動ではない。明らかにこちらの攻撃を見て、どう動くか考えている者の動きであった。

あの剣が俺と同種――インテリジェンス・ウェポンである可能性が非常に強まったと言えよう。

名称：なし
攻撃力：442　保有魔力：4680　耐久値：1000
魔力伝導率・B+
スキル：悪意感知、亜空間潜行、悪魔知識、悪魔祓い、石加工、石食い、石細工、詠唱短縮、鋭敏嗅覚、鋭敏味覚、隠密、解体、回復魔術、解剖、火炎耐性、火炎魔術、格闘術、鍛冶、風魔術、感知妨害、鑑定妨害――

鑑定できたのはここまでだ。鑑定妨害などの効果で、全ては見られないようだ。

『とんでもないな！』

単純性能は俺の圧勝だが、あのスキルの数はなんだ？　あの様子では、まだ大量にスキルを所持しているだろう。やはりこの剣はおかしい！

『――』

『逃がすか！』

疑似狂信剣がさらに速度を上げた。しかも、ドンドン浮上していく。

多分、抵抗がある水中よりも、速度が出せる空中を逃走することを選んだのだろう。

水上では、フランとウルシが全速力で走っていた。すでにシエラはちぎられている。

『フラン！　ウルシ！　逃がすな！』

「ん！」

「オン！」

俺の指示に即座に反応したフランたちが、一斉に動き出す。フランは雷鳴魔術を、ウルシが闇魔術を放ち、撃ち落とそうとした。全方位から、剣に向かって魔術が迫る。だが、その攻撃は当たらなかった。なんと、剣をすり抜けたのだ。

『あれは……ゼライセと同じスキルか！』

疑似狂信剣が透過能力を発動しながら、高速で逃げ続ける。もうこっちの攻撃は全てこの謎能力ですり抜け、時空魔術だけを回避することにしたらしい。

この能力の最大の特徴は勿論攻撃が当たらないことだが、もう一つ厄介な点があった。

それは、気配などが全て無くなってしまうので、向こうの消耗度が分からないのだ。

魔力の減り方などが分かれば、この状態がいつ解けるか、どれほどの負担なのか、理解できる。

しかしそれらの情報が全て遮断されているせいで、相手が後どれくらいの時間、透過能力を維持できるのかが予想できなかった。

神属性ならばあの防御を突破できるかもしれないが、先程の剣神化で俺はボロボロだ。しばらくは使えない。ならばと、ウルシが転移して一気に仕留めようとしたんだが――。

ボゴオォン！

「ギャン！」

火炎魔術による、手痛いカウンターを食らっていた。咬(か)みつこうとした瞬間、口の中に爆炎を発生させられ、慌てて飛び退(の)くウルシ。

今まで一切攻撃してこなかったので、あれほど強力な魔術を放ってくるとは思っていなかったのだろう。それに、魔力の流れが読めないせいで、相手が魔術を放つタイミングも計れない。

だが、今の攻撃は無駄ではなかったぞ。攻撃の瞬間、剣の気配が確かに感じられた。すぐにまた消失してしまったが、こっちに攻撃を仕掛けてくる時は透過状態を解除しないといけないらしい。

「ウルシ大丈夫？」

「オン！」

口の周りの毛が少しだけ焦げているが、ウルシにとっては大したダメージではない。それこそ、人間が熱いスープを勢いよく飲んでしまったくらいなもんだ。ダメージではなく、驚きで思わず飛び退いてしまったらしい。ウルシがちょっと恥ずかしそうなのも、そのせいだろう。

『だが、今の一瞬でやつの魔力が計れた』

「どんな感じ？」

『魔力は残り半分程度だ』

湖底で動き出した直後と比べれば、その魔力は半減していた。やはりあの透過能力を使うにはそれなりに代償が必要なのだ。

「もっといく！」

『おう！』

「オン！」

『ウルシ、勢い込むのはいいが、調子に乗って失敗するなよ？』

「オ、オン！」

俺たちは再度攻撃を開始したんだが、結局同じ展開だ。向こうも、もうこちらを攻撃してくるようなことはなく、ただの追いかけっこになってしまっている。

（師匠、試したいことがある）

『ほう？　どんなことだ？』

どうやら、フランが何かを思い付いたらしい。今の千日手状態を打開できる可能性があるのであれば、なんだってやってみるべきだろう。ただ、確認しておかないといけないことがある。

『危険じゃないんだな？』

（……多分？）

それが重要だ。重要なのに、フランは首を傾げている。

『た、多分て！　何するつもりだ！』

（へいき。絶対危険じゃない。多分）

『だからっ！　そこに多分ってつけられたら不安になるからっ！』

（だいじょぶ。それに、師匠がいれば、助けてもらえるから）

『ぐむぅ』

そう言われたら、反対し辛いじゃないか！

『わ、分かった。でも、危ないと判断したら、無理やりにでも止めるからな』

(それでいい)

『よし。じゃあ、やってみろ！』

「ん！　閃華迅雷！」

フランは再び黒雷を纏う。だが、すぐに攻撃に移ろうとはしなかった。

「ウルシ」

「オン！」

ウルシを呼び寄せると、その背中に飛び乗る。

「やつを追う」

「オン」

フランは追跡をウルシに任せると、瞳を閉じて意識を集中し始めた。魔力を練り上げ、高めていく。

「ふぅ……」

完全に瞑想状態に入ってしまった。この状態で攻撃されたら、どうするつもりだ？　いや、こんな時こそ、俺の出番だ。フランの信頼に応えねば。

「はぁぁ……」

フランが没入すればするほどに、外に漏れだしていた微々たる魔力でさえも、その内に収束していくのが分かった。外側はまるで凪いだ湖面のような、僅かな乱れもない状態だ。しかし、その内の深い場所ではフランが練り上げた力が荒れ狂っている。

フランの顔が、苦悶に歪む。自ら集中させた力を抑え込むだけでも、相当苦労しているのだろう。

『……っ』

俺は思わず声をかけそうになり、止めた。集中力を乱せば、フラン自身も危険だからだ。今は信じて見守るしかなかった。

そして、長い長い数分間が過ぎた頃。

「……ん！」

フランがその瞳をカッと見開き、力を解放した。

「黒雷転動！」

黒雷と化したフランがウルシの背から姿を消し、一瞬で疑似狂信剣の前に回り込む。

やつは時空魔術を感知する術を持っているが、黒雷転動には反応しきれていなかった。何せこっちは単なる高速移動だからな。黒雷転動は転移ではなく、転移のように見えるほど速い、雷の速度での移動なのだ。だからこそ、これに反応するには物理的な察知能力が必要だった。

「はぁっ！」

『こ、これは……！』

フランが振りかぶったのは俺ではない。フランが高々と突き上げたのは、何も握られていない左手だった。しかし、魔力を感知できる者であれば、決して無手とは言わないだろう。

まるで剣のような形状に放出された高密度の魔力が、フランの左手に握られていたのだ。

直後、その魔力が変質し、黒い雷が迸る。フランの手の中に、黒雷で形作られた一振りの剣が生み出されていた。その剣を構えながら、フランが叫ぶ。

「黒雷神爪（こくらいしんそう）！」

黒猫族の進化種族である、黒天虎。その、黒天虎だけが使用可能な、奥義である。神属性を纏う、黒い雷の剣だ。黒雷転動を操れるようになったフランでさえ、発動できずにいた技だった。潜在能力解放状態でなければ使用できなかったのだが、どうやらこの土壇場で発動させることに成功した――。

「あ」

『え？』

フランが目の前の剣に向かって黒雷の剣を振り下ろそうとした、その瞬間だった。

黒雷の剣がグニャリと形を崩し、弾けるように消滅してしまう。周囲への余波が驚くほど少なかったのが救いか。微風と軽い電流程度だったようだ。

「……失敗」

『やっぱ、そう上手くはいかんか！』

「まて！」

「オンオン！」

俺たちの横をすり抜けて行った疑似狂信剣を追って、再び駆け出すフランとウルシ。

フランも相当むきになっているようで、範囲魔術などを放っている。まるで嵐みたいに、湖面が逆巻いていた。これ、周囲に船がいたら転覆させているだろ。だが、当たらない。

すでに相当な距離を走った。小国ほどの大きさがある湖に、かなり深く入り込んでいるはずだ。

疑似狂信剣はいったいどこに向かっているのだろうか？　疑問に思っていた直後のことだった。

『フラン！　止まれ！』

「！」

俺の声に即座に反応したフランが、急制動をかける。だが、その場でピタリと止まることはできず、フランのかかとが湖面を擦った。激しい水飛沫が上がり、まるで噴水のようだ。

そうして濡れ鼠になりながらも、フランはなんとか留まることに成功していた。

『フラン、できればもう少し離れよう』

「ん」

「オン！」

『ウルシも戻ってきたか』

すでにフランもウルシも気付いているのだろう。素直に俺の言葉に従い、その場所から三〇メートルほど下がる。

『やっぱ、ここがそうだ』

様々な感知系スキルが、この先に行くなと教えてくれている。水面には何も見えない。しかし、水中には無数とも思える魔獣たちの気配があった。

「ヴィヴィアン・ガーディアン」

『間違いない』

この先が、侵入しようとするとヴィヴィアン・ガーディアンに襲われるという、守護者の領域なのだろう。攻撃的な気配は感じない。確か、誤って侵入した程度であれば、行く手を塞がれる程度で済むんだったな。俺たちもまだその段階であるらしい。

「でも、あの剣は？　どうして平気？」

『うーむ……。無機物だからなのか、気配がないからなのか……。試してみよう』

「だいじょぶ？」

『まあ、ヤバそうだったらすぐに逃げてくるから』

水中へと入ると、噂の守護者たちの姿がよく見える。聞いた通りの白い体だ。

「気をつけて」

「オフ」

『おう』

俺はフランたちに見送られながら、ヴィヴィアン・ガーディアンの気配がするエリアに向かって、ゆっくりと進んでいった。普通に考えれば、無機物である剣一本程度は見逃してくれそうなもんだけど……。だが、すぐにこの作戦が失敗するであろうことを悟る。

なにせ、周囲にいるヴィヴィアン・ガーディアンたちの視線が、一心に俺に注がれているからだ。確実に気付かれている。それでも一縷(いちる)の望みにかけて、守護者の領域へと侵入した。

その直後、イカに似たフォルムの真っ白な魔獣が、俺の前に立ち塞がる。それも一体だけではない。五体もの守護者たちが、その身を壁として、俺の行く手を阻んでいた。

『うーむ、俺でもダメか』

とりあえず、魔力などをできるだけ遮断してみる。これで俺は、魔力もほとんど感じさせない、金属の塊でしかない。だが、それでもダメだった。大きく迂回する進路をとった俺の前に、ヴィヴィアン・ガーディアンが回り込んできたのだ。

『こいつらの察知能力は、それほど高くはないんだがな……』

鑑定しても、察知系のスキルレベルは低い。それでも、どうやってか俺を察知しているようだった。

ならばこれだ。俺はディメンジョン・シフトを発動して、再度試してみた。目では見えるものの、無機物で気配がない。今の俺は、透過能力中の疑似狂信剣に近い状態のはずなんだが――。

『いける！』

やはりヴィヴィアン・ガーディアンは動かなかった。異空間にいる相手にまでは反応できないらしい。このまま突っ切っていけば――。

「そこまでよ」

『え？』

「もうここまで来ちゃったのね」

『レーンか？』

「ええ」

俺の前に突如現れたのは、ヴィヴィアン・ガーディアンではなかった。見覚えのある、ヘテロクロミアの少女だ。相変わらず俺には気配を感じることができないが、目では見える。精霊のレーンだ。

「今はまだ、この先に行ってはダメ」

『お前は、あの剣の正体が分かるのか？　それに、この先には何があるんだ？』

「……このままだと、悲劇は阻止できない。ゼライセを止める手段を考えて」

『悲劇！　なあ、フランにも言っていた、悲劇ってのは回避できてないってことか？』

俺の質問に、レーンは悲しい顔で首を振った。

「悲劇の一つは回避された。でも、新たな干渉者の存在が、邪魔をしているわ」

『誰が何に干渉するっていうんだ？　それは、ゼライセのことなのか？　もう倒したぞ！』

まだゼライセが生きているってことなのか、やつの陰謀がまだうごいているってことなのか。

「そう。彼らのせいで、私の知る未来は大きく変容し始めている。貴方たちから始まる悲劇は回避されても、ゼライセたちが結局悲劇を引き起こす」

『悲劇って言われても……。具体的なことを教えてくれ！』

「ここまで道筋が変化したら仕方がないか……。この湖には、大魔獣が封印されている。知っているわね？　でも、ゼライセのせいで、封印が大きく揺らいでいる」

『やっぱそれか！』

「大魔獣が復活すれば、この国はただでは済まない。近くにいるフランも、命を落とすでしょう」

それが悲劇！　しかし、それを聞いたことで新たな疑問が生まれる。もう回避されたって話だが、俺が剣になることと、大魔獣の封印に何の関係があるって言うんだ？

『俺が完全な剣になることが、何故そこに繋がっていた？　魔獣の封印と俺に関係なんかないぞ？』

「関係があるのは、ロミオ。あの子供の持つマグノリアの力。それがあれば、ゼライセが何をしようとも、復活は阻止できる。でも、前はそうならなかった」

『前って……』

前という謎の言葉。前も耳にしたな。だが、レーンはそこには答えない。

「あなたが完全な剣となってしまったことで、フランは大きく変わってしまう。自暴自棄になり、より攻撃的になってしまうわ。その暴走を止めるべきあなたは、何も言わなくなってしまった」

言われてみると、それはあり得る未来かも知れない。フランが俺を慕ってくれているのは紛れもない事実だ。その俺が、感情のない剣になってしまったら？　そりゃあ、荒れるだろう。

「その結果、フランはゼロスリードと戦い、倒すこととなる。命乞いも聞かず、周囲を巻き込んだ激しい戦いの末に。そして、唯一の保護者であるゼロスリードを失ったロミオは失意の果てに暴走し、大魔獣の封印は失敗する」

マグノリアの力には、邪気を吸収する能力があるらしい。それを使うと、邪神の欠片すら取り込んだという大魔獣の封印に干渉できるらしい。ロミオが暴走したら、魔獣が復活する可能性はあるだろう。シエラがロミオと深い関係にあるのであれば、その情報を知っていてもおかしくはない。

邪神の欠片を取り込んだ大魔獣とやらが暴れれば、大きな被害が出るだろうし、フランも巻き込まれる。俺たちにとっても、周囲にとっても、悲劇ということか。

「この先にゼライセがいるわ。守護者たちの異常の隙をついて、すでに封印の地に至っている」

『やっぱ生きてやがったか！』

廃液を垂れ流して、ヴィヴィアン・ガーディアンを異常化させたのはゼライセだったが、すでに目的を達していたらしい。あんなにあっさりゼライセが死ぬはずがないって、思っていたのだ。

『だったら、なおさらこのまま――』

「ダメ。確実に勝利できるのであれば止めない。でも、追い詰められれば、あの男は躊躇なく魔獣を復活させるでしょう。すでにその方法に辿り着いているようだもの」

ゼライセを確実に倒す？　そう言われては、確かに難しい。

「あの男は、未だに遊んでいる。まだ、魔獣を復活させるつもりもない。時間は残っているわ」

『その間に、やつを倒す準備をしろってことか？』

「それは任せるわ。でも私たちは人間に大きな被害が出ることを望んでいない。なんとか、それだけは防いでほしい」

『フランのために、最善は尽くすさ』

「それでいいわ。あなたはあなたの大事な物を大切にしてね」

レーンは最後にニコリと微笑むと、そのまま水に溶けるように消えていった。やはり精霊なんだな。

ただ、そこで思い出す。

「あー！　また『前』の意味を聞きそびれた！」

この件に深く関わっていそうなシエラならば、その意味を知っているだろうか？

レーンから先に行くことを思い留まるように言われた俺は、フランの下に戻っていた。

まだ遊んでいるから大丈夫だと言っていたが、ゼライセの気分次第だなんて、この世で最も信用性ができない。できるだけ早くシエラに話を聞き、ウィーナレーンに救援を求めるべきだろう。

「じゃあ、シエラのとこいく？」

『ああ。それがいいだろう。どう考えても、シエラは何かの事情を知っている』

そもそも、さっきだってあの疑似狂信剣のことがなければ、何かを聞きだせていたはずなのだ。

フランたちはシエラの気配を探り、移動し始めた。

「もう少し」

『向こうも近づいてきてくれてるな』

俺たちはかなりの距離を移動してしまっていたが、互いが互いを目指して進んでいる。この分ならすぐに合流できるだろう。

「ウルシ、ダッシュ！」

「オン！」

それからすぐにシエラとは合流できた。ただ、向こうは疲労困憊である。

「はぁはぁ……あの、剣は……」

「逃げた」

「そう……か……」

シエラがこのまま水上を走り続けることは難しそうだ。魔力も体力も、かなりきつそうである。それでもゼライセに関係していそうなことだったので、無理をして走ってきてしまったのだろう。

即座に溺れてしまうことはなさそうだが、休憩は必要そうだ。

俺たちは近くに見えている島に移動することにした。島と言っても、直径一〇メートルほどの岩塊であるが。その上に降り立つと、シエラは脱力して思わず座り込んでしまった。どうやら疲労と見栄を天秤にかけて、フランの前で醜態を晒すのを許容できる程度には気を許してくれたらしい。

数分待ち、シエラの息が整ったところでフランが口を開いた。

「あなたが知ってること、全部話して」

「……」

どこから質問をすればいいのか分からなかったので、とりあえず全部喋ってもらうことにした。シエラの正体とか、彼の知っているゼライセの情報とか、その辺を諸々知りたいのだ。

数秒ほど黙っていたシエラは、おもむろに口を開く。

「お前は、時を越えることは、可能だと思うか？」

「とき？」

「ああ」

「……むぅ？」

フランがしばし考え、首を傾げた。時を越えるという言葉の意味が、いまいち分からないのだろう。

「今のお前が何らかの力の影響で、突然過去の世界に行ってしまう。そこには勿論、まだ幼い昔のお前が生活している。そんなことは、あり得ると思うか？」

「無理」

「本当に？」

「神様の力とかがない限りは、無理」

「そうだな。だが、意外となんとかなるらしい。何せ、三人も経験者がいる」

そうか！　そういうことか！

フランが再び首をひねるが、シエラの言葉を聞いて俺にはある程度の事態が理解できた。未来から過去にタイムスリップしてきたと考えれば、ロミオが二人いることも理解できる！

フランにも簡単に説明してやる。それで、フランも何となくは理解できたらしい。

「じゃあ、お前は時を越えたロミオ？」

「そうだ。今の幼いロミオが八年前に戻り、成長した姿が俺だ」

大人になったロミオが時を越えたのではなく、幼いままこちらに来て、成長したらしい。

つまり、これが『前』の意味だったのだろう。フランに説明しておいてなんだが、にわかには信じられない。だって、タイムスリップだぞ？

「なるほど」

「信じる、のか？」

だが、フランは普通に納得したらしい。

「目がソックリ」

「目？」

そういえば、前も言っていたな。ロミオがフランを睨む目と、シエラの目がそっくりだったと。シエラ当人はいまいち納得できていないようだ。まあ、目なんて言われてもな。唸りながら自分の目元を撫でている。ただ、とりあえずは納得しておくことにしたらしい。

「まあ、信じてもらえたのであれば、構わない」

「なにがあった？」

「……俺にとっては、八年前。お前らにとっては、今……。俺の知っている歴史とはかなり違ってきているから、もう前と同じことが起きることはないだろうが」

シエラが彼の身に起こったことを、自身も思い出し直すように、ゆっくりと順番に語ってくれた。

彼らにとっての八年前。その時も、ロミオとゼロスリードはこの国へと逃れてきていたらしい。だが、今のロミオたちと前の彼らでは、そこから辿る道筋が大きく変わっていた。前のロミオたちは、この国でゼライセに捕まってしまったのだという。ゼロスリードほどの強さがあれば、おいそれと捕まることなどないと思うんだがな。

「俺を人質に取られたんだ……」

そのせいでゼロスリードはゼライセの言いなりとなり、様々な実験の被験体となってしまった。

「実験？」

「魔石や、疑似狂信剣を体に埋め込まれ、様々な薬品を投与された。幼かった俺は、変貌していくおじさんの姿を見ていることしかできなかった」

おじさんね。前の世界でも、ロミオとゼロスリードの関係は良好であったらしい。それにしても、捕まって人体実験か……。学院で保護されていたロミオたちは、そんなこと言っていなかったよな？

「こっちのロミオたちとは違う？」

「俺たちが、そうなるように誘導したからな」

前の世界ではベリオス王国の冒険者やウィーナレーンから逃げ回り、結局ゼライセに捕らえられてしまった。だが、こっちではシエラがあえてロミオたちの情報を冒険者ギルドにリークし、早々に捕縛されるように仕向けたのだ。怪しい影を見たという報告も、シエラが大本であったらしい。

「ウィーナレーンが、前の俺たちを即座に殺さないことは分かっていた。だったら、ゼライセに弄(もてあそ)ばれるよりは遥かにましだ」

「なるほど」

前のロミオたちはその後、ゼライセによっていいように使われ続けた。ただし、ロミオだけはウィーナレーンに保護されたらしい。大魔獣の封印について調べていたゼライセがウィーナレーンに存在を察知され、アジトを急襲されたのだ。

「そこで、俺は自らの血筋と、その血に眠る力を教えられた。俺が、知らぬ間におじさんを縛り付けていたこともな……」

しかし、ロミオがウィーナレーンに保護されて数日後。事態は急変する。ゼライセが大魔獣の復活を狙い、その封印の地に現れたのである。

その阻止に動いたのがウィーナレーンと、彼女に雇われていたフランだった。

ゼロスリードを仇と付け狙っていたフランは、その姿を前にすると周囲の制止も聞かずに襲いかかる。その激しい戦闘の余波で、商業船団は壊滅したそうだ。そこは、レーンが言っていた言葉に合致している。俺が剣に成り果て、フランを制止する者がいなかったのだろう。

「……」

『フラン？』

フランが悲痛な表情で、俯く。俺が剣になりかけていたことを思えば、他人事ではないのだろう。今のフランだって、前のフランと同じように暴走していたかもしれないのだ。

ただ、そこで少し気になったことがあった。フランも、そこに気付いたらしい。

「ウィーナレーンは、私を止めなかった？」

彼女ならば、力ずくでフランを止めることもできたはずだ。しかし、シエラは首を横に振る。

「商業船団を見捨ててでも、邪魔者であるおじさんを抑えることを優先したんだ」

フランがゼロスリードを抑えている間に、ウィーナレーンは復活し始めていた大魔獣を再封印しようとしたらしい。ロミオの命を犠牲にして。

「マグノリアの力を使えば、邪人の力を吸収することができる。本来はそのまま使用者の力となるが、ウィーナレーンは特殊な使い方をしようとしたんだ」

マグノリア家の血に秘められた、邪神の聖餐の力。その力で大魔獣の中に取り込まれている邪神の欠片の力を吸収し、吸収された力を使って大規模な封印術式を使用する。

つまり、大魔獣を弱らせるとともに、その力を利用して大魔獣自身を封印するという方法だ。

「力を吸収するのがゴブリン程度であれば問題ない。しかし、あの時は相手が悪過ぎた。邪神の欠片から力を吸収し続け、その後さらに封印術式に流すパイプのような役目をさせられれば、幼いロミオは耐え切れずに死ぬ」

しかし、ウィーナレーンはそれでも儀式を止めようとはしなかった。どんな犠牲を払ってでも、大魔獣を封印するつもりだったのだろう。今のウィーナレーンからは想像できない所業だが、人の上に立つものとして小さな犠牲はやむを得ないと判断したのかもしれない。

「俺も、今であれば理解できる。責める気はない」

自らが生贄にされたというのに、シエラの声には本当に恨みの色がなかった。仕方がないことだと受け入れているらしい。だが、ロミオの死を受け入れられない者もいる。ゼロスリードだ。なんとかロミオを助けようと足掻き、隙を見せたことでフランに斬り倒されてしまったのである。

「正直、その後のことはよく覚えていない。おじさんを助けようと思った途端、力が暴走して――」

気付いたら、一人きりで森の中に倒れていたらしい。そこまで語ると、シエラが腰の剣を抜く。

「他には誰もいなかった。ただ、この剣が、俺の横に落ちていた」

フランがシエラの剣を見つめる。やはり邪気のせいで鑑定は利かない。だが、その剣からは何とも言えない凄みを感じ取ることができた。

「その剣は、なに？」

「信じてもらえるかは分からないが……」

シエラがそう言って、口ごもる。時を越えたと語る人間が、今さら何を躊躇するんだ？

数秒ほど、剣をじっと見つめて黙るシエラ。まるで剣と会話しているかのようだ。

そして、意を決したように顔を上げたシエラが、重い口を開く。

「この剣には……ゼロスリードおじさんの意識と力が宿っている」

剣にゼロスリードの意識が宿っている？　それってつまり――。

「インテリジェンス・ウェポンってこと？」

「そうだ」

「ほー」

信じ難い話だが、シエラは嘘をついていない。マジでゼロスリードが宿ったインテリジェンス・ウェポンだった。今の間も、〝会話している〟ようではなく、本当に会話していたんだろう。

「お、驚かないのか？」

「驚いてる。わお」

俺じゃないと分からない程度には、フランは驚いている。ただ、驚愕と言うほどではなかった。

元々、謎の多い不思議な剣だと思っていたのだ。俺でインテリジェンス・ウェポンに慣れているフランからしたら、おかしな剣が超おかしな剣になった程度の認識であった。

「その中にはゼロスリードが入ってる？」

「これも、信じるのか？」

向こうからしたら、フランがなんでもかんでもあっさりと信じることに、納得がいかないらしい。

俺の持つ虚言の理と、フランの野性の勘の合わせ技なんだが、はたから見ればどんなことも信じる、不思議な少女に思えるんだろう。そんなシエラを尻目に、フランが疑問を口にした。

「ゼロスリードと話はできるの？　私とも？」

「あ、いや……。俺以外との会話は無理だ。同調という、装備者と意思疎通を可能にするスキルで会話しているからな」

「そう」

フランがそう呟くと、不意にシエラの手に握られた漆黒の剣が、キィーンと甲高い音を発した。自らが意思を持っているということを、示したのだろう。

「おじさんが、謝っている」

「謝る？」

「……ゼロスリードおじさんのことを、恨んでいるんだろう？　それは知っている」

こっちの世界のゼロスリードと同じように、前のゼロスリードもすでに改心済みってことらしかった。フランは軽く眉根を寄せて顔をしかめるが、もう激昂したりはしない。相手の姿形が全く変わってしまっているせいで、実感が湧いていないのだ。それに、すでにその怒りを乗り越えたフランは、前のゼロスリードとやらに今さら謝られても困惑するしかないようだった。

その表情をどうとらえたのか、シエラもその場で深々と頭を下げる。

「だが、復讐をするのは、もう少しだけ待ってもらえないか？」

「止めろとは、言わない？」

「気持ちは、分かってしまうからな……。だが、俺たちにはどうしてもやらなきゃいけないことがある。それを成し遂げるまでは、生き永らえなくてはならない」

「ゼライセへの復讐？」

「そうだ。前の世界では、色々とあった。俺にとっては前のお前も、許せない相手だった」

それが、フランに対して向けられていた殺気の正体なんだろう。前と今という違いはあっても、同じフラン。ゼロスリードを瀕死に追いやった——いや、なんらかの理由で剣になったことを考えれば、殺していたのかもしれない。

そんなフランに対する恨みが、シエラの中には残っている。しかし、ゼライセに対する憎悪に比べれば、小さいものであるらしい。ゼロスリードが自業自得であるとも分かっているだろうからな。

「ゼロスリードおじさんがこんな体になったのは、やつの人体実験が原因だ。それに、やつが大魔獣を復活させなければ、そもそも俺たちが巻き込まれることもなかった」

そう語るシエラの瞳には、暗い炎が灯っている。その目は、ゼロスリードに襲いかかったフランによく似ていた。

この二人は似た者同士なのかもしれない。幼いながらも困難な運命に巻き込まれ、それでも目標に向かって強く生きている。インテリジェンス・ウェポンを手に入れ、相棒としているところも一緒だ。

「ゼライセとの決着を付けたら、相手をする。だから、それまでは見逃してほしい。頼む」

シエラが自分たちの秘密を語った理由が分かった。ここでフランに不信感を持たれて敵に回られるよりは、秘密を打ち明けて信用を得ようというのだろう。

頭を下げ続けているシエラをじっと見下ろしていたフランは、コクリと頷く。

「……ん。分かった」

「助かる」

シエラに対して直接的な恨みはないしな。それに、このゼロスリードは前のゼロスリード。すでに前のフランが決着を付けているのだ。俺たちが手を出すべきではない。

「ゼロスリードが剣になったのは分かった。それはどうして？　ゼライセが何かやった？」

「ああ。俺たちも詳しくは分からないが、疑似狂信剣を利用して、人間の意識を剣に封じ込めると、やつはそう言っていた」

「そんなことできる？」

「できた、のだろうな……。なにせ、ここに成功例があるんだ。体内に埋め込んだ魔石と、疑似狂信剣に仕込んだ魔石を媒体にするとは聞いていたが、それがどう作用したのかは分からない。そもそも、時を越える直前まで、おじさんは剣じゃなかった」

「そうなの？」

「俺が力を暴走させ、光に飲み込まれ――こっちの時間に飛ばされた時には、何故か剣になっていた。しかも、疑似狂信剣とは全く違う姿で。それだけしか分からない」

つまり、ゼロスリードがインテリジェンス・ウェポンになったのは、偶然ということか？　だとすると、量産は難しいかね？　俺が想定した最悪は、インテリジェンス・ウェポンがゼライセの手によって量産され、それがレイドス王国の手に渡ることだ。だが、その心配はしなくても良さそうだった。

俺がホッとしていると、フランが再び口を開く。フランも気になっていたことがあるらしい。

「もう一つ聞いていい？」

「俺に答えられることならば」

「さっき、時を越えた人間は三人って言ってた？　シエラとゼロスリードと、あと一人はだれ？」

ああ、そのこともあったな。俺も気になっていたのだ。頭の中で予想はできているんだが、理性がその答えを口にすることを拒否している。あれが複数いた？　そんなの、悪夢でしかないのだ。

しかし、シエラの口から出たのは、最悪の言葉であった。

「ゼライセだ」

やっぱりね！　そうじゃないかと思った。

「俺たちもさっきまで知らなかったが、あれは前のゼライセだったのだろう。もしくは、前のゼライセから情報を得た、今のゼライセだったのか――」

「僕のこと話してるみたいだねぇ。どもどもー」

突然、シエラの言葉を聞き覚えのある声が遮った。

「やあ、ロミオ君にフランさん。せっかく追ってくるのを待ってたのに全然来ないから、こっちから来ちゃった」

声がした方を向くと、折れた疑似狂信剣を手にしたゼライセが立っていた。相も変わらずの、ムカつく笑顔だ。ゼライセを倒したのに、レーンがまだ陰謀が進行しているようなことを言っていた意味も分かった。ゼライセは二人いたのだ。

「やあ、ゼライセでーす」

だが、その姿を見たフランが首を傾げる。

（あいつ、ゼライセ？）

『どっからどう見てもそうだろ？』

（……なんか変。ゼライセの弟？）

フランは、目の前のゼライセに違和感を覚えたらしい。だが、それを問い質す間もなく、ゼライセがさらに口を開く。

「この剣が気になるみたいだね？」

そうして掲げたのは、紛れもなく疑似狂信剣だ。刀身が半ばから欠けている。

俺と追いかけっこを演じた、あの疑似狂信剣で間違いない。

「その剣、なに？」

「この剣は、僕たちが生み出したインテリジェンス・ウェポンさ！　銘はそうだね――超絶無敵最強剣――はちょっと長いから、魔剣・ゼライセとでもしておこうかな？」

ゼライセがそう言った瞬間、疑似狂信剣の姿が変化した。まるで飴細工のように、硬いはずの剣が膨張し、修復され、伸び、変形していく。

数秒後、ゼライセの手には、疑似狂信剣とは似ても似つかない、毒々しい剣が握られていた。

青紫色の柄と鍔に、巨大なナックルガード。蛍光ピンクのド派手な剣身を持った、ショートソードである。いや、それよりもさらに短いかな？　その分、刃は分厚く、頑丈そうだ。剣身の根元が先端よりも太い。いわゆるマインゴーシュってやつだろう。

悪趣味。その一言に尽きる。だが、凄まじい存在感を放っていた。姿形が変わっただけではない。

それに、変化したのは外見だけではなかった。鑑定で見えていた情報にも変化がある。

名称が「なし」になっていた部分が、魔剣・ゼライセと変わったのだ。そして、スキルなどの情報が完全に見えなくなってしまった。多分、名付けが行われ、剣としての格が上がったのだろう。俺がウルシに名前を付けて、進化させたのに似た現象である。

「インテリジェンス・ウェポン？　その剣が？」

「そうさ！　前の僕が封じられた、意思のある剣だよ！」

　もしかして、自力でインテリジェンス・ウェポンを作ったのか？　元々、前のゼロスリードを素体に、色々と実験していたのだろうが……。自分で言うのもなんだが、伝説的な存在なんだぞ？　それこそ、神剣よりも珍しいと言われたことだってあるほどなのだ。しかも、前の僕って言ったか？

「意味が分からない」

「ふふん？　知りたいかい？」

「ん」

「だったら教えてあげるよ！」

　ゼライセが得意気に叫ぶ。ある意味チョロイやつだな。

「僕はね！　インテリジェンス・ウェポンを作れないか、研究していたことがあるんだ。まあ、魂を特定の器に封じ込める方法が分からず、キメラに興味がシフトしちゃったけどね」

　俺は神々の手によって作られたからあまり意識はしたことないけど、普通は神の管轄である魂の封印が難しいんだったな。

「ただ、研究資料を集めたり、簡単な実験は続けてきたんだよ」

「ふむ」

「で、ここ数年で色々と新発見があってね。まあ、前の僕が提供してくれた、前のゼロスリードさんのデータなんだけどさ」

　そう言って、ゼライセがシエラの構える漆黒の剣を見つめる。前の僕。ということは、こいつが今のゼライセか。

「さらにこの疑似狂信剣。これは本当に興味深いよ。何せ、仮とはいえインテリジェンス・ウェポンのように自己思考していたっていうんだからさ！」

ファナティクスを手に入れたアシュトナー侯爵家は、裏でレイドス王国と繋がっていた。そして、ゼライセはレイドス王国に身を寄せていた。やはりその伝手によって、ゼライセに情報が流れていたようだ。

レイドス王国も、諸勢力がいがみ合っているような状態らしいので、ゼライセがファナティクスの計画にどこまで協力していたのかは分からない。ただ、ファナティクスの研究資料や、疑似狂信剣の実物を手に入れられる程度には関係があったのだろう。

「前の僕が覚えていたデータと、ゼロスリードさんがインテリジェンス・ウェポン化したという事実を基に、色々と研究を進めてきたんだ」

疑似狂信剣を体に埋め込んだ状態で長時間過ごすと、肉体だけではなく魂がその状態を普通だと思うようになるそうだ。疑似狂信剣も肉体の一部だと勘違いするってことだろう。その状態で肉体が滅ぶと、なんとか生きようとあがく魂が、疑似狂信剣に入り込むらしい。

「勿論、同種の魔石を双方に埋め込んで移動経路を作ってやったり、他にも色々と前提が必要だけどね！　まあ、そうやって頑張った結果、僕自身がこうやってインテリジェンス・ウェポンになることに成功したわけだ。いやー、前の僕も喜んでいるよ。なにせ、インテリジェンス・ウェポンになった人間なんて、歴史上でも中々いないからね！　あとは剣に精神を転写するだけだったんだけどさ、君たちに殺されたことで一か八か試したみたいだ。上手くいってよかったよ」

「さっきまで俺たちが戦っていた前のゼライセが、その剣なのか？」

「うん！」

どうも、前のゼライセは自分から剣になることを志願したようだ。自分自身を人体実験の道具にしたってことか……。狂ってるな。

だが、フランがこのゼライセに抱いた違和感の正体が分かった。前のゼライセとこっちのゼライセでは、年齢が違うのだ。ロミオとシエラに八歳の差があるように、ゼライセたちにも同様の差があった。ただ、ゼライセの場合は半魔族であるため、それがほとんど外見に現れないのだろう。むしろ、そこに僅かでも異常を感じ取ったフランが凄いのだ。

（……ん？）

フランがしきりに首をひねっている。前だの今だの言われて、頭がこんがらがったのだろう。

『さっきフランが倒したゼライセが前のゼライセで、今は疑似狂信剣になっている。そして、目の前にいるのが、今のゼライセ。そういうことだ』

「なるほど」

「おや？　信じたのかい？　もっといろいろと証拠を論う予定だったんだけど……。フランさん、君は素直すぎやしないかい？　そんなだと、悪い人間に騙されちゃうよ？」

「お前が言うな」

「あははは！　そりゃそうだ！　でも、みてくれよ！　かっこいいだろ？」

ゼライセがそう言って疑似狂信剣――いや、魔剣・ゼライセを頭上に掲げた。その顔はおもちゃを得た子供と同じだ。

「前の僕も、改めてよろしくって言ってるよ？」

「きこえない」

「ああ、そうだった。ごめんごめん。君らには聞こえてないんだった」

うーむ、動いていない状態では、剣に本当に意識があるのかどうかが分からん。だが、水中や空中での動きを見るに、間違いないだろう。こいつ、本当にインテリジェンス・ウェポンを作り出しやがった。野菜の王子様じゃないが、インテリジェンス・ウェポンのバーゲンセールかよ！

しかも、俺の懸念が現実になりそうだった。

「インテリジェンス・ウェポンは、量産できる？」

「理論はあるけど、先はまだ長いかな？　やっぱり偶然に頼っているところあるしね。ん？　ごめんごめん。そうだよね。君も活躍したいよね」

何も知らなければ、見えない相手と急に会話を始めるヤバイやつだな。今後、フランにももっと気を付けさせよう。

「前の僕が飽きちゃったみたいだからさ、とりあえずおしゃべりはこのくらいにして、少し付き合ってもらえないかな？」

「……何に？」

「あはははは！　そりゃあ、前の僕の試し斬りにさ！」

哄笑を上げながらゼライセが構えると、魔剣から凄まじい魔力が吹き上がる。

その魔力だけでも、侮れない相手だと分かる。だが、当然それだけではない。

『フラン、魔剣・ゼライセは相当なスキルを持っているはずだ。下手したら、ゼライセが持っていたスキルをそのまま全て所持しているかもしれん！　気を付けろ！』

「ん！」

やつらの力でまず気を付けなくてはいけないのが、魔術やスキルの連打だろう。俺とフランの基礎戦術と言っても過言ではない。剣と使い手が同一スキルを使えるということは、向こうもそれが可能であるということだった。

「あはははは！　いくよ！」

自身の斬撃をフランに受け止められていながら、ゼライセは楽しそうだ。

「はは！　いいね！　その剣とも十分打ち合える！」

俺と魔剣・ゼライセが打ち合わされるたびに、相手の耐久値がガンガン削られていく。それでも、一撃で破壊されずに自己修復で回復を続けているため、結果としてフランと斬り合うことができていた。さらに、その状態でも魔術が飛んでくる。

「む」

『俺が防ぐ、フランは斬り合いに集中！』

「ん！」

一見すると本人に詠唱をしている素振りがないのに、いきなり大魔術が発動する。まるで無詠唱だ。隠蔽系のスキルのせいで、魔力の流れを察知することも難しい。俺たちのように、相手の剣が魔術を放つと分かっていても虚を衝かれるのだ。初見の相手が魔術を躱せないのも仕方ないだろう。

しかも、インターバルもおかしい。スキルや大魔術を放った直後は、どうしても体が硬直し、動きが鈍る。しかし、ゼライセと魔剣が交互に攻撃を繰り返すため、硬直が無視されるのだ。

俺たちがいつもやっていることだが、やられてみるとその理不尽さがよく分かった。

明らかな大技を放った直後、全く同じ大技を間髪容れず放ってくる。チャンスと思って突っ込んだ相手にとっては、悪夢だろう。

さらに面倒なのが、例の透過スキルだ。ゼライセの気配が消失し、こっちの攻撃がすり抜けてしまう。ただ、その使い方がさっきとは全く違っていた。先程まではオンオフの間隔が長かったはずだ。一度この謎スキルを使用したら、しばらくは使いっぱなしだった。そして、その間は向こうからもこっちに攻撃はしてこなかった。多分、スキル発動中は攻撃ができないのだろう。

しかし、今は違う。頻繁にオンオフを繰り返し、ガンガン攻撃をしてくる。

魔剣・ゼライセを使うことにより、スキルの持つなんらかの副作用を軽減できるようになったらしい。もしくは、片方が制御を担当することで、片方が自由になったのだろう。

「ほらほら！」

「ちっ！」

「あはは！　殺せなかったかぁ。残念！」

対して、こちらはフランと大人ロミオ――シエラの二人がかりでありながら、攻め手に欠いていた。

俺たちは単純に消耗が大きい。俺は剣神化の影響でボロボロだし、フランも魔力を消費してしまっている。ゼライセのような油断ならない相手に対して、残った力を全て使うような迂闊な真似はできないし、結局は相手の動きを見ながらの戦い方になってしまっていた。

ゼライセが実体化している間。つまり攻撃中にカウンターを狙ってはいるんだが、そこは向こうも分かっている。上手くタイミングをズラされ、何度狙っても失敗に終わっていた。

シエラも、スキルを消失させたあの謎能力を使う気配はない。こっちに気を遣っているのか？

フランはシエラに近づき、声をかけた。風魔術でゼライセには聞こえないようにしてある。

「ねぇ。ロミオ……シエラ？　ロミオ？」

「シエラでいい」

「シエラ、さっきの力は使わない？」

「まだ無理だ」

それだけで分かった。連続での使用ができない能力なんだろう。消耗が激しいのか、代償が大きいのだと思われた。あれほどの能力だ。ポンポンと使えるわけはない。

それにしても、ゼライセとの戦いを続けながら、俺は妙な違和感があった。

こんなものなのか？　試し斬りとか言っておいて、ゼライセが本気で攻撃しているように思えない。勿論、その攻撃は激しいし、気を抜けばやられるだろう。しかし、インテリジェンス・ウェポンである魔剣・ゼライセを使っておきながら、この程度なのだろうか？

俺にはそこが納得いかなかった。試運転がてら軽く戦っているのかとも思ったが、どうもそれも違うようなのだ。会えば挑発じみた言動を繰り返すゼライセだが、今はことさら意識してフランたちを挑発しているように思える。

「ほらほら！　こんなものなのかい？　期待外れだなぁ！」

「今のうちに逃げたら？　今なら見逃してあげるよ？」

「うわっ！　今の攻撃やばかったぁ！　さっすがぁ！　でも残念でしたー」

逃げてもいいという言動は嘘だ。だんだん分かってきたぞ。どうやらフランたちを挑発して、この場に引き留めておきたいらしいな。つまり、足止めが本当の目的だ。この先に行かれたくないらしい。

となると、ここでゼライセを相手にしているよりも、この先に向かった方がいいだろう。ゼライセを倒せば全部終わると思うが、今の俺たちでは確実に仕留められるかどうか分からない。

（じゃあ、どうする？）

『理想は、シエラにゼライセの足止めをしてもらうことかな？』

その間に、俺たちはこの先を確認にいく。どうせ、ろくでもないことが起きているはずだった。

フランがシエラに近づき、囁く。

「やつの足を止められる？」

「何かあるのか？」

「ゼライセは、私たちを足止めするのが目的。だから、私はこの先を見てくる」

「なるほど……」

「どう？」

「分かった。俺も奥の手を切ろう」

シエラが自信ありげに言い放った。実際、シエラと魔剣・ゼロスリードの底は未だ知れないのだ。これだけ自信ありげなのだから、任せてもいいかもしれない。

「少しだけ、やつの注意を引け」

「わかった」

軽く打ち合わせをした後、フランはゼライセに向かって突っ込んだ。

あえて見え見えのカウンター狙いと見せかけることで、ゼライセが攻撃しにくくするとともに、フランに意識を集中させる。そこに俺が、時空魔術ディメンジョン・ソードの連撃を叩き込んだ。

魔力を過剰に注ぎ込んだオーバーブースト状態のディメンジョン・ソードは、相当な威力がある。

それが一二発。全方向からゼライセに襲いかかったのだ。

理想は、透過状態を解除し、障壁かなんかで防ごうとしてくれることだったんだが——。

ゼライセは透過状態を維持したまま、魔剣・ゼライセを振るって次々と飛来するディメンジョン・ソードを叩き落としていった。あの剣には、時空属性まであるらしい。だが、これも想定内だ。インテリジェンス・ウェポンを侮ることはしない。本命は、やつの足下である。

「ガルルゥ！」

「くぅ！　まさか自分がダメージを負うタイミングでっ？」

ウルシの影転移からの次元牙が、ゼライセの両足を飲み込んでいた。ウルシはなんと、ディメンジョン・ソードの嵐に自分が巻き込まれるタイミングで、攻撃を仕掛けたのである。影から顔を出したウルシに、数発のディメンジョン・ソードが直撃した。だが、ウルシも覚悟の上である。数ヶ所に深い裂傷を負いながらも、その牙で確実にゼライセを捕まえていた。

そこにシエラが一気に突っ込む。漆黒の剣に凄まじい邪気を纏わせながら。

「おおおおおおお！」

シエラの手から放たれた邪気の塊が、まるで蛇のようにうねると、ゼライセの腕に絡みついた。

「邪縛黒鎖(じゃばくこくさ)！」

なるほど、確かに邪気でできた鎖っぽく見える。

すると、黒い鎖に巻き付かれたゼライセが、急に力を失ってその体勢を崩していた。

「くっ！　な、なんだぁ……？」

「それは邪気の鎖。どうだ？　スキルの維持も大変だろう？」

どうやらあの邪気でできた鎖には、さっき使った周囲のスキルを打ち消したものと似た性質があるらしい。

「これでいいだろう？」

「ん。任せた」

何故か自分から距離を取り始めたフランを見て、ゼライセが挑発の言葉を口にする。

「え？　フランさん？　逃げるのかい！　しばらく見ない間に、随分と腰抜けになったね！」

「……ふん」

「あ！　待て！」

自分を無視して湖の中心へと駆け出したフランを見て、ゼライセが慌てて後を追おうとする。しかし、その前にシエラが立ちはだかった。邪気の鎖がある限り、シエラを無視して追ってくることはないだろう。

「ゼライセ。お前の相手は俺だ」

「くっそー！」

ゼライセの悔し気な叫び声を背に受けながら、フランとウルシは湖を駆けた。

第四章　復活の災厄

『こっから先はディメンジョン・シフトを使って進む』

「ん」

『魔力もそこまで余裕があるわけじゃないし、手早く動くぞ。あと、ウルシは影転移で移動しながら付いてこい』

「オン！」

ヴィヴィアン・ガーディアンがこちらを警戒している気配を感じながら、俺はディメンジョン・シフトを発動させる。

ウルシは湖底の岩などの影を移動しながら、付いてくる――ことはできなかった。ウルシが隠れている場所が、ガーディアンたちに囲まれている。影の中にいても、察知されてしまうらしい。

『ウルシ！　戻れ！』

（オフ……）

無理して付いてくると、ガーディアンが暴走するかもしれないのだ。ここは大人しくゼライセの足止めに専念してもらおう。

俺とフランは問題なく、水上を進んでいった。そして、しばらく進むと正面に不思議な物を捉える。

『なんだありゃ？』

「はしら？」

フランの言う通り、それは柱に見えた。直径五メートルほどの白い円柱が、水中から天に向かってそびえ立っている。しかも、一本ではない。

『上から見てみよう』

「ん」

上空から見下ろすと、白柱は一二本あった。円を描くように、等間隔で配置されている。どう考えても、ここが湖の中心部だろう。

『変な魔力も感じるしな』

「気持ち悪い」

円の中央から、おかしな魔力を感じる。邪気ではないんだが、普通の魔力ではなかった。フランが言う通り、気持ち悪い、不快な魔力である。

「師匠、このまま突っ込む」

『仕方ないな』

本当は慎重に行動したいが、魔力に余裕はない。放置することもできないし、ここはまずは魔力の大本を確認しよう。フランが降下の勢いのまま、水中に突入した。この辺りだけ、水深がかなり浅いようで、一〇メートルもない。その湖底には、神秘的な建造物が沈んでいた。

パッと見た印象は神殿だ。石柱と同じ白い石材が敷き詰められ、中央には祭壇のようなものが存在している。古い物だと思うんだが、それにしては非常に綺麗なままだ。コケやゴミ、汚れもなく、純白と言える状態を保っている。

そして、その神殿の中央に異様な魔力の源があった。美しい白の神殿に在って、明らかに異質な毒々しさを放っている。紫水晶で構成された、大きなタイヤから細い触手が何本も生えているかのような造形だった。

（あれ、なに？）

『ありゃ、魔石だ！　間違いない。ゼライセの魔石兵器だ！』

祭壇の真上に置かれた醜いオブジェは、周囲の魔力を吸収し、神殿の中へと注ぎ込んでいるようだ。俺たちが感じた不気味さは、魔力を吸われることに対する嫌悪感だろう。

「ここまで来てしまったのね」

「！　レーン」

突然現れたのは、精霊のレーンだ。悲し気な顔で、こちらを見ていた。

「この場所は特別。もう、時空魔術を解除しても大丈夫よ。守護者たちは、この場所には入ってこれないから」

レーンの言葉に従い、ディメンジョン・シフトを解除してみる。神殿の外側のヴィヴィアン・ガーディアンたちが騒ぐ気配もない。本当にここまでは入ってこないようだった。さすがに空気はないので、呼吸のために風の結界を纏う。それにもヴィヴィアン・ガーディアンたちは反応を見せなかった。

「貴方たちも、あの巨大な魔石を見た？」

「ん」

レーンが愁いを帯びた目で、魔石兵器を見つめる。忌々しい物を見る目だ。

やはり、あれはレーンにとっても歓迎せざる物なのだろう。

『あの気色悪いのが、大魔獣を復活させるための装置か？』

「そうよ。周囲の魔力を使って、魔獣の封印を少しずつ食い荒らしている。再封印の儀式を行わなければ、数日で封印が自壊するでしょう。そして、遠からず大魔獣が完全復活するわ」

「じゃあ、その儀式をすれば？」

「再封印の儀式をするには準備が必要よ。急げば間に合うかもしれないけど……」

「その儀式は、どうすればいい？」

「ウィーナレーンなら知っているわ。彼女がその儀式を執り行うかどうかは分からないけど」

「どういうこと？」

「自分でお聞きなさい」

レーンは、相変わらず肝心なことを話そうとしないな。

「じゃあ、あれを壊せば魔獣は復活しない？」

「あれを破壊するのは、無理よ。ゼライセが幾重にも防壁を重ねて、強化している。私も試したけど、傷一つ付かなかった。それこそ、ハイエルフ級の力でもない限りは無理」

レーン自身は高位の精霊だと思われる。その精霊が傷一つ付けられんとは……。確かに凄まじいな。

だが、それは他のやつらの場合だろう。

「レーン。一つだけ答えて。あれは、壊していいの？」

「できるものなら、是非。それで、最悪の事態は免れるでしょう。でも、無理。だから、この国からお逃げなさい。巻き込まれるわよ」

フランの問いかけに、レーンが悲し気に首を振る。

「壊していいなら、それでかまわない。師匠」

『おう！』

「……どうなっても、知らないから」

悲し気なレーンの言葉を背に、フランが魔石兵器に斬りかかった。

「閃華迅雷――天断（てんだん）！」

黒雷を棚引かせながら、神速の斬撃が奔（はし）る。

ガキィ！

だが、その手応えは、少々想像と違っていた。鈍（なまく）ら刀（がたな）で硬い岩でも叩いたかのような、鈍い感触だ。

「あれ？」

目の前の魔石兵器に変化がない。フランが首を傾げているが、俺には原因が分かった。

『傷が付かなかったんだろうな』

俺の魔石吸収は、斬った魔石を食らうという能力だ。つまり、掠（かす）り傷一つ負わなかった場合、能力は発動しないのである。

「むぅ……」

『仕方ない……。剣神化を使おう』

ここは、無理をする場面だろう。だが、フランが泣きそうな顔で首を振った。

「だめ！」

どうも俺が剣と化すという話を聞いて以来、フランが少し心配性なんだよな。まあ、分からなくもないけどさ。剣神化している最中は、俺にも最適化の影響がある。その状態を不安に感じているのだろう。あの時の俺は、まさに剣そのものだからな。しかも、耐久値も危険な域である。

『だが、そうでもしなきゃ、あれに傷を付けるのは難しいぞ？』

渾身の天断でさえ、無傷なのだ。確かに、今の俺が剣神化を使うのは相当危険だが、ほんの一瞬であれば、そこまで問題はないはずだ。しかし、フランは首を縦には振らない。

「絶対だめ」

『じゃあ、どうする？』

「私に任せて」

フランは決意の表情を浮かべると、俺の柄を握り締めた。

「私が、絶対にあれを斬ってみせるから。だから、師匠は無理しないでいい」

フランはそう言って俺を構えると、魔石の前で大きく脱力した。その状態で、ゆったりとした呼吸を繰り返しながら、集中力を高めていく。その姿は、ついさっき黒雷神爪を使おうとして魔力を練り上げていた姿にそっくりだった。ただ、今の方がより、深い。

一気に魔力を練り上げるのではなく、時間をかけて少しずつ力を溜めていくつもりなのだろう。

正直、止めたい。先程失敗したということは、まだフランには早いということである。そんな技を無理に使うことは、フランへの負担がかなり大きいだろう。魔力統制などの上位スキルを俺と共有しているため、無理をすれば成功できてしまうからこそ、心配だった。

しかし、すでに大量の魔力をその身の内で制御し、瞑想状態に入っている。ここでやめさせるのは逆に危険だろう。それに、剣神化を使わないのであれば、他に手がないのも事実だった。

こうなれば仕方ない。俺は風の結界などを維持して、フランの補助をするだけだ。

それにしても、先程と比べると魔力の流れに無駄が少なくなっているように感じた。もしかして、一度使おうとしたことで何かを掴んだのだろうか？

体内を循環する魔力の流れや、黒雷の密度に、さっきのような歪みが圧倒的に少ない。無論、完璧ではないし、フランへの負担が減ったわけではない。

その証拠に、我慢強いフランが苦悶の表情を浮かべている。この顔を見るだけでも、かなりの苦痛がフランを襲っているのが分かった。だが、ヒールなどをかけるわけにもいかない。今のような微妙で精密な魔力操作を行っている最中に、他の魔力を浴びせられるのは邪魔にしかならないからだ。

俺は心の中でフランにエールを送りつつ、静かに見守った。

そんな中、不意にレーンが声を上げる。

「ゼライセが来るわ！」

『……！　そうか』

まずい。しかし、俺はフランに声をかけることはしなかった。フランもレーンの言葉は聞こえていたはずだが、一切反応しない。

俺も、それ以上は何も聞かなかった。今は、フランの邪魔をするべきではない。

それにしても、俺にはゼライセの気配が捉えられない。ヴィヴィアン・ガーディアンの目を誤魔化すために、透過能力を使っているのだろう。

しかし、レーンには分かっているようだ。時の精霊だからか？　まるで人間の少女のような、不安げな表情のレーンを横に、フランは静かに呼吸を繰り返す。

そうして、短く濃密な時間が過ぎる頃、水中に飛び込んでくる影があった。

ゼライセだ。懐から魔石を取り出すと、それを足元に投げ出す。すると、強力な魔力が発せられ、周囲の景色が一変していた。どうやら、風のドームを生み出す能力を持っていたらしい。あれも魔石兵器の一種か。水中に作り出された空気のドームの中で、ゼライセが魔剣・ゼライセを抜き放つ。

「追いついたよ！　そこまでにしてもらえるかい？」

ゼライセはかなり焦った表情である。魔石兵器には鉄壁の防御を施してあるはずだが、それでも不安なようだ。それだけフランを評価してくれているってことかね？　それに、魔石兵などをあっさり倒されたことで、警戒しているのもあるだろう。

だが、一足遅かったな。

「！」

カッと目を見開いたフランが、グッと体を沈み込ませるように動き出す。

「黒雷神爪！」

同時に、俺の切っ先が黒い雷で覆われる。

先程フランが放とうとした黒雷神爪は、黒雷の刃を作り出し、自ら手に持って振るう技だった。

だが、黒雷神爪は武器に纏わせるのが本来の姿である。当然、難易度もこちらの方が簡単だろう。

フランもそれは分かっていた。それでいながら単独で使用するタイプを選んだのは、俺を心配してのことだ。日に二度も神属性を纏うなど、無茶が過ぎる。剣神化でボロボロな俺が、さらに酷い状態になるのは明らかだった。

だが、今はこの魔石兵器を破壊せねば、多くの人が不幸になる。絶対に成功させねばならなかった。

それに、本日二度目の剣神化を使うよりは、一瞬だけ黒雷神爪に使われる方が、まだ俺への被害は少ない。だからこそフランは、突きを放つ瞬間まで、黒雷神爪を発動しなかったのだ。俺が神属性を纏う時間をできるだけ少なくしようと、あえて制御が難しい発動の仕方を選んだのだろう。

だが、さすがはフラン。この土壇場で、完璧に制御してみせていた。

「はぁぁぁぁぁぁぁ！」

『らぁぁぁぁぁぁぁ！』

全身の力を使った、渾身の突きだ。足首から膝、腰、肩、肘、手首と、全ての力が余さず伝達された、惚れ惚れするような美しい突きである。だが、そこに込められた力は、獰猛で恐ろしい。

ガギィンン！

手ごたえは鈍かった。先程、魔石兵器に向かって天断を放った時と、そう変わりはない。しかし、さっきとはその結果が大きく違っている。

『きたぁぁ！』

「ん！」

目の前にあった巨大な紫色の魔石が、綺麗さっぱり消え去っていた。俺の中に、大量の魔力が流れ込んでくる。

『うおおおおおおおおおおおお――！』

なんだこれは！　凄まじい魔力の奔流だ！　ランクB魔獣の魔石とさえ比較にならないほどの魔力である。ファナティクスを共食いした時に近いかもしれなかった。

『――』

快感など通り越して、頭が真っ白になる。

（師匠？）

『――』

あー、ダメだ。これはまずい。

呑み込まれ――。

(師匠！)

何も考えられずボーッとしてしまうが、フランの声が天啓のように降り注いだ。

『――フ、ラン？』

(だいじょぶ？)

急激に意識が覚醒する。そうだ、今は戦いの最中だったな。

やはり、フランの声は特別だ。どんな時だって、俺に届く。

『すまん。見苦しいところを見せた』

危なかった。今、ゼライセに襲われていたら、俺は全く役立たずだったろう。それだけ、あの魔石兵器に使われている魔石が高位のものだったのだ。ありがとうゼライセ。ごちそうさまでした。

ああ、いかん。まだ少し混乱してしまっている。しっかりせねば。

「……おいおい……。本当に……？」

ゼライセが呆然としている。それだけ驚きなんだろう。

魔石兵器が消えたことで神殿を覆っていた不気味な魔力が消え去ったが、安心する余裕はない。

(師匠、だいじょぶ？)

『……大丈夫、と言いたいところなんだが……』

結構まずい。膨大な力を吸収した混乱からはなんとか抜け出したんだが、無理をしたせいで普通に剣としての能力が大幅に低下している。耐久値が大幅に減ったうえ、全く回復が始まらないのだ。小さい刃こぼれが残ったままという時点で、自己修復が機能していないことは明白だった。

神属性を使い過ぎた反動だろう。

『正直、今の俺でやっと斬り合うのは、かなり危険だ』

(わかった)

ゼライセは未だに茫然自失したままだが、いつこちらに襲いかかってくるか分からない。

そう思っていたんだが、次にゼライセが発した言葉は、俺たちの想像とは全く違っていた。

「はは……あはははははは！　凄い！　凄いよフランさん！　さすがだね！」

心底楽し気に笑い出したのだ。嘘ではない。本気でそう言っている。

やはり、こいつの脳内は俺たちには想像できんな。

「いやー、前の僕が、君のことを随分と警戒しててさぁ。意味がようやく分かったよ。きっと、フランさんに酷い目にあわされたんだろうねぇ」

どういうことだ？　今のゼライセと前のゼライセは、手を組んでいるわけだよな？　だが、今の言葉から考えるに、前のゼライセがフランを警戒する理由を詳しく知らないような感じだった。

「前のゼライセ？」

「フランさんはさ、僕と前の僕がどんな関係だと思う？」

「仲間。ゼライセ一匹でも嫌なのに、二匹になってもっと最悪」

「ひ、匹？」

「害虫は、一匹二匹で数える」

「あ、あはは！　こりゃあ手厳しいね！」

フランの口が悪い。こりゃあ、かなり機嫌が悪いな。

大魔獣の封印を無責任に解こうとしているゼライセに、強い怒りを感じているんだろう。

「ま、まあ、フランさんが僕をどう思ってるかはおいといて――」

「クソ虫」

「おいといて！　僕と前の僕はさ、せいぜいが研究の同士って感じかな？　意外とドライな関係なんだよ？　たぶん、フランさんが思ってるような、なんでも言い合えるような仲じゃないのさ」

「なんで？　前の話を聞いておけば、失敗をなくせる」

「だって、つまらないじゃないか」

またそれだ。だが、ゼライセの行動理念において、そこは絶対外せない部分なんだろう。

「先のことを知って、その通りに動く？　なんてつまらない！　それにさ、未来なんて簡単に変わっちゃうんだ。前の僕だけじゃなくて、前のロミオ君たちがいるんならなおさらさ」

それは確かにそうだ。実際こっちでは、シエラが動いたことによって、ロミオとゼロスリードはゼライセに捕まっていない。

「そんなあやふやな情報を頼りに動くなんて、危険すぎるだろ？　だから、僕は前の僕から、以前の時間軸で何があったのか、ほとんど聞かないようにしてるのさ。せいぜいが、研究成果のデータをもらうくらいかな」

つまり、今のゼライセは、前のゼライセから前の情報をほとんど聞いていないってことか。

「前の僕も、その辺は理解してくれてるからさ。無理して情報を教えるようなこともしてこないんだ。

いやー、自分同士っていうのは、こういう時に便利だよね。一言で、全部理解してくれるんだもん」

確かに、普通だったら前の時間軸で何があったのか、しっかり教えようとするだろう。それこそ、どんな失敗をして、どんな敵と出会うか、詳細な情報を知りたいし、教えたい。

少なくとも俺だったら、もう一人の自分に絶対に詳細な情報を教えるだろう。

「でもね、前の僕が、一つだけ慎重になるっていうか、口出しをする相手がいるんだよ。僕が嫌がるから詳しくは言わないけど、前の時間でかなり苦汁をなめさせられたみたいだね」

ゼライセはそう言って、意味ありげな視線をフランに投げかけてくる。

「私？」

「そうなんだよね。例えば君と初めて出会った、バルボラ。あそこでは、大量の魔石兵を暴れさせる予定だったんだ」

「大量？」

「一〇〇体は用意してたんだよ？　でも、前の僕が無駄になるから絶対にやめておけってうるさくてね。その魔石を他の計画に回した方がいいって珍しく言い張ったもんで、計画を変更したんだよ」

なるほどな。多分、前のゼライセは、バルボラで大量の魔石兵を投入して、フランに全滅させられたんだろう。口ぶりからして、ほとんどなんの効果も挙げられなかったに違いない。結果に大差がなく、ゼライセにとって貴重な魔石を温存できるなら、確かにバルボラで魔石兵投入を諦める方が得だ。

俺にとっては非常に残念だけどな。だって、一〇〇体の魔石兵となれば、どれだけの魔石値が貰えることか。当時の俺たちにとっては凄まじいボーナスだったに違いない。

「今のを見てたら、前の僕が君を警戒する理由が分かった。いや、君じゃなくて、君の剣なのかな？

まあ、フランさんのスキルって線もあるか。ともかく、君は魔石を消滅させる力を持っている。それこそ、魔石の能力や力、種類も関係なく、少しでも傷付ければオッケーらしい」

「……」

「ふふん。警戒してるねぇ。当たらずといえども遠からずってことかな？」

ちっ、俺の能力がかなりばれてしまったか！　魔石兵に魔石剣ときて、巨大魔石兵器だ。これだけ目の前で何度も見せれば、気付かれるのは当たり前だろう。

「魔石使いを自認する僕にとっては、最悪の相性だ。天敵と言ってもいい」

「……だったら降参すれば？」

「いやいや、未だ僕は負けてないよ？　少し、君の能力が厄介なのは確かだけどね」

ゼライセの視線が俺に向いた。

興味深い研究対象に向ける目だ。正直、物として見られることには慣れているんだが、こいつの視線だけはどうしても気色悪いな。底を見透かされるような不気味さがあるからだろう。

「その剣を解析して、研究してみたいねぇ」

「お前なんかには渡さない」

「ふふん。やっぱりその剣に秘密がありそうだ。ますます興味が出てきたね！」

あっさり見破られた！　ここは、必殺会話逸らしだ！

「……シエラはどうした？」

「ああ、彼かい？　気になるなら、力ずくで聞き出してみたら？」

「そうする」

「そんなボロボロなのに、強気だね！」

ゼライセが言う通り、俺たちはかなり消耗していた。俺は言わずもがな、フランもそうと分かるほどに疲労している。肩で息をするほどではないが、倦怠感は隠しようもないのだ。やはり、黒雷神爪を使用するのは相当無理があったらしい。

だが、こちらの戦力は、俺とフランだけじゃないんだぜ？

『ウルシ！』

「ガル！」

「おっとぉ！」

眷属召喚で喚び出したウルシが、ゼライセを攻撃する。しかし、ムカつくほど華麗な身のこなしで、影からの奇襲を回避していた。察知能力も反射神経も、後衛とは思えない。

「上手くやりすごしたと思ったのに！」

情けなくさえ聞こえる悲鳴を上げるゼライセだったが、ウルシの奇襲を完璧に回避している。やはり、時空属性の攻撃を放てるウルシを警戒しているな。しかもそんなウルシに注意を払いつつ、フランと正面から斬り結ぶ。さっきの戦いでも感じたが、戦士としてもきっちり強かった。

「あははは！　その剣、やっぱすごい強いね！　さて、これならどうなるかなぁ？」

「む」

『魔石の剣か？』

ゼライセが取り出した魔石剣を受け止めると、それだけで剣が俺に吸収されてしまう。しかし、ゼライセは悔しがるようなそぶりも見せなかった。むしろその笑みを深くする。

「ははは！　じゃあこれは？」

『また！』

ゼライセが再び取り出した魔石剣で、立て続けに攻撃してくる。明らかにフランではなく、俺を狙った攻撃だ。しかし、無理に回避すればフランの体勢が崩れるし、俺にとってはボーナスである。あえて回避する選択はなく、再びその魔石剣を正面から受け止めた。

結果、ゼライセの手の中の魔石剣は俺に吸収され、消滅する。だが、それを見たゼライセが、狂的な笑い声をあげていた。

「凄い！　やっぱりその剣の能力か！　魔石を吸収する魔剣！　素晴らしい！　ぜひ研究したい！」

気色悪い！　しかし、不意にゼライセが真面目な顔になり、首を傾げた。そして、何やら意味ありげな顔でフランを見つめてくる。

「え？　そうなの？　ふーん」

「……なに？」

「なんか前の僕がさ、拍子抜けだって」

「拍子抜け？」

「前のフランさんは、もっと強くて怖くて危なかったんだって」

「！」

ゼライセの言葉にフランがむっとした。今のフランだってかなり強い。前のフランは今のフランと比べて、そこまで差があったということか？

前と今の差と言えば、シエラやゼライセといったタイムスリップ組だが……。そうか、そういえば、前と今で大きく違う点があったな。

バルボラでの戦いだ。ゼライセが言っていた通りなら、前の俺は魔石兵を全滅させ、相当強化されただろう。それこそ、四、五段階くらいは一気にランクアップしたかもしれない。

その結果どうなる？　さらに強い魔獣を仕留められるようになって、今の俺たちよりも強化速度が上がっている可能性は高いだろう。そのせいで。俺の剣化が早まっていた可能性もある。

つまり、俺が今よりも強い反面、人としての心を完全に失っているということだ。

ゼライセが言った通り、今よりも強くて（俺が強化されている）、怖くて（フランに余裕がなく暴走状態）、危ない（俺がフランを窘めないので、暴走するままに力を振るっている）のだろう。

そう考えると、俺たちって前のゼライセに救われた？　いや、結果的にそうなっただけだが。どちらかと言えば、俺たちに良い影響を与えてくれたのは、前のフランかも知れない。前のフランが大暴れしてくれたおかげで、巡り巡って今の俺たちは救われ、希望を持つことができているのだ。

『……』

（師匠、どうしたの？）

『いや、前のフランは、どうなったのかと思ってな』

（……きっとへいき）

『なんでだ？』

（だって、師匠は絶対に私のこと見捨てない。おかしくなっても、すぐに元に戻って、私を助けてくれるはず。だからだいじょぶ）

『いや、でも、レーンは俺が完全に剣になっちまったって言ってたぞ？』

（へいき。だって、師匠だから。きっと、なんとかなってる）

フランの真っすぐな想いが、伝わってくる。

『そうか……。そうだな』

（ん！）

フランが信じてくれていると感じるだけで、俺も本気でそう思えるから不思議だ。だが、そうである。こんな可愛いフランを残して、俺が完全に剣になるわけがない。それは前の俺だって絶対に同じ気持ちのはずだ。だったら、フランが言う通り、いつかまた心を取り戻すことがあるかもしれない。それこそ、何かきっかけがあれば、即座に。

フランだってそうだ。多少暴走するようなことがあっても、すぐに自らの過ちに気付くだろう。俺がいない？　だからどうしたって話だ。きっと、俺の手助けなんかなくても自分を取り戻し、前の俺を一発ぶん殴って正気に戻してくれるはずだ。

それに、今の俺たちには前のことを知る術はない。前の時間軸が枝分かれして並行世界のようになったのか、今の時間に上書きされて消滅したのかも分からないのだ。

だったら、ポジティブに考えていた方がいいだろう。気に病んでいても、何もできないのだから。

それに、今は目の前のクソサイコイケメンをぶっ倒さなきゃな！

『さて、フラン。どうだ？　そろそろ準備はいいか？』

（ん！　おまたせ）

ゼライセは拍子抜けだとか言っているが、俺たちは戦いながらも奥の手の準備をしてきたのだ。

フランを舐めた報いを受けやがれ！

（師匠、いく！）

『おう！』

本来であれば。ここから逃げ出すのがベストの選択肢だろう。しかし、ここで俺たちが逃げれば、ゼライセが再び魔獣の封印に何かをするかもしれない。

すでに封印がかなり弱っているというし、それは阻止したかった。

だからこそ、フランは勝負をかける。長時間戦えないのであれば、短期決戦を仕掛けるだけだ。

『はぁぁぁ！』

「たぁぁ！」

『共鳴魔術！』（共鳴魔術！）

俺とフランから放たれた魔力が混ざり合い、一つの魔術が生み出されようとしている。

これが、魔狼の平原の修行中に手に入れた奥の手、共鳴魔術であった。

複数の魔術師が魔力を共鳴させ、一つの術を発動させるスキルだ。非常に珍しいらしい。

なにせユニークスキルである。そして、発動するには、協力する者全員がこのスキルを持っていなくてはならなかった。それだけでも、発動条件が揃うことなどほとんどないと言ってもいい。しかも、スキルを持っていれば使用できるというものでもなかった。

魔力の波長と大きさを制御して、合わせなくてはならないのだ。つまり、共鳴魔術スキルを持っており、かつ魔力制御の上級者でなくてはならない。そんな人間が揃うことなど、そうそうあるはずもなかった。

アマンダでさえ、発動するのを見たことは数回しかないという。ダンジョンの奥にいるような上級魔獣の群れが使ってきたそうだ。元々はダンジョンの魔獣のためのスキルなのだと思う。同種同能力のモンスターを大量に生み出せるダンジョンであれば、むしろ発動は簡単だろうからな。

俺も、所有している魔獣を魔狼の平原で偶然仕留めただけだった。

触手のような物で繋がったままの不思議なスライムたちで、五体で一セットのような生態だったらしい。その名もレゾナンススライムである。まあ、共鳴魔術を使われる前に仕留めたけどね。

「くぅっ……！」

『フラン！　頑張れ！』

フランがこめかみを軽く押さえて、呻き声を上げる。これが、この魔術を実戦で使用できない理由でもあった。

通常、一〇匹二〇匹の魔獣たちが群れで運用することを前提とした魔術だ。それを俺とフランだけで使っているわけで、使用者に対する負担は相当なものだった。

特に、脳への負荷がかなりきついらしく、このスキルを使おうとするとフランが酷い頭痛に襲われるのだ。フラン曰く「頭の中で誰かがトゲ付きハンマーを振り回してる」らしい。そりゃあ、苦しいだろう。むしろ、泣き叫んでいないフランが凄まじかった。

「あああ！」

『よし！　よく頑張ったぞフラン！』

フランは悲鳴をあげながらも、自らの仕事を完遂する。

フランが精神力を振り絞り、痛みに耐えながら術式を最後まで完成させたのだ。俺は自らの魔力を操作し、瞬時に出力を合わせた。

すると、俺たちから青白い雷が放たれ、縦横無尽に暴れ回りながら周囲を覆い尽くす。
その雷は、透過状態で余裕顔だったゼライセを、しっかりと捉えていた。

「がぁ！　こ、これは……なんだ？」

「ガル！」

「ぐぅ！」

共鳴魔術を食らって大きくよろめくゼライセ。その隙を見逃さなかったウルシの牙がゼライセの体を抉り、深い傷を負わせていた。しかも、雷は未だに荒れ狂っている。

これが、共鳴魔術の効果であった。フランの雷鳴属性と、俺の時空属性が混じり合い、時空属性を持った雷鳴が放たれたのだ。込める魔術の性質とイメージによって千差万別に変化するのである。

ただ、威力はさほどではない。使用時に全員の魔力を共鳴させなくてはいけないため、一人が大きすぎると失敗してしまうのだ。つまり、魔力が一番低い人間に合わせなくてはならない。今回だと、俺がフランに合わせている。そもそも、頭痛のせいでこっちに合わせるどころではないからな。

しかも、属性を混ぜ合わせるためにも魔力が消費されてしまうため、威力がさらに下がる。

カンナカムイや天断に比べれば、弱いとさえ言ってもよいだろう。

だが、今のように複数属性が有効な場面であれば、非常に使える魔術であった。雷鳴の速度を持ちながら、透過状態ゼライセにもダメージを通せる時空属性を持っているのだ。

「くあぁぁぁ！　なんだ、これ……！」

雷鳴魔術だと思っていたのだろう。透過状態でありながら雷鳴に打たれているゼライセが、驚いている。ゼライセであっても、初見ではその正体を見抜けないようだ。

『共鳴魔術の効果が残っている今がチャンスだ！』

「ん！」

フランがゼライセを斬り捨てるべく、駆け出す。俺もフランもこの一撃に全てを懸ける覚悟だ。

だが、次の瞬間、俺もフランもウルシもゼライセも、一斉にその身を竦め、驚愕の表情を浮かべた。

「これ……？」

「クゥン」

『おいおい！　神殿の底から何か出てくるぞ！　すげー魔力だ！』

「な、なんで大魔獣の封印が解けるんだ？　僕は、何もしてないのに……」

神殿の中央から、灰色の魔力がゆっくりと這い出すように漏れ出してくる。

俺たちは大きく飛び退った。

「う、うわぁぁぁぁっ！」

直後、ゼライセが大きな悲鳴を上げる。いつものようなわざとらしい声ではない。本気の悲鳴だ。

しかし、それも当然だろう。

「ぐ……！　なんだよ！　はなれろぉぉ！」

ゼライセの体に、細い紐のような物が幾重にも絡みつき、縛り上げていたのだ。

よくよく見れば、それはクラゲが持つような極細の触手であった。無数の触手が純白の床板の隙間から溢れ出し、ゼライセに襲いかかっている。

透過能力を使っていたはずだが、無意味であったらしい。

まじで大魔獣が復活しようとしているのか？　だが、どうして？　ここで戦ったせい？

『レーンはどこだ？　レーンなら事情が分かると思うんだが』

（ん？　いない？）

その時だった。背後から、レーンの声が聞こえた。

「だから、逃げてって言ったのに……」

「レーン？」

魔獣の物と思われる凄まじい魔力が湖底から溢れ出す中、悲しい表情をしたレーンが現れた。

「もう、遅いわ……。だって、本当にこんな機会が巡ってくるなんて思ってもいなかったもの……」

『レーン！　どういうことだ！』

突如目の前に現れたレーンの言葉は続く。

「ありがとう……。フラン。貴女のおかげで、湖の大魔獣が不完全な復活を遂げる……」

「レーンが……やったの？」

「そうよ」

信じられない様子のフランに対し、罪悪感の表情を浮かべながらも、はっきりと肯定するレーン。

「なんで……？」

「どうせ完全復活してしまうならば、無理やりにでも不完全に復活させた方がマシ。それに……」

「それに？」

「……何でもないわ。それよりも、さっさとお逃げなさい。あなたたちなら、まだ逃げられる。そして、ウィーナレーンに伝えて。覚悟を決めろと。それで伝わるから」

レーンは一方的に告げると、やはりいつものように唐突に消え去ってしまうのであった。

ゼライセは未だに触手を振り解けていない。

「くそぉぉぉぉぉ！」

透過能力を使わないのかと思ったら、どうやら発動が上手くいっていないようだ。

なんというか、体の一部だけが透過状態？　そんな感じだ。現に触手の一部がゼライセの体を通り抜けてしまっている。

ただ、体全部が透過状態になっているわけではないので、無数に伸ばされた触手のどれかに巻き付かれ、捕獲されてしまっているようだった。巻き付かれた部分の透過になんとか成功したとしても、今度は他の部分の透過に失敗し、結局触手に捕まってしまうということを繰り返している。

九割がた自分が復活させたくせに、間抜けな野郎だぜ！

『フラン！　ウルシ！　とりあえず逃げるぞ！』

ここは脱出あるのみだ。未知の相手といきなり接近戦をするのは、不確定要素が多過ぎる。

「ん！」

「オン！」

「あああああああああああああ！」

ゼライセの甲高い絶叫を背に、俺たちは全速力でその場を離脱する。

空間転移で一気に離れようとして――失敗した。

『え？』

「？」

転移が発動しなかったわけではない。予定通りに転移できなかったのだ。本当だったら上空数十メートルまで一気に逃れるつもりだったのが、数メートル横に移動しただけだった。

透過状態のゼライセが触手に捕まっていることも合わせると、時空魔術を乱すような何かがこの辺りに存在するのだろう。時の精霊であるレーンの仕業か？

『走って逃げるしかない！』

「ん！」

「オン！」

神殿の床から湧き出してくる無数の透明な触手から逃れるため、フランとウルシは空中跳躍で一気に跳び上がった。そのまま宙を蹴って、蛇のように高速で襲いかかってくる触手を躱し、時には魔術で迎撃する。だが、触手を破壊することはできるものの、増殖する速度の方が圧倒的に速かった。

一本斬る間に二本、二本斬る間に四本と、神殿から噴き出すように生み出される触手は増え続ける。しかも、消耗のせいで、フランは閃華迅雷は使えなかった。

空中を覆い尽くし、四方八方からフランに襲い掛かってくる透明で細い触手たち。段々と逃げ場が削られていくのが分かった。武闘大会で対戦した糸使い、フェルムスの攻撃を思い出す。

『やばい！　このままだと触手の壁に閉じ込められる！』

「む！」

このまま苦戦していると、触手のドームに閉じ込められるかもしれなかった。

フランはボロボロの体に鞭を打って、さらに速度を上げる。その顔は苦痛に歪んでいた。

くそ！　俺の調子が万全だったら！

『いや、まてよ……もしかして！』

慌ててステータスを確認する。

『やっぱり！　もう少しだ！』

上手くやれば、一気に全回復できるかもしれない。

『魔石は――持ってない！』

そう。俺が確認したのは、自己進化の項目だ。あと魔石値を５０ほど得ることができれば、俺はランクアップできるはずだった。しかし、次元収納にも魔石など入っていない。ゴブリンの死体が少しあるが、それではとても５０もの魔石値を得ることなどできなかった。

フランの収納にも、魔石なんか入ってない。やはり、この方法は無理があるか？　いや、まてよ。

「ん！」

『魔石なら持ってそうなやつがいるだろうが！　フラン、少しだけ耐えろ！』

俺はフランの手を離れ、一気に下降した。

「ゼライセェ！」

「だ、誰？」

どこまで誤魔化せるか分からんが、分体創造で作り出した分身でゼライセに駆け寄る。

「魔石を持ってるなら寄越せ！　上手くいけば、お前も助かるかもしれんぞ！　それに、今だけはお前のことを見逃してやる！」

「え？　え？」

「早くしろ！」

「あーもう！　訳分からないけど、もうやけくそだ！」

ゼライセは一瞬混乱していたが、自分だけでは脱出が難しいとも分かっているんだろう。疑いつつも、俺の言葉に従ってみることにしたらしい。

懐から中くらいのサイズの魔石を取り出す。ローブの中にアイテム袋でも入れているようだ。

ゼライセはそのまま手首のスナップだけで、分体に向かって魔石を放り投げた。多分、脅威度CかBレベルの魔獣の魔石だ。

「もってけ、ドロボー！」

「はっはぁ！　頂きだ！」

魔石を受け取ると、体がブラインドになるようにゼライセに背を向け、本体で吸収する。まあ、少し考えれば何をやっているのかバレそうだが、一応ね。

『きたきたぁ！』

ボロボロだった本体が一気に修復され、莫大な魔力が溢れ出すのが感じられた。

それに、神属性によるダメージも残っていない。

『完全回復だ！』

吸収できた魔石値は50ちょい。ギリギリ、ランクアップ達成である。短期間でまたランクアップできるとは思ってもいなかった。俺の中のフェンリルさんが弱っているせいで、最近は魔石値の溜まりが非常に遅かったからな。あの、大魔獣の封印を破るために設置してあった魔石兵器のおかげだろう。今の俺でさえ、あれ一つで500以上は確実に得られていた。

溜まった自己進化ポイントは60。こっちも少ないが、仕方ない。アナウンスさんのお言葉を信じるなら、次の進化からは正常に戻るはずなのだ。

『フラン！　待たせた！』

分体を消して、フランの下に戻る。

「ウルシ、きて！」

「オン！」

『よし！　一気に薙ぎ払う！　フランは脱出に全力を注げ！』

「わかった」

この触手、魔術であれば破壊は可能だ。広範囲の触手を一瞬で薙ぎ払えば、脱出する隙は稼げるはずだった。俺は、持てる最大の魔術であるカンナカムイを多重起動させようとして――愕然とした。

『ぬなっ！　こりゃあ……』

（師匠？）

『術式が全く安定しない！』

時空魔術を乱されるのかと思ったが、違っていたらしい。多分、一定以上の魔力を使おうとした場合、ナニかが妨害してくるようだ。明らかに外部からの干渉によって、構築したカンナカムイの術式が歪んでいくのが分かった。これでは発動しない。

どうする？　もっと瞬間的に放てるような弱い呪文を何十発も連打するか？　だが、それでは威力が不足している。とてもではないが、無数の触手をどうにかできるとは思えない。

「おお！」

俺がほんの数瞬悩んでいると、ゼライセから魔力が発せられるのが分かった。

『これは……障壁か！』

「さっさとやれぇ！」

ゼライセがこちらに向かって投げ付けたのは、膨大な魔力を内包した魔石兵器だった。この障壁、凄いぞ。触手はおろか、謎の妨害まで防いでいる。術式が一気に安定したのだ。やつが自分で使わなかった理由は、瞬きのような時間触手を防いだところで、脱出する手段がないんだろう。本来であれば、相手の大規模な術などを一瞬だけ防ぐような道具なのだ。しかし、今の俺にはその一瞬で十分だ。

『おおおぉぉぉっ！　ぶっとべぇ！』

「ちょ、僕まで――」

俺はカンナカムイを一気に起動した。あえて収束率を下げることで、範囲を拡大して。

結果、六本のカンナカムイが四方八方に放たれ、辺り一帯が白い雷に飲み込まれた。

『今だ！』

「ん！」

小型化したウルシを抱いたフランは、最後の力を振り絞って一気に空を駆け抜けた。途中からは念動エアライドだ。弾ける雷光と爆炎の中を強引に突っ切り、俺たちはグングンと上昇していく。

眼下を見れば、神殿のあった場所は水蒸気に覆われ、まともに見通すことができなかった。その水蒸気が帯電して、バチバチと音が鳴っているのが聞こえる。

ゼライセも巻き込まれたはずだが、どうなっただろうか？　助かるかもしれないとは言ったが、助けるとは明言していない。一応、直撃はさせないようには放ったが……。逃げたかな？　まあ、あいつがアレで死んだとも思えなかった。結果として、見逃すという約束は守られてしまった形だな。

『このまま神殿からとにかく離れるぞ』

「ん！」

「オフ！」

俺とウルシは全速力で逃走を始める。先程まで俺たちがいた場所から、凄まじい魔力が漏れ始めていた。相当離れたはずなのに、俺もフランもウルシも、全く安心できていないのだ。

フランもウルシも、全身の毛が逆立っている。フランにいたっては冷や汗が止まらないようだ。

俺は俺で、全身を包み込む凄まじい圧迫感に襲われていた。どれだけ離れても収まらない。むしろ強くなっている気がする。

『敵意や悪意って感じでもないが……』

「怖い」

「オン……」

「私たちを食べたがってる」

「クゥン」

そうだ。これは、飢えだ。恐ろしいほどの飢餓感が、この気配からは感じられた。フランやウルシだけではなく、俺でさえも餌として認識されている。

『しかも邪気が混じってやがる』

「ん……」

「オン……」

大魔獣の中には、本当に邪神の欠片も混じっているらしい。周辺に漏れ出す魔力に混じった邪気は、かなり強かった。ゼロスリードやミューレリアに比べても、勝るとも劣らない。

「ウィーナレーンのとこにいく」

『おう。そうだな』

俺たちはレーンに言われた通り、ウィーナレーンの下を目指すことにした。

なぜレーンが大魔獣の封印を解いたのかも分からない。そもそも、本当にレーンが封印を解いたのか？　その疑問の答えを得るためにも、ウィーナレーンに会わなくてはならない。

『さすがに、これだけ離れれば影響は少ないか』

「でも、まだちょっとピリピリする」

「オン」

数キロ以上は離れたと思うが、フランとウルシは未だに何か不穏な気配を感じ取っているらしい。

改めて大魔獣が尋常な存在ではないと理解したその時、背後を振り返っていたフランが息をのんだ。

「！」

同時に、フランの驚愕の思いが伝わってくる。

「師匠、あれ……」

『まじか……！　なるほど、大魔獣だな！』

俺たちの視線の先には、湖を割って姿を現す、巨大な何かがいた。この距離では鑑定は届かないし、強さを完璧に推し量ることもできない。だが、その巨大さだけは見れば分かる。今の状態でも、全長一〇〇メートル以上はあるだろう。ミドガルズオルムは細長かった分、大きいというよりは長い印象だった。それに、海中にいたので全貌も見えていなかった。

そのせいなのか、こっちの大魔獣の方がより大きく感じられてしまう。完全復活したら、どれほどの大きさになるのかも分からない。

「グルオオオォウゥゥゥ！」

野太い咆哮をあげる、灰色のナニか。その体は不気味な蠕動と肥大化を繰り返し、全貌は掴めない。

ただ一つだけ分かるのは、あれを野放しにすれば、多くの被害が出るであろうということだけだった。

『急いで戻ろう！』

「ん！」

「ガル！」

俺たちは、大慌てでセフテントに戻る。すでに町は大混乱であった。港では多くの人々が右往左往している。桟橋には大小の船が停泊しており、中にはマストが折れた船や、焼け焦げた跡が残る船もあった。商業船団の船に違いない。しかし、それにしては数が少なかった。全体の五分の一ほどだろう。まさか、あれだけの数の船が沈んでしまった？

その港の一角には冒険者たちが集まって、厳しい顔で大魔獣を見つめていた。ここからでは相当小さくしか見えないが、湖を知り尽くした冒険者たちにはその大きさがしっかり理解できるらしい。

彼らはすぐにフランに気付いたようだ。まあ、明らかに異変が起きた方角から、デカい狼に乗って戻ってきたんだからな。目立つのは当然だろう。

「おおーい！　もしかして黒雷姫か？」

「あ！　本当だ！　黒雷姫殿！」

模擬戦の時に顔が広まったんだろう。ウルシを見て警戒することもなく、口々に声をかけてくる。

「大きな魔獣が出た」

「そりゃあ、見れば分かるんだが……」

「私も詳しくは知らない。それよりも、いくつか聞きたい」

「うん？　なんだ？」

「シエラを見た？」

「シエラ？」

「ああ、あの子供だろ？」

冒険者たちも救助に繰り出し、さっきまでは皆で湖から人を引き上げていたらしい。だが、そこでもシエラの姿は見かけなかったそうだ。

「ジュゼッカなら知ってるんじゃないか？　ほら、あの青い髪に黒い肌の女。かなり目立ってたし」

「青い髪のやつ、転移術でメッチャ人助けしてたけど、あんな姉ちゃんいたっけか？」

「最近、登録したやつだよ。他の冒険者とつるまんし、妙に常識知らない変なやつだと思ってたけど、いいやつだったんだな。しかも時空魔術使いか。今度パーティに誘ってみるかな」

「前に、モドキのこと聞かれたぜ？　湖の異変を解決して、名を上げるのが狙いなんじゃないか？」

「あー、だったら、普通の依頼に誘っても断られるだけか。おっと、話がそれたな。済まんが、俺たちもシエラのことは見てない。転移で動き回ってたジュゼッカも、どっかいっちまったし」

「あいつ、あんな存在感あるのに、普段は全然目立たないんだよな。不思議なやつだぜ」

結局、ゼライセがシエラをどうしたのか、聞き出すことはできなかった。セフテントでは目撃されていないようだ。俺たちの察知にも引っかからない。今はこれ以上は捜せなかった。

「あと、商業船団はどうなった？」

「酷いもんだ」

「船団がああなっちまうとはなぁ」

冒険者たちが暗い顔で教えてくれた。モドキの襲撃や大爆発のせいで、かなりの船が被害を受け、相当な人死にが出たらしい。それでも、無事だった船はなんとか周辺の町に分散して停泊し、大勢の人間が下船できたそうだ。

セフテントには特に被害を受けた船が多く停泊し、人々の救護が行われていた。

「今は、亡くなった人らの身元の確認をしてるよ。そこの広場だ」

「そう」

「案内してやるよ」

俺たちは広場に行ってみた。広場には大勢の人間と、十数人分の遺体が並べられている。親しかった人物の遺体に縋りつき、泣きじゃくる人々の姿が痛々しい。特に、子供たちの悲鳴のような泣き声は、やるせない。フランが拳を握り、静かに怒りを押し殺すのが分かった。

この光景を見ると、改めてゼライセへの殺意が湧いてくる。神殿から脱出するとき、少し無理をしてでも、カンナカムイをきっちりぶち込んでやればよかった。ただ、あの時は何を置いてもフランの脱出が最優先だったからな。余計な行動をする余裕がなかったのだ。

（師匠）

『ああ、そうだな』

俺たちは広場にいた船の関係者に声をかけ、途上で見つけて収納していた犠牲者たちの遺体を広場に並べる。時間はないが、これだけは疎かにしてはいけないと思ったのだ。ここにいた乗組員の中には友人や親類がいたらしく、広場にはさらに多くの嘆きの声が響くことになった。

（ゼライセ……！　次にあったら、必ず倒す）

『ああ、そうだな』

（ガル！）

その後、俺たちは静かに黙祷を捧げると、その場を後にした。

野営地に戻ると、生徒たちが不安げに集合していた。まだ、事態が把握できていないのだろう。

野営地にフランが降りたつと、生徒たちが周囲に寄ってきた。真っ先に声をかけてきたのは、キャローナである。

「フランさん！　町が騒がしいのですが、何があったのか分かりませんか？」

「……商業船団が魔獣に襲われた」

「まあ！　被害は？」

「けっこう酷い。そのことで、ウィーナレーンに報告がある」

「そうですか。お手間を取らせて申し訳ありません」

フランがウィーナレーンの名前を出すと、生徒たちが自然と道を譲ってくれた。

さすが学院の生徒だ。こういう時にパニックになっても意味がないと、理解しているのだろう。

「……ここにいると危険かもしれない。避難する準備を進めて」

「え？　ですが……」

「教官命令」

「わ、分かりましたわ」

こういう時に、権力があると便利だ。まあ、本来であればそんな命令を出せるような権限はないんだが、今は緊急事態だからな。

『みんなの避難を始めるためにも、まずはウィーナレーンと話そう。あいつなら、何かが起きたことは分かっているはずだ』

「ん！」

それどころか、精霊を通じて全てを把握していたっておかしくはない。

「ウィーナレーン！」

「フラン……」

椅子に座るウィーナレーンの顔は、可哀想になるほどの悲愴感に支配されていた。髪が乱れているところを見るに、頭を何度もかきむしったのかもしれない。そんなことをしたと言われても納得できるほどに、今のウィーナレーンは追い詰められているように思えた。

「なんで、湖の魔獣が復活するの！　封印の綻びはまだ大きくなかったはずよ……？　このままじゃレーンが消えてしまう！」

ウィーナレーンが、顔を覆いながら悲痛な言葉を漏らす。だが、レーンが消える？　だって――。

「そのレーンが、魔獣を復活させた」

そうなのだ。復活が確定しているものを少し早めただけだろうとも、最後の一押しをしたのはレーンだ。何か理由があるのだろうとは思うが、それでも怒りを隠しきれずにフランが呟いた。

「……は？　レーンが？　うそ……」

「ほんと」

「どうして……？」

「わかんない」

『そりゃあ、俺たちが聞きたいくらいだ』

そして、フランと俺は湖の底で起きた出来事を全て伝えた。ゼライセが封印を破ろうとしていたが、俺たちが阻止したこと。遠からず封印が破れてしまう様子だったが、まだ時間的余裕が少しだけあったこと。だが、レーンが魔獣を復活させてしまったこと。

完全体よりはマシだと考えていたようだったが、それにしてもやり方があるだろう。

ウィーナレーンは信じられないようだ。呆けた顔で虚空を見上げている。

「レーンから伝言」

「！」

「覚悟を決めろって」

「……だって、それじゃあ、あの子は……自分で……？」

やはり、ウィーナレーンとレーンの関係が分からんな。あの子っていうのはレーンのことか？　だとしたら、只の知人ではないだろう。以前の反応から考えても、親しい関係であると思われた。

「ウィーナレーンとレーンはどんな関係？」

「……私たちは……なんて言えばいいのかしらね？」

「私が聞いてる」

「そうだったわね」

ウィーナレーンが疲れた顔で微笑む。大分、精神的に参っているらしい。

「簡単に言えば、双子の姉妹なのよ。私たちはね」

「精霊と双子？」

『エルフだと、そんなことがあり得るのか？』

さすが精霊に守護される種族と思ったが、エルフだとしてもあり得ない奇跡であるらしい。

「レーンはね、元々ハイエルフだったの」

ウィーナレーンが、自らとレーンの関係を語る。ハイエルフから精霊になったたってことか？

「レーンは大魔獣を封印するために、大魔獣に取り込まれてしまった湖の精霊と契約を結び、自らを精霊と一体化させたわ」

「そんなことできるの？」

「ハイエルフの中でも、特に精霊魔術に秀でていたレーンだからこそ可能だったのでしょうね。私には絶対に無理だわ」

大魔獣と一体化する湖の精霊と同化したということは、レーンも大魔獣の一部となったということである。後は、レーンが内部から大魔獣を弱らせ、自らが用意していた封印術で大魔獣ごと湖の中心に封印されたのであった。

大魔獣を封印したウィーナレーンの知人というのは、双子の姉妹であるレーンのことだったのだ。

「私はその後、精霊となったレーンと契約を結んだわ……。あのまま放っておけば、いつかレーンは魔獣に完全に同化し、消えてしまう運命だったから」

普通、精霊術師と精霊の契約は、同化と言えるほど深くはない。一緒にいて、もしくは必要な時だけ召喚されて力の貸し借りをする、ギブ＆テイクに近いものである。

しかし、ウィーナレーンのレーンへの強すぎる想いと、元々双子であったことによる通常ではあり得ない深い繋がり。そして、ハイエルフの持つ高い精霊への親和性が、意外な事態をもたらす。

「私はね。元々はウィーナという名前だったのよ？」

「レーンと契約して、名前を変えたの？」

「いいえ、違うわ。レーンと契約をしたら、魂が融合してしまったのよ。結果、私たちはウィーナでもレーンでもなく、ウィーナレーンという個人になった」

基本はウィーナであるらしい。記憶も、外見も、ウィーナのままだ。だが、確実に変化があった。レーンの趣味嗜好や、意識がウィーナに混ざり込んだのだ。要は、他人が混ざり込んで、自分が自分ではなくなるということだった。普通であれば嫌がりそうなものであるが……。

「私は、嬉しくて仕方がなかったわ。これで、永遠に一緒にいられる。そう思ったから」

やはり長命者の思考はいまいち分からんな。まあ、双子っていうこともあるのかもしれんが。

だが、今の説明を聞いた後では、一つ腑に落ちないことがある。

「じゃあ、私が会ったレーンは？」

「私が契約を結んだレーンは、湖の精霊と一体化し、自らも精霊と化したレーン。でも、大魔獣の中には、レーンの半身が残っている」

湖の精霊と一体化したレーンのごく一部がウィーナレーンになり、残りはまだ大魔獣の中で封印されているってことか？　だからこそ、ウィーナレーンの主導権はウィーナが握ったのかもしれない。

「レーンは短い間であれば封印から抜け出して、顕現することができるのかもしれないわね。でも、私には会いに来てくれなかったけれど。私の中のレーンと、魔獣の中のレーンが引き合って活性化するのを防ぐためなのでしょう……。それでも私は会いたいのに……」

ウィーナレーンは、レーンのことを語る際だけは妙に不安定だ。双子の姉妹に対するというよりは、まるで惚れた相手の行動に一喜一憂する少女のようであった。

「レーンが言ってた、覚悟を決めろってどういうこと?」

「……よ」

「レーンは、ウィーナレーンに言えば分かるって」

「……いや」

「ウィーナレーン?」

「嫌よ。そんなことさせない。レーンは絶対に消えさせたりしないわ……!」

ウィーナレーンは少しの間ブツブツと何やら呟いていたが、唐突に椅子から立ち上がった。

何かの覚悟を決めたのか、ギラギラと輝くその瞳は狂気的ですらあった。

「大魔獣を封印するわ!」

「できるの?」

「今までなら無理だったわね。でも、今ならなんとかなるはず」

ウィーナレーンはそう言うと、小走りで駆け出した。決意の表情とは裏腹に、その足取りはどこか頼りない。ふらついているってわけじゃないんだが、どこか不安定さを感じさせるのだ。

「私は、行くわ」

「その前に生徒たちをどうする?」

「ああ、そう言えばそうね……。この町を離れて避難するように指示を出して。フランは、他の教官を纏めて、脱出までの面倒を見て」

「わかった」

まるで、生徒のことなんて忘れていたかのような反応をするウィーナレーン。やはり、どこか変だ。だが、大魔獣を封印できるのはウィーナレーンだけである。任せる他なかった。

「だいじょぶ？」

「大丈夫。私は大丈夫よ」

大丈夫には見えない。だが、それを指摘するのは憚られる。それ程に、今のウィーナレーンは張りつめた雰囲気を纏っていた。

「絶対に、封印してみせるわ。準備があるから、私は行く。後はお願いね！」

ウィーナレーンは叫ぶように告げると、そのまま走り去っていってしまった。止める間もなかったのだ。正直心配だが、生徒たちの避難も大事な仕事である。

『俺たちは、やれることをやろう』

「ん！」

フランが生徒たちの下に向かうと、すでに避難の準備は済ませているようだ。テントなどは放棄で、全員が食料などだけを背負っている。

「フラン殿、何があったのでしょうか？」

代表して話しかけてきたのは、戦闘教官のイネスだ。教師からも生徒からも一目置かれている彼女が、全体のまとめ役なのだろう。

「湖に、おっきな魔獣が出た」

「魔獣、ですか？」

「ん」

フランの説明に、イネスだけではなく、他の教官や生徒たちも訝しげな表情をしている。

「学院長が対処されてはいないのですか？」

「してるよ」

「え？　それでも、避難が必要なのでしょうか？」

ああ、なるほどね。学院の人間にとってウィーナレーンは絶対的な存在である。そのウィーナレーンが動いて、それでも避難しなくてはならないというのが理解できないのだろう。

それこそ、ちょっと強いくらいの魔獣なら、周囲に被害を出さずに瞬殺できるからだ。

「今回の魔獣は強い。ウィーナレーンでも、どうなるか分からない」

「そ、そんな……！」

「それってもう、脅威度A以上は確実ってことなんじゃ……」

「ん。だから、急いで避難する」

「分かりました！」

強者であるフランに説明され、全員が事態の危険性を理解したらしい。

単騎で国と渡り合うウィーナレーンと、そのウィーナレーンでさえ勝利が確実ではない凶悪な大魔獣。そんな両者が本気でぶつかり合えば、周辺への被害は甚大なものになるだろう。

「ルートの指示などはありますか？」

「特には。イネスに任せる」

「了解です」

そして、学院の生徒たちがセフテントの野営地を出立した。同じように、町から逃げ出す住民たちの列も一緒だ。冒険者ギルドから町長へと、情報が流れたらしい。避難民たちの考えることは一緒で、できるだけ湖から離れようというのだろう。東へと向かう街道には多くの人々がひしめき合っている。

その街道を、学院の生徒たちと一緒に進む。だがそこで、俺はあることに気付いた。

『ロミオとゼロスリードがいないな』

（……たしかに）

『後方にいるのか？　ウルシ？』
（オフ）
ウルシの鼻でも、ロミオたちの居場所が分からないようだ。つまり、この避難民たちの中にはいないということだろう。

『どこ行ったんだ……？』

「だいじょぶかな？」

『うーむ……』

ゼロスリードはともかく、ロミオは心配だ。顔を曇らせるフランに、キャローナが話しかけてくる。

「どうなされたのですか？」

「ロミオ、どこ行ったか知らない？」

「ロミオ……？　ああ、学院長の連れてらした、可愛らしい子供ですか？」

「ん」

「ええ？　いないのですか？　それは、大変ではないですか！」

キャローナの叫びに同調するように、周囲の生徒たちも頷いている。

「だって、出現した魔獣は、学院長でも本気で戦わなければならない相手なのですよね？」

「だとしたら、守る余裕もないかもしれないぞ？」

「それって、まずいんじゃ……」

こんな時にも自分たちのことだけではなく、小さい子供の心配をできる生徒たちを優しいと言えばいいのか、危機感がないと言えばいいのかは微妙なところだろう。

しかし、フランは彼らを好ましく思ったらしい。自分も同じ意見だからだろう。

『フラン、ウィーナレーンに命令されたのは、生徒の脱出の面倒を見ることだ』

（ん）

『もう、町から脱出はできた』

（おお、なるほど）

フランが盲点だったという感じで、手をポンと打った。そして、先頭のイネスに駆け寄る。

「イネス」

「は！　なんでしょうか！」

「ここから先は、私いなくてもだいじょぶ？」

「はい！　問題ありません！」

フランの問いかけに、イネスが間髪容れず頷いた。ただ、それは適当に答えているわけではなかった。今は町の人間を護衛している冒険者などもおり、護衛戦力は想像以上に充実している。イネスが言う通り、フランが抜けたとしても問題なさそうだった。

「それにですね……。我らにとっては生徒だけではなく、あの子供も守る対象なのですよ。いないと分かって、放置しておけません！」

「そうですよ！」

「捜しに戻りたいくらいです！」

教官たちは、出発時にロミオの存在を確認しなかったことを悔やんでいるらしい。だが、それは仕方がない。学院からヴィヴィアン湖までの道中、ロミオとゼロスリードはウィーナレーンの管轄だったのだ。そして、湖に着いてからも、彼らと教官たちが接することはほとんどなかった。それで避難時にだけ存在を思い出せといっても、無理な話だろう。

しかし、彼らには彼らで、教官としての矜持（きょうじ）のようなものがあるらしい。

「お願いします！　フラン殿！」

「フランさん。私たちからもお願いしますわ。あの子供を助けてあげてくださいませ」

「実は私、あの子を見るのが癒しだったんだ」

「あー、分かるー」

「無事だといいね」

「分かった。ロミオを助けに行く」

そうして俺たちは、多くの教官や学院生に見送られながらセフテントへと引き返すのであった。

『ウルシ、ロミオの匂いを捜してくれ。フランも、探知に集中だ』

「オン！」

「ん。わかった」

まだウィーナレーンが何か事を起こした気配はない。何をするつもりかは分からないが、大規模な戦闘が起きる前に、ロミオを見つけ出さなくては。それに、俺たちには一つの不安があった。

「シエラが言ってた。前のウィーナレーンが、ロミオが死んじゃうのにも構わずに、その力を利用したって」

『もし、ウィーナレーンが同じことをするつもりだったらどうする？』

「他の方法がないか聞く」

『それで、他の方法がないと言われたら？』

「……わかんない」

大魔獣は絶対に野放しにはできない。倒すか、封印するかしなくてはならないだろう。だが、そのためにロミオを犠牲にするのも、納得できないようだった。

俺は、どうすればいい？　もしフランがウィーナレーンに刃を向けたら？

理性では分かっている。ロミオを犠牲にするべきだ。天秤にかけるまでもない。だが、俺の中の感情が、納得しない。フランに似ているあの少年を犠牲にすることに、忌避感を覚えている。

「師匠？」

『……とりあえず、今はロミオを見つけよう』

「ん！」

セフテントに戻った俺たちは、そのまま野営地に飛び込んだ。しかし、そこにウィーナレーンやロミオの気配はない。

『どこいっちまったのか……。ウルシ、匂いをたどれるか？』

「オン……」

ウルシは頷きはするものの、自信なげだ。この周辺に匂いは残っているらしい。しかし、それがどこに向かったのかは曖昧なのだろう。それでも手掛かりを求め、フランはウルシの先導で歩き出す。

「こっち？」

「オン！」

未だ脱出せずに準備に忙しい町民たちの間を縫い、ウルシが辿り着いた先は港であった。その視線は大魔獣を向いている。つまり、ウィーナレーンは魔獣を封印しに向かったということだろうか？

『ウィーナレーンとロミオ、ゼロスリードの匂いが、同じ方向に向かっているんだな？』

「オン」

ウィーナレーンが二人を連れていったことは間違いなさそうだ。やはり、ロミオの力を使おうというのだろうか？

「追う！」

「オン！」

フランに促されたウルシが、キリッとした表情で再び駆け出す。そうして、湖上を駆けること一〇分。

『見えたぞ！　あそこだ！　間違いなく、ウィーナレーンがいる！』

「でも、あれ……」

『ああ！　最悪の想像が当たっちまってるかもしれん！』

大魔獣にほど近い湖上。そこに、直径一五メートルほどの円形の舞台のような物が出現していた。

純白の石が敷き詰められ、四方に同じ材質の柱が建てられている。大魔獣が封印されていた神殿に雰囲気が非常に似通っているように思えた。だが、重要なのはその上にいる人物たちだ。

その舞台の中央に近い部分に、ウィーナレーンが立っていた。ロミオも、ゼロスリードも一緒だ。いや、あれを一緒と言ってしまっていいものか……。

舞台の中央に設置された祭壇のような場所に、ロミオとゼロスリードが寝かされていたのだ。明らかに生贄のポジションだろう。本気で、ロミオたちを生贄にして、何かをするつもりなのか？

「ウルシ！　あそこおりて！」

「オン！」

フランの指示通り、ウルシが舞台に降下していく。だが、もしかしてもう手遅れだったか？

周辺には濃い魔力が渦巻き、明らかになんらかの儀式が進行中であるのだ。

「ウィーナレーン！」

「……フラン。来たのね」

「何をやってるの？」

「封印のための儀式の最中よ。邪魔しないでちょうだい」

近くで見ると、ロミオとゼロスリードの手足は水の枷（かせ）によって捕らわれ、無理やり拘束されているように見えた。フランの目が鋭く細められる。

「ロミオとゼロスリードに何をするつもり？」

「この二人には、封印のための礎（いしずえ）となってもらう」

「……生贄ってこと？」

「そうよ」

「！」

あっさりと認めたな！

だが、ウィーナレーンに後ろめたさは感じられなかった。当然のことのように、頷く。

「フラン、これは必要なことなのよ」

「でも――」

「待ってくれ。俺たちのことは、気にしなくていい」

フランの言葉を遮ったのは、他でもない、捕らわれているゼロスリードであった。ロミオは寝ているが、ゼロスリードは意識があったらしい。

「……どういうこと？」

「死ぬのは俺だけだ。ロミオは助かる。そうだろ？」

「ええ。ロミオの中に封じられているスキル、邪神の聖餐。その負荷をあなたが全て肩代わりすれば、ロミオの命は助かる」

「そういうことだ。だから、大丈夫だ」

つまり、ロミオの代わりにゼロスリードが死ぬ？　そういうことか？

「ゼロスリードが死んだら。ロミオも死んじゃうんじゃないの？」

「その契約は、もう解除したわ。でも、一度生まれた繋がりは、簡単には消えない。その繋がりを利用すれば、本来はロミオに流れる負荷を、ゼロスリードに流すことも可能となる」

ロミオとゼロスリードは特殊な契約を交わしたような状態になっており、ゼロスリードへのダメージがロミオにも悪影響を及ぼす状況であった。それこそ、ゼロスリードが死ねば、ロミオも命を落とすほどである。

だが、ウィーナレーンはその契約を解除したうえで、微かに残る魔力的繋がりを再利用し、ロミオの受けるダメージや負荷を全てゼロスリードに移し替えるように術式を構築したってことらしい。

正直、それならかまわないかと思ってしまった。しかし、それに異議を唱える者がいる。

「……ロミオも、ゼロスリードも死なない方法はないの？」

「あら？　ゼロスリードも助けたいというの？」

「……約束した。契約が解除された後、ゼロスリードの命を代償に、ロミオを孤児院に連れていく。つまり、そいつの命は私のもの」

「だからどうだというの？」

「勝手に死んだりするなんて、許さない。それに――」

「それに？」

「目覚めた時にゼロスリードがいなくなってたら、ロミオがかわいそう……。私も、目が覚めた時に師匠がいなくなってたら、悲しいから」

ずっとそうじゃないかと思っていたが、やはりフランは自分とロミオを重ねているようだった。

「ふぅん？　つまり、私に逆らうということかしら？」

そう呟いたウィーナレーンから、恐ろしいほどの魔力が放たれる。この殺気だけでも一般人なら殺せるだろう。ウィーナレーンの威圧に当てられ、フランの額から冷や汗が噴き出す。だが、ウィーナレーンを睨みつける目は、決して逸らされることはなかった。

「もう一度聞く。ロミオとゼロスリードが死ななくて済む方法は、ない？」

「ないわ」

フランの質問に対し、威圧感を発したまま間髪容れず答えるウィーナレーン。取り付く島もないとはこのことだろう。しかし、俺には分かる。その言葉の裏に隠された真実が。

『フラン……嘘だ』

（今の、ウィーナレーンの？）

『ああ、そうだ』

つまり、ロミオたちを犠牲にせずとも、済む方法があるのだ。

「……嘘」

「嘘ではないわ」

『やっぱり嘘だな』

嘘ではないという言葉が、嘘だった。

「ロミオたちが死ななくていい方法を教えて！」

「……ないわ」

「嘘」

「……ちっ」

確信した表情のフランを見て、自分の嘘が完璧に見抜かれていると理解したのだろう。ウィーナレーンの目が鋭く細められた。

「私がないと言っているの。それでは納得できない？」

その身から放たれる威圧感が増す。だが、フランは全く引かなかった。

「教えて」

「……はぁ」

明らかに苛立っている。だが、それでも、いきなりフランを排除しようとしないだけの分別は残っているようだ。いや、儀式の最中であるせいで、攻撃ができないだけか？

彼女の放つ殺気は、手を出さないことが不思議なほどに、禍々しい。これはウィーナレーンか？いや、これが本当のウィーナレーンなのかもしれない。

「では、それで違う人間が死ぬとしたら？」

「どういうこと？」

「ロミオとゼロスリードを殺さずに事態を治める。そんな方法があったとしましょう。それが、結局違う人間を生贄にする方法だったとしたら、あなたはどうするの？」

「それは、誰なの？」

「例えばの話よ」

「それは――」

フランが口を開こうとしたその時だ。

「その犠牲とやらを、気にすることはないわ」

フランの言葉を遮るように、少女の声が聞こえた。

「……え？」

ウィーナレーンがフランの背後を見て、目を見開いている。驚愕の表情だ。怒りから無表情。そして苛立ちから驚愕と、なかなか忙しいね。

「……レーン……なの……？」

ウィーナレーンが、擦れた声で呟く。そう、乱入してきた声の正体は、美しいヘテロクロミアを持つ精霊の少女、レーンであった。

「ちょっと、姿が違う？」

「精霊になった私にとって、姿形なんてかりそめのものにすぎないけど……。一応、これが本当の姿と言っていいかしらね？」

フランが言う通り、レーンの姿はさっきとはかなり違っている。声と目の色が同じでなければ、即座には分からなかったかもしれない。今のレーンの姿は、ウィーナレーンと双子と言われても納得できるような、非常に華奢（きゃしゃ）で細いエルフの特徴を色濃く反映している。耳も長い。

「生き延びてくれて、よかった。フラン」

どの口が言うのかと思ったが、その言葉に皮肉や悪意は感じられない。心の底から、フランの無事を喜んでいるようだった。

「久しぶりね、ウィーナ」

「ええ！　何百年ぶりかしら……」

「もう、放っておいても大魔獣は復活してしまう。私と、あなたの中のレーンが引かれ合ってしまったとしても、もう関係ないから」

そういえば、ウィーナレーンが湖に近づきすぎると、大魔獣が活性化して封印が緩んでしまうんだったな。だから、レーンはウィーナレーンに会えなかったのだろう。しかし、復活がすでに止められない以上、もう会わずにいる意味はないってことか。

だが、二人の表情は対照的だった。

ウィーナレーンは、泣きそうな顔をしている。しかし、その中にあるのは間違いなく喜びだった。

だが、レーンは無表情。しかも、そこに喜びの色はなかった。むしろ、失望しているようにさえ見える。だが、何に対してだ？　それに、さっきの言葉の意味も分からない。

「ねえ。犠牲を気にすることはないって、どういうこと？」

「ふふ。だって、犠牲になるのは私だもの」

「え？」

首を傾げるフランの横を通り過ぎ、レーンがウィーナレーンの前にスーッと進み出た。

「ウィーナレーン……。あなたは、大魔獣を再封印するつもりなのね？」

「そうよ。今なら、邪神の聖餐を使って再封印まで持っていける。そうでしょ？」

「……そうね。再封印、できるかもしれない」

「でしょう？」

「でも、あなたは分かっているでしょ？　私が、それを望んでいないと」

レーンがそう告げた直後、ウィーナレーンが今にも泣きそうな表情を浮かべる。

「……レーンの目的は、なに？　大魔獣を復活させて、何がしたい？」

「私はね、滅びたいの。だから、再封印では困るのよ」

フランの問いかけに、レーンが応える。てっきり、封印されることが不満で、復活を目論（もくろ）んでいるのかと思っていた。何せ、レーンと大魔獣は繋がっており、自分でその封印を解いたのだから。

しかし、どうやら彼女の動機は、俺たちが考えていたものとは違っているようだ。

「どうして滅びたい？」

「いい加減、解放してあげたいのよ」

解放されたいじゃなく、あげたい？　つまり、自分がどうこうというわけじゃないのか？

「ウィーナレーン……。あなたなら、私を滅ぼせるはずよ」

「……」

レーンの言葉に、ウィーナレーンが返したのは無言であった。だが、その内に渦巻く激情は、強く握り込まれた拳の間から流れ落ちる赤い血が証明している。

「ウィーナレーン――」

「いやよ！　なぜあなたを滅ぼさなくちゃならないの！」

「お願いよ。不完全に復活している今こそが、最大のチャンスなの。大魔獣を完全に消し去る」

「いや！　いやよ！　あなたがいなくなるなんて、絶対に許さない！」

そう絶叫するウィーナレーンは、まるで駄々っ子のように見えた。否定の言葉を叫びながら、頭(かぶり)を振る。その様子は、本当に子供のようだ。しかし、レーンは容赦なく言葉を紡ぎ出す。

「ウィーナレーン。今の貴女であれば、不完全な復活を遂げた大魔獣を滅ぼせる」

「いやよ！」

「封印をしたところで、いつ今回のように復活を目論む輩(やから)が出てくるとも限らない。滅ぼすべきよ」

「いや！」

子供のように両耳を塞ぎ、イヤイヤと首を振るウィーナレーン。それを見て、レーンは攻め方を変えることにしたらしい。

「私も、いい加減滅びたいの……。もう、暗い湖の底で、封印され続けるのは疲れたのよ」

「いや！　いやなの！」

「ウィーナレーン……」

「なんでそんなこと言うのよ！　私は、ウィーナとレーンに戻るためにずっと頑張ってきたのに！」

幼児退行しているようにも見えるウィーナレーンは、大粒の涙を流しながら絶叫した。いや、双子の姉妹であるレーンに出会ったことで、本当に子供の頃の気持ちに戻ったのかもしれない。

「他の人間なんか！　どうでもいい！　私はただ、あなたを取り戻したいの！」

「それは、無理よ」

「無理じゃないわ！　いつかレーンと魔獣を分離できた時のために、準備もしてる！　レーンの夢だった、魔術学院を開いた！　精霊化したままだった時のために、精霊が学院内で動きやすいように仕組みも整えた！　レーンがやってたみたいに孤児院に寄付をして、レーンを認めさせるために国を守ってやってもいる！」

狂気さえ垣間(かいま)見えた叫びに、フランが軽く後退った。その尻尾が左右にユラユラと揺れ、耳はペタンと伏せられている。かなり気圧されているのが分かった。

「ウィーナレーン……」

レーンの顔が悲し気に歪む。それも仕方ないだろう。

聞いている限り、ウィーナレーンはレーンのために人生を捧げている。全ての行動がレーンのため。

そう言っても過言ではないかもしれない。他人へ向ける優しささえも、レーンのためであった。

レーンが言っていた解放してあげたい相手とは、ウィーナレーンなのだろう。

「私はただ……またレーンと……」

「私が分離してしまえば、大魔獣は全盛期の力を取り戻してしまう。世界が滅びかねないわ」

「そんなの知らないわ。あなたがいない世界なんて、どうでもいい……」

やばいな。売り言葉に買い言葉なのか、段々とウィーナレーンの表情が暗くなっていくのが分かる。

レーンと話している内に、押し殺していた激情が制御できなくなってしまったのかもしれない。

「分離……？　今なら、もしかしてやれる……？　邪神の聖餐を使えば、邪神の力を引き剥がせるんじゃ……？　そうすればレーンを取り戻せる……？　世界なんてどうなろうが……」

ウィーナレーンの思考が完全に闇落ちしかけている。それを見て、レーンが悲し気に肩を落とした。

「本当は、邪神の聖餐なんか使わずに、ウィーナレーンがこのまま大魔獣を滅ぼしてくれればよかったのだけれど……」

「……！」

レーンの呟きに敏感に反応したウィーナレーンは、血が出るほどに唇を噛みしめながら、イヤイヤと何度も首を横に振る。

「とりあえず、一番の問題点から解決しましょうか」

「一番の問題？」

フランが難しい顔で呟く。問題があり過ぎて、どれがレーンの言う一番なのかもよく分からん。

「邪神の聖餐を使えれば、色々と助かるのは分かる？　倒すにしろ、封印をするにしろね」

「でも……」

「ロミオかゼロスリード、どちらかを犠牲にしなければならない？」

「ん」

「なら、彼らの力を借りればいいわ。出てきて――」

レーンが軽く手を横に振ると、その場所に黒い光が渦巻く。直後、ディメンジョン・ゲートによく似たその渦の中から、人間が出てきたではないか。それを見て、フランが小さな歓声をあげた。

「シエラ！　無事だった」

「ああ、なんとかな」

ゼライセへの足止めとして残ったシエラたちであったが、強力な魔石兵器を使用され、死にかけたらしい。だが、そこをレーンに救われていた。水の触手に搦められ、湖中に引きずり込まれた直後、転移の力で湖のどこかにある小島へと逃がされたのだ。

「そこで体を休めていたんだが……」

レーンに呼び出され、今に至るというわけか。

「シエラたちが無事な理由は分かった。でも、どうしてここに呼んだ？」

「彼らの望みだったから。それに、私の目的にも沿っている」

彼らの目的？　そもそも、シエラとゼロスリードの目的はゼライセへの復讐じゃないのか？

「ウィーナレーン。その儀式には、俺たちも加わる」

「はぁ？　あなたたちは、誰？」

ウィーナレーンはシエラのことを知らない？　いや、住んでいる町も違うわけだし、あえて会おうとしなければ、おかしくはないか？

「ランクE冒険者のシエラ。本当の名前は、ロミオという。そして、この剣は俺の相棒。インテリジェンス・ウェポンのゼロスリードだ」

「……え？」

ウィーナレーンであっても、即座にその言葉の意味を理解することはできなかったらしい。意外だが、前のロミオやゼライセと、ウィーナレーンは全く接点がないようだった。いや、シエラたちが、あえてウィーナレーンを避けていたんだろう。そこに、レーンが軽く説明をする。疑いの眼差しを向けるウィーナレーンであったが、半身とも言えるレーンの言葉で信じることにしたのだろう。

「そう……なの。確かに、面影がある」

時間を越えた存在を目の当たりにした衝撃により、思考が落ち着いたらしい。闇落ち状態から僅かに抜け出したようだ。ロミオとシエラを見比べるウィーナレーンの瞳に、理性的な光が戻ってきた。

「……そこは、理解したわ。では、大人になったロミオ。あなたの目的とは？」

「邪神の聖餐で、ロミオもゼロスリードも殺させない。それが俺たちの望み」

シエラはそう宣言し、呆然と自分を見上げる今のゼロスリードを見た。

「ロミオ……だと……？」

「うん。そうだよおじちゃん」

「は、はは……夢なのか……？」

擦れた声で呟いたゼロスリードに対し、シエラが優しい顔で頷いて見せる。

そして、ロミオ少年もゼロスリードも死なない新たな方法を、ウィーナレーンに提案した。

「邪神の聖餐の負荷を一身に負えば、その者は死ぬ。だったら、負荷を俺たちに分散させれば？」

「なるほど。そういうこと！　二人のロミオと、二人――と呼べるかは分からないけど、このゼロスリードと、剣のゼロスリード！」

「ああ。そうだ。邪神の聖餐の効果は上昇し、負荷は俺、今のゼロスリード、魔剣・ゼロスリードの三人で分担する」

　つまり、邪神の聖餐を使っても、誰も死なないやり方があるということだった。

　だが、ウィーナレーンは厳しい表情を崩さない。

「だとしても、危険なことに変わりはない。死なないだけで、力の大半を失うようなことになるかもしれない」

「それは覚悟している。だが、俺たちは、ロミオとおじさん――ゼロスリードを、見捨てることは絶対にしない。救ってみせる」

　シエラもそれは最初から理解しているらしい。彼らの最大の目的は、今のロミオとゼロスリードを守ることであるようだな。

「救いたいというのなら、儀式を止めさせたらどうなの？」

「……完全復活した大魔獣を野放しにすれば、どうせこの大陸にいる者たちは全滅だ。それほどの存在だ。だったら、少しでも生き残る可能性にかけた方がいい」

　シエラたちが大魔獣を見るのは二度目だ。その恐ろしさが理解できているらしい。大陸が滅ぶなんて言い切るくらいだからな。実際、そう語るシエラの顔色は悪い。大魔獣のことを思い出し、恐怖を覚えているようだった。だからこそ、邪神の聖餐を使って大魔獣を封印することには賛成なのだろう。

そのために自分たちを危険に晒そうとも。

　ただ、これってレーン的にはいいことなのか？　レーンはウィーナレーンを妄執から解放するため、大魔獣ごと滅ぼされることを望んでいる。しかし、邪神の聖餐が使用できるのなら、再封印は可能だろう。つまり、レーンの望みは叶わない。

　レーンとしてはフランに儀式を止めてもらい、ウィーナレーンが大魔獣を倒す覚悟を決めることが最善だっただろう。なのに、もうフランには儀式を止める理由がなかった。フランがウィーナレーンを止めようとしていたのは、ロミオとゼロスリードが死ぬと聞かされていたからだ。だが、シエラたちが加わることで死ぬ危険がなくなったのである。

　正直、半身であるレーンを滅ぼしたくないというウィーナレーンと、滅ぶことで自分もウィーナレーンも解放したいというレーンも、どちらも理解できてしまう。ただ、レーンを滅ぼそうとした場合、ウィーナレーンと完全に敵対してしまうだろう。その危険を冒してまで、レーンに与(くみ)したいかと言われると……。レーンもそれは理解しているようだ。

　自分でシエラたちを連れてきておきながら、どこか困った顔をしている。

「彼らの出番がないのが、一番良かったのだけど……」

　なるほど、保険のような扱いだったのか。ウィーナレーンが大魔獣を滅ぼす決意をしてくれれば、問題なし。だが、説得できなかった場合は、大魔獣を封印しなくてはならない。その場合、邪神の聖餐が必要になる以上、シエラたちは必要。そういうことなのだろう。

「ウィーナレーン……」

「……何度聞かれても、私は……」

穏やかになりかけていたウィーナレーンとレーンの間に、再び緊張感が漂い出す。

俺から見ても、この二人の意見は平行線のまま交わることはないだろう。主導権を握っているウィーナレーンが折れない限りは。そして、先程の狂乱を見れば、意見を変える未来が想像できない。

だが、そこに割って入ったのは他でもないフランだった。格上が放つ威圧感に挟まれながらも、果敢に質問をぶつける。

「ねぇ。本当にどっちの願いも叶える方法はないの？」

「それは無理なのよ。フラン。私は滅びたい。でもウィーナレーンは――」

「レーンを滅ぼすなんて絶対にごめんよ。いつか、レーンを復活させて、私はウィーナに戻る」

「そこ」

フランが指をピッとレーンに突きつけると、首を傾げた。

「レーンが滅びたい理由は、ウィーナレーンのため？」

「そうよ。精霊を通じて、ウィーナレーンのことを見守ってきたわ。でも、私のために、無理をする姿はもう見ていられない。それに、最近のウィーナレーンはどこか変よ」

「私が、変？」

「ええ。でもね。その理由が、フランたちのおかげで分かった。いくら双子同士だとしても、二人の人間の精神が混じり合って、正気なままでいられた方が奇跡だったのよ」

ああ！　ウィーナとレーンの精神状態がおかしいのは、レーンに出会ったことが原因だと思っていたんだが……。ウィーナとレーンの意識が混じり合ったことで、無理が生じ始めているのか！

剣化することで感情を失いかけていた俺を見て、肉体と精神の関係に思い至ったのだろう。

それって、やばくないか？　ウィーナレーンが狂って暴れ出したりしたら、国なんか簡単に滅ぶだろう。脅威度で言えば、A以上は確実だった。

「主体である私が滅べば、ウィーナレーンはウィーナに戻れるはず。ウィーナのためだけじゃない。それで、大勢の人々が救われる」

狂い始めた兆候の見えるウィーナレーンを、正気に戻す。それが、滅ぶことにこだわる理由か。

「レーンが元の姿に戻って、ウィーナが解放されればいい。滅ぶ必要はない」

フランの言葉に対して、レーンが首を横に振る。

「さっきも言ったけど、私が大魔獣の中から分離してしまえば、大魔獣が力を取り戻してしまう」

「邪神の聖餐で、どうにかできないの？」

フランの言葉に、俺は感心してしまった。そうだ。レーンの代わりに、邪神の聖餐で力を抑えたらどうなんだ？　今の、不完全に復活した弱体化中の大魔獣であれば、ウィーナレーンの力があれば滅ぼせるんだよな？　レーンが身を挺して施した弱体化の代わりを、邪神の聖餐で行えば？

だが、ウィーナレーンもレーンも、揃って首を横に振っている。

「弱体化させることはできる。でも、滅ぼす方法がないわ」

「ウィーナレーンなら倒せるんじゃないの？　邪神の聖餐で弱くして、ウィーナレーンが止め刺す」

「邪神の聖餐を使って魔獣を弱体化させるための儀式は、私しかできない。でも、その儀式を行えば私は相当消耗するでしょう。滅ぼすほどの力は残らないわ」

「レーンに代わりにやってもらえない？」

「ごめんなさい。私のこの体は仮初(かりそめ)のもの。本来の権能である、時と水の力はある程度使えるけど、それ以上のことはできないの」

「そう……」

ウィーナレーンが、儀式も戦闘もと、両方行うことは難しいらしい。都合よくはいかないか。

「せめて、あの魔獣がもう少し弱体化してくれていれば……」

「どういうこと？」

「大魔獣の力がもっと弱ければ、儀式を行った後に残った力でも、倒せる可能性があるわ」

「それって、ダメージを与えて弱らせればいいってこと？」

だったら、俺たちやシエラが、大魔獣に本気の攻撃を仕掛けたらいけるんじゃないか？

「無理よ。大魔獣には近付けない」

ウィーナレーンが、悲し気に呟く。近付けない？　障壁が硬いとか、反撃が強烈だっていうなら分かるが、近付けないっていうのはどういうことだ？　すると、レーンたちが簡潔に教えてくれた。

「あなたは知らないかもしれないけど、邪神というのは生きとし生けるもの全てを支配し、狂わせる力を持っている。私のように精霊化していない限り、抗うことは難しい」

「弱い人間は、近づいただけでも支配されてしまうのよ。そして、あの大魔獣の内に眠る邪神の欠片は、邪神の喉。その放つ声は、より強い呪いの力を持っている」

ウィーナレーンがそう言って、大魔獣を指差した。

「この距離で。大魔獣の声が聞こえないことに、違和感はないかしら？　まだ封印から抜け出す途中だと言っても、声くらいは聞こえてもいいはずよね？」

そうだ。実際、俺たちはその咆哮を聞いている。

「この舞台には、大魔獣の声を遮断するための結界が備わっているのよ」

なるほど、距離があるせいかと思っていたら、この舞台を囲む結界のお陰だったのか。

「私ですら、あの魔獣には必要以上に近付けない。支配されてしまうから。その前に、奥の手を一発ぶち込んで滅ぼすことはできても、何度も攻撃を加えて、弱らせることは無理」

つまり、零か十かしかないってことか。近づいて滅ぼせなければ、その後に大魔獣に支配されてしまう。だから、一発デカイのを当てて必ず倒さなければならない。

しかし、今の話を聞いて、俺とフランにはある希望が生まれていた。

『邪神の支配ね……』

（師匠なら、だいじょぶ？）

『ああ、そのはずだ』

以前、フェンリルが言っていた。地球人である俺の魂なら、邪神の支配は及ばないと。

『問題は、フランがどうかってことなんだが……。アナウンスさんは、分からないか？』

〈剣とは装備者と不可分の存在です。装備者も、邪神の支配を無効化することが可能です〉

『ウルシはどうだ？』

〈師匠との魂の繋がりを確認。個体名・ウルシも、邪神の支配を無効化することが可能です〉

『よし！　俺たちなら戦えるってことだな！』

〈是。問題ありません〉

サンキュー、アナウンスさん。やっぱり頼りになるね！

『フラン、ウルシ。聞いてたな？』

（ん！　私たちなら、ロミオもウィーナレーンもレーンも。ついでにゼロスリードも助けられる！）

（オン！）

「私たちが、大魔獣を弱らせる」

「オン！」

「そうすれば、レーンを分離した後に邪神の聖餐で弱らせて、ウィーナレーンが止めを刺せる！」

突如、大魔獣を攻撃すると言い出したフランに、ウィーナレーンが呆れたような視線を向けている。レーンも似た表情だ。さすが双子。レーンの方がかなり若い外見ではあるが、似た表情をするとそっくりだ。まあ、だからレーンは姿を変えていたんだろうが。ただでさえ不思議な少女が、ウィーナレーンそっくりとなれば、何らかの騒ぎになりそうだしね。

「私とレーンの話を聞いていたの？　大魔獣には近寄れないわ」

「へいき」

「いえ、気合でどうこうなる問題じゃないのよ？」

「私とウルシは、邪神の支配が効かないから、へいき」

「へ？」

「は？」

少し間抜けな表情も、そっくりである。

「邪神の支配を無効化できる。まったく問題ない」

「そんなの、ありえない……」

フランの発言を聞いたレーンが、目を点にした。ウィーナレーンも同じように驚いている。

「……嘘じゃないのよね？」

「……そんな能力、聞いたこともない」

「でもほんと」

フランがそう主張しても、周囲の人間は信じてはいないようだった。疑いの眼差しを向けてくる。

「正直、この状況でフランが支配されて暴走し始めたら、どうしようもなくなるのだけど？」

「でも、本当に大魔獣を弱らせられるなら……。レーンを分離させることができるかもしれない」

「まかせて」

結局、フランがどれだけ主張しても、ウィーナレーンたちの疑念が晴れることはなかった。邪神の支配を無効化できるというのは、それだけ信じ難い話なのだろう。強者であれば支配を跳ね返せるが、それも無効化しているわけではない。耐えているだけである。邪であっても、神は神。その力を無効化できる存在など、居るはずがない。それが彼女たちの常識であるようだった。

ただ、フランが「この超すごい剣の力！」と言うと、ある程度は納得したらしい。ウィーナレーンもレーンも、俺の正体を知っているからな。インテリジェンス・ウェポンなら、あり得ると判断したんだろう。また、俺のことを知らないシエラも、何かを感じ取ったらしい。

「……俺も、同行する」

「シエラ？　儀式はいいの？」

「大魔獣にダメージを与えた後、儀式に復帰すればいい」

「その前に、邪神の支配を忘れているんじゃないの？　さっきも言ったけど、私のような精霊体じゃないと、操られてしまうわ。まあ、フランという例外がいたわけだけど」

「信じてくれる？」

「私の勘が、やらせた方がいいと言っているから」

「勘？」

「これでも時を司る精霊よ？　ただの勘じゃないわ」

未来視とまでは行かなくとも、より良い選択肢を選び取る力のようなものがあるようだ。

「その勘が、シエラも大丈夫そうだと言っているんだけど……」

「俺の場合は、この剣のおかげだ。ゼロスリードおじさんが封じ込められた魔剣・ゼロスリード。そのおかげで、邪神の支配を防ぐことができる」

ゼロスリードは邪人だったから、邪神の支配に対して耐性があるのか？　いや、邪人だったら、より邪神の影響を受けるんじゃないのか？

「ゼロスリードおじさんの持つ共食いというスキルのおかげで、邪神の力を逆に吸収できるんだ」

そうか、あのスキルのおかげか。所持している俺が想像する以上に、使える範囲が広いようだった。

これは、俺も少し研究してみるべきかもしれない。

そんなことを考えていたら、俺は妙な魔力のゆがみに気付いた。舞台の上空数メートルの場所に、時空属性の魔力を感じさせる、渦のようなものがあったのだ。レーンが何かやってるのか？

すると、その渦から急に人影が湧いて出たではないか。

「その攻撃とやら、私も参加させてもらおうか」

「！」

「誰！」

突如空から降ってきた声に驚いているのは、フランだけではない。シエラもレーンもウィーナレーンも全員が驚きの表情で空を仰ぎ見た。誰も気付くことができなかったらしい。というか、レーンの仕業じゃなかったな。あの渦を通して、こちらの話を聞かれていたようだ。

そこには、背の高い女性が浮かんでいる。いや、何かを足場にして立っているようだ。伸ばし放題に見えるサファイアのような青髪に、ルビーのような赤い瞳。そして、チョコレートのような艶やかさと甘さを感じさせる美しい肌。間違いない、ジル婆さんが言っていた、ジュゼッカだろう。

武闘家が身につけるような赤い武闘服に、ローブ付きの白い外套という軽装だが、佇まいだけでその実力が理解できた。転移を全く感知できなかったレーンが、厳しい表情で問いただす。

「どうやって、ここまで来たというの？　この湖で、私の目を欺くなんて……」

「なに、私も少々時空魔術が得意でな。対処方法も熟知しているという訳さ」

「……何者なの？　あなたなんて、知らない」

「我が名はジュゼッカ。一応、冒険者ということになっている。しかし、今そのような問答をしている余裕があるのかね？　動かなくてはいけない時なのではないか？」

ジュゼッカの言葉は、もっともだ。しかし、突如現れた謎の人間を、信用できないのは俺たちも同じであった。そんな俺たちの疑問をぶった切ったのは、シエラである。

「お前が誰だか知らない。でも、お前の力を貸してもらえるなら、頼む」

そうだ。今は、戦力が少しでもほしい時だ。間違いなく強い人間が、協力を申し出ている。それが全てだった。だが、敵か味方かだけははっきりとしておきたい。俺はフランに一つだけ質問をさせた。

「じゃあ、一つだけ。あなたは、私たちの味方ってこと？」

「そうだな。今はそうだ。敵の敵は味方と言っておこう。ゼライセの暴挙を、止めたいのさ」

『嘘は吐いていない』

「ん。信じる」

「……フランとシエラが信じるのなら、私も信じましょう。勘が、そう告げている」

「レーンが言うのなら、私もよ。でも、邪神の支配はどうなのかしら？」

「それも問題ない。私も、邪神の支配を跳ね返す方法を持っている」

それも本当だった。レアであるはずの、邪神の支配を受けることがない人材がここにこれだけ揃うとは……。しかし、大魔獣を倒すことができる可能性が、高まったのは間違いなかった。

「じゃあ、私とウルシとシエラとジュゼッカで、邪神を攻撃する」

「お待ちなさい。邪神の聖餐を使うと言っても、そう簡単に儀式を再開することなどできないわ」

「そうなの？」

「当たり前でしょう」

まあ、考えてみれば当然か。その場で簡単に話し合った結果、最適な作戦が考えられたのであった。

「じゃあ、纏めるわよ。まず、私が邪神の聖餐を使用するための儀式を開始する。その時点では、シエラとロミオ、そしてゼロスリードたちがここにいる必要がある」

「ん」

「その間に、フランとジュゼッカが攻撃、儀式の発動が終了した時点でシエラも攻撃に加わる」

「任せてくれ」

邪神の聖餐が発動したとしても、その効果は一瞬で発揮されるわけではないらしい。そもそも、邪神の聖餐とは、対象の邪人たちから力を吸収し、自らの力とする能力である。その過程で、弱った邪人に対して命令を下せるというだけだ。

今回は大魔獣の中に眠る邪神の欠片から邪気を奪い、本来であればロミオに流れ込んでしまうはずの邪気を、ゼロスリードたちやシエラに分散させる必要がある。その儀式がある程度しっかりと効果を及ぼすまでは、シエラたちは儀式場にいなければならなかった。

ただ、邪神の聖餐を発動して邪気の流れを作ってしまえば、シエラたちが儀式場から離れても問題はないらしい。そこからはシエラと魔剣・ゼロスリード、今のゼロスリードも参戦できるというわけだ。

「そして、その後の結果は、あなたたちの頑張り次第になるわ」

「大魔獣の力をきっちり削りきることができれば、レーンが分離した後に私が大魔獣を滅ぼす」

「でも無理だった場合は私は分離せず、ウィーナレーンの封印術で再封印する」

上手くいけば全員の望みが叶う。失敗した場合も、最低限封印までは持っていけるだろう。正直、問題を先送りにするだけの、臭い物に蓋的な解決になってしまうが、大魔獣が復活するよりはずっとましだ。フランはそんな終わり方するつもりはないようだが。

「きっと、全員が笑顔で終われるようにしてみせる」

フランは決意の表情でそう呟くと、大魔獣に向かって歩み出した。

「私は行く」

「気を付けてね。無茶しちゃダメよ」

頑張ってと言わないところに、レーンの人の好さが出ているな。いや、精霊だけど。

ここでフランが無理にでも大魔獣の力を削がなければ、レーンの望みは叶わないのだ。だが、レーンが最も心配しているのは、フランの無事である。ただ、フランに対してはその方が効果があるけどね。

「ん。頑張る。無茶しない」

レーンの言葉に頷き返すフランの表情は、無茶をしないでいるとは思えないほど、やる気に満ち満ちていた。出会ったばかりのジュゼッカが苦笑しているほど、ハッキリと分かるレベルだ。

『フラン、自分の身の安全が第一だぞ？』

（わかってる）

『分かってる人間の顔じゃないんだけど』

それにしても、少々やる気があり過ぎる気もする。何か、やる気がアップすることがあったか？

（邪神の欠片と戦うの、初めて）

『ああ、確かにそうだな』

（黒猫族の呪いを解くためには、いずれ戦わなくちゃいけないかもしれない相手。どれくらい強いの

か、知っておくのはいいこと）

フランの目標は、神罰によって黒猫族全体にかけられた呪いを解くこと。そのためには、黒猫族の力だけで、脅威度Ｓの邪人、もしくは邪神の眷属を倒さなければならない。それはつまり、邪神の欠片の討伐という意味なのだろう。はっきり言って、今のフランよりもさらに強い黒猫族を、複数人揃えなくては達成不可能な目標だと思う。

それこそ、何十年もかけなくては不可能だ。いや、下手すればそれ以上、数世代は必要かもしれない。だが、それでもフランが歩みを止める理由にはならないようだった。

『完全に同じものじゃないぞ？』

（わかってる）

『本来の邪神の欠片より、強いのか弱いのかもよく分からないが……』

（邪神の欠片の力を実感するチャンス）

ただひたすら、希望に満ちた表情で笑っている。

こういうポジティブなことを信じきれるところが、フランの心の強さに繋がっているんだろう。

『そうだな。今回は色々と混じっているけど、力の一端に触れることはできそうだしな』

（ん！）

「そうだ、これを……」

レーンが生み出した水が、シャワーのようになってフランに降り注ぐ。その直後、フランの体力が回復するのが分かった。全回復とまではいかないが、かなり楽になっただろう。

「癒しの水よ。私にはこれくらいしかできないから」

「ありがと」

「シエラたちが参戦するまでは無理しないでね？」

「ん。でも、相手が弱かったら、倒しちゃってもいいんでしょ？」

おいおい！　俺が言いたい台詞（せりふ）ランキング上位、『倒してしまっても構わんのだろう？』じゃないか！　でもこれ、場合によっちゃ死亡フラグなんですけど！

（師匠？　どうしたの？）

『い、いや。なんでもない。フランのやる気に感心していただけだ』

（ふーん？）

いざとなったら、無理やりにでも逃がさなくては！

そして、フランはウルシに乗って、大魔獣目がけて飛び出した。

「オンオン！」

全速力のウルシにかかれば、一キロほどの距離もあっという間に詰まってくる。

『あまり近寄り過ぎるな！　この辺はもうやつの射程でもおかしくないぞ！』

「オン！」

「おっきくなってる？」

『ああ。明らかにな』

俺たちが最初に確認した時と比べても、大魔獣の肉体は数倍に膨れ上がっている。これでまだ復活の途中なのだから、本来はどれほどの大きさなのだろうか。暗赤色と灰、紫の三色の触手がグチュグチュと絡み合い、巨大な肉塊は未だに肥大化し続けているのが分かった。

『フラン、体の調子はどうだ？』

「へいき」

フランはそう言うが、今日は激戦が続いている。しかも、剣神化まで使い、消耗は凄まじいだろう。本当なら休憩を挟みたいところだが、そんな時間はない。

『最初は俺の魔術を主体に戦う。フランは無茶はしないで、相手を観察することを主眼に置くんだ』

「……わかった」

自分の調子を理解しているフランも、不承不承頷いた。そして、隣を飛ぶジュゼッカを見る。

「打ち合わせ通り、私のことは気にせず好きに動いて構わんぞ」

ジュゼッカはこちらに合わせる自信があるらしい。まあ、そう言うなら、お言葉に甘えるとしよう。

『回避はウルシメインだ。頼むぞ？』

「オン！」

「！　くる！」

『やっぱ、ここでも届くか！』

蠢く巨大な肉塊の頂上部から、漆黒の魔力弾が放たれた。高く打ち上げられた魔力弾は、そのまま弧を描いてフラン目がけて降ってくる。しかも、途中で弾けて拡散しやがった。まさに弾幕だ。

『ウルシ！』

「オンオン！」

魔力弾一発一発に込められた力が、凄まじい。魔力弾が着弾した湖面から、十数メートル近い水柱が上がっているのが見えている。だが、狙い自体は雑だった。いや、この巨体からすれば、かなり細かいのか？　これなら、ウルシは余裕で回避できるだろう。

『次はこっちの番だな！　まずはこいつでも食らっておけ！　カンナカムイィ！』

放ったのは一発。だが、ただのカンナカムイではない。収束させて威力を上げたうえに、破邪顕正（はじゃけんしょう）の力を乗せた、対邪人用に編み出した必殺の一撃だ。魔狼の平原で戦った防御特化型の脅威度Ｃ魔獣、ミノタウロス・ジェネラルを一撃で消滅させる威力があった。

『おらぁ！』

聖なる力を纏った白い雷が、伸ばされた無数の触手を貫き、本体に炸裂した。着弾した直後、轟音とともに無数の雷が放出され、直視できないほどの閃光が周囲を覆う。大魔獣の体表を走る無数の雷は、まるで巨大な植物の根のようにも見えるだろう。

貫通とまではいかなかったが、肉塊の巨体に大きなクレーターを穿っている。しかも、周辺の肉は焼け焦げ、炭化して崩れていた。ただ、大ダメージを与えたかと言われると……。

『ちっ。破邪顕正を乗せたんだが、普通に再生しやがるか』

「全部が邪神じゃないから？」

『多分そうだろう』

「……ダメージない？」

『ほんの僅かだが、やつの放つ魔力が減っている』

本当に極僅かだが。ジュゼッカがカンナカムイの跡目がけて魔力弾で追撃を加えているが、それもあまり効果はなさそうだ。

「私も参加する？」

『いや、まずはやつの弱点を探りたい。フランは無理せず、簡単な攻撃だけにしておけ』

「ん。わかった」

『ウルシ、もう少し近づけるか？　今度は念動カタパルトで直接攻撃したい』

「ガル！」

『よし、いくぞ！』

「ん！　はぁぁ！」

ウルシの高速移動の突進力も利用して、フランが俺を投擲した。

『ひゃっはぁぁ！』

念動を全力全開にした俺は、大魔獣目がけて一直線に突き進む。迎撃するように伸ばされる、紐のような細さの触手。だが、その強度は見た目通り大したことがなかった。

俺は勢いのまま百を超える触手の包囲網をぶち抜き、大魔獣のグロテスクな巨体に突き刺さる。

『うぉぉぉ！』

「ギュウオオォォォオォオオオ！」

大魔獣の咆哮が聞こえた。苦痛というよりは、煩わしい感じか？　多少なりとも嫌がらせにはなっているようだが……。先程のカンナカムイと同じ程度のクレーターができているが、明確にダメージを与えられてはいないらしい。

『破邪顕正を全開にしてもこの程度か！』

大魔獣の中の邪神の割合が少ないうえ、相手が高位過ぎるんだろう。

『ちっ！　これは……！』

抉れた肉が一気に再生し始めた。このままでは、大魔獣の体内に呑み込まれてしまうだろう。明らかに、狙っている。つまり、その程度の戦略を考える知性と理性があるということだ。

転移で脱出したが、かなり耐久値が削られている。体液に、腐食や酸系の効果があるようだった。

『このデカさからしたら、俺が開けた穴なんか掠り傷みたいなもんか？』

改めて大魔獣の周囲を飛び回って、その姿を確かめる。未だに触手が絡み合いながら、肥大化し続けている最中であり、肉塊としか表現できない姿だ。頭はおろか、手も足も、尾も翼もない。

紫、赤黒、灰色の触手で形作られた、グロテスクな高層ビルとでも言おうか……。

「グォ……グゴオォ……！」

『うん？』

何やら異音がする。唸り声？　口がどこにあるのかも分からないが、確かに声のように聞こえる。

「グガゴォオォ……グギャゴオオオォォォォ！」

『うわ！　キモ！』

異変が現れたのは、肉塊の頂上だった。空から見ていた俺の眼下で、一際激しく触手が蠢いたかと思うと、その下から何かがせり上がってきたのだ。

『口？』

「グギョゴゴォオォォオォ！」

触手をかき分けるようにして現れたそれは、見紛う方なき口であった。大魔獣の口なんだろうか？

『人っぽいな』

獣のような牙もなく、巨大ではあっても異形なわけではない。赤黒い歯茎と、そこに並ぶ四角く白い歯。その口の形は人間に酷似していた。異形の中にあって異形ではないからこそ、異様なのだが。

「グゴゴオおぉおおぉおおお……しぃぃたあぁぁがぁぁぁ！」

『あん？』

「しぃたぁがぁぁえっ！」

喋りやがった。まるで調子の悪い拡声器越しに喋っているかのように、巨大で耳障りな声だが、確実に言葉を喋っていた。

「しぃたあぁがぁえぇぇぇぇぇぇ！」

言霊とでも言えばいいのだろうか。声に邪気が乗っている。なるほど、これを聞いた者が支配されてしまうのも理解できる。

だが、俺には通用しない。多分、普通だったら支配を跳ね返したり、支配を拒絶するために多大な労力を使うのだろう。だが、正直俺にはなんの意味もなかった。何せ、支配されそうになった実感すらないのだ。ただのうるさい声にしか思わない。

「したがぇ！」

『やなこったぁ！』

「したがえぇ！」

『一生そこで無駄に叫んでろ！』

「したがえ！」

それしか言えんのか！

『うるせぇ！　だいたい、目に見えるようなでっかい弱点こさえてくれて、有り難い限りだぜ！』

「したがえっ！」

本当に、したがえとしか喋れないらしい。あれが鳴き声の代わりってことか？　キモ！

「したが――」

『これでも食らってろ！』

俺は壊れたスピーカーのように同じ言葉を繰り返す大魔獣の口に向かって、カンナカムイをぶっ放した。開かれた口の中に、白い雷が呑み込まれる。

「じだがぁぁあああぁぁぁぁっ！」

『外よりは効いてる……？』

初撃のカンナカムイよりも、大魔獣の魔力は減った気がするが……。

とりあえず、大魔獣に動きがあったんだ。一度フランの下に戻ろう。

『フラン、声は平気だな？』

「ん。うるさいだけ」

「オン！」

よし、フランもウルシも、邪神の支配は全く問題ない。二人とも耳をペタンと寝かせて、顔をしかめているだけだった。邪神の支配が問題ないことは確認できた。まあ、超大音量で鳴り響く大魔獣の声は、メチャクチャうるさいけど。耐えられないほどではない。

『点での攻撃と、内部からの攻撃は試せた。後は面での攻撃を試したい』

「めん？」

『魔術で全体を覆い尽くすような攻撃を行う。フランも少し手伝ってくれ』

「わかった」

そして俺たちが放ったのはレベル9の雷鳴魔術、エカト・ケラウノスだった。

「はぁぁ！」

『おらぁぁ！』

多重起動された高位雷鳴魔術により、数百発の雷が大魔獣に向かって降り注いだ。その巨体を電流が流れてスパークする様子は、派手の一言だ。しかも、大魔獣の体を伝って湖にも雷が流れ、広範囲が巻き込まれて閃光を放っていた。

「じじだだだだだだだぁぁぁ！」

『まだまだ！　終わらないぞ！』

破邪顕正を乗せた雷は効いている。その確信をもって、俺はさらに雷を降らせ続けた。一〇連発の大盤振る舞い。大魔獣を打ち据えた雷は、一〇〇〇発を超えただろう。

そうやって、雷の嵐で大魔獣を攻撃していると、大魔獣が大きく蠢くのが分かった。

全体が軽く収縮したと思った直後――。

「したがぁぁぁぇ！」

縮まっていた肉塊が一気に膨張し、魔力の暴風が吹き荒れた。

『まじか！　力業で抜け出しやがった！』

大魔獣は、魔力を全身から大量に放出することで、魔術を吹き飛ばしたのだ。

凄まじい魔力量である。吹き荒れる魔力に俺が巻き込まれれば、それだけで粉砕されてもおかしくはなかった。大魔獣はやはり規格外である。

『ちっ。ダメージも大したことがなさそうだ』

「結構、焼けてるよ？」

『外見はな』

表面の傷など、すぐに再生してしまうだろう。大魔獣の内包する魔力は碌に減っていないのだ。

『小さな攻撃をたくさん当てるんじゃなくて、強い攻撃を当てていく方が良さそうだ』

「なるほど」

「オン」

俺がそう告げると、フランが挙手した。

「はい。やりたいこと。やりたいことがある」

『やりたいこと？　あんまり無茶なことはしてほしくないんだが……』

「へいき」

『……仕方ない』

「ん！　ありがと師匠」

その真っすぐな目は、とてもではないが止まりそうもない。だったら、一発やらせてみよう。

『で？　何をするんだ？』

「ん。斬る！」

シンプルな答えだったが、試す価値はある。俺の念動カタパルトで突進攻撃はしてみたが、まだ物理攻撃はそれくらいしか試みていないのだ。

「師匠も手伝って」

『おう！』

「ウルシも」

「オン！」

『そうか、アレか！』

「ん！」

魔狼の平原での修行においてフランは、俺とだけではなくウルシともとっておきを編み出していた。むちゃくちゃ過ぎて、練習風景を見た時には俺でさえ開いた口が塞がらなかったほどだ。まあ、口はないけどね！　正直、何度も止めようとしたが、ボロボロになりながらも楽しそうなフランとウルシを見ては、止めることはできなかった。

そのおかげで、めでたく必殺技は完成したわけなんだが……。普通の人間だったら、間違いなく後遺症が残るような大怪我を何度も経験したうえでの完成だった。

『タイミングは任せる。俺は自己強化と防御に集中しよう』

「お願い」

「オン！」

フランとウルシが一気に天へと昇り始める。その高度は一〇〇〇メートルを超えるだろう。

「閃華迅雷――いくよ、ウルシ」

「ガル！」

自己強化を重ねるフランを残し、ウルシはさらに上昇していく。

「ガルッルルォォォ！」

直後、ウルシがフラン目がけて突っ込んできた。

スキルを使用し、その速度はただ空中跳躍で駆けるよりも遥かに速い。そんなウルシが、自らの巨体でフランを押し潰そうとしているかのように、一切減速せずに突進してきたのだ。

そして、その前足をフランに向かって振るった。加減するどころか、爪闘技まで発動した本気の一撃である。だが、フランに動揺はない。

「らあああぁぁぁぁ！」

「ガルルオオォォォ！」

なんとフランはその攻撃を回避するどころか、ウルシに背を向けたままだった。ウルシの前足を迎撃するかのように、両足を揃えて背後に突き出す。向きが逆なら、ウルシの肉球の上に、膝を曲げた状態のフランが中腰で立っているようにも見えたかもしれない。

しかし実際はウルシの肉球は上から振り下ろされ、フランは下を向いている。

だが、これで正解だった。いつもの天空抜刀術であれば、生み出した糸を束ねたものの反動を使ったり、空中跳躍で空を蹴ることで初速を得ていた。今回はそれにウルシの攻撃の反動を利用したのだ。

ウルシのパワーを使って、一気にフランが撃ち出される。まるで俺が念動カタパルトを使用した時のような勢いで。それも当然だ。何せ、本当に俺の念動カタパルトを参考にしているのだ。

「はぁぁぁ！」

怪力や瞬発といった強化スキルに、武技まで乗せたウルシのフルパワーを推進力に変え、フランが流星のような速さで大魔獣目がけて降っていく。

ウルシの力とフランの自身の加速スキルが合わさり、それはもはや目で追うことさえ困難な速度だった。フランが駆け抜けた跡に黒い雷が舞い、それでようやくフランの軌跡を確認できるほどだ。

障壁が何かを弾く感触。俺自身も気付かぬ間に、大魔獣の触手を弾いたんだろう。

一〇〇〇メートルあった大魔獣との距離が、一瞬で詰まる。

「——天断！」

「したぁ——」

肉を斬る感触などない。あまりにも鋭く、速過ぎるせいだろう。水を切るのと変わらない程度の抵抗だ。振るわれた俺自身が、何が起きたのか認識できていない。

気付いた時、大魔獣の体が悲鳴とともに頂点から真っ二つに裂けていた。

『転移！』

やや離れた場所へと、緊急避難する俺たち。

「ぐぅ……」

『フラン！　再生を使え！』

「ぬ……ぐ……」

フランは大魔獣の攻撃を直接は食らっていない。しかし、その体は満身創痍だった。

「ごふ……」

吐き出した血には胃の内容物が混じっていた。体内の損傷度合を知るのが恐ろしい。

だが、当然だ。ウルシの本気の攻撃を受けたのである。足などに障壁を纏い、魔術や再生を使ってダメージを軽減していたとはいえ、衝撃は相当なものだったはずだ。

しかも、平原ではその反動を利用するだけだったのに、今回はフラン自身がさらに全力で加速した。

その負荷は想像を絶しているだろう。加速に耐え切れず、内臓や筋肉、骨がボロボロだった。足も酷い状態で、内出血と骨折、筋断裂によって腫れ上がっている。

特に酷いのが、折れた肘から骨が見えてしまっている右腕だ。それと、毛細血管が切れて真っ赤に染まり、血が止めどなく溢れている両目だろう。こんな状態で天断を放てたのも驚きだし、天断によるさらなる負荷を受け止めて、まだ意識があることにも驚きだ。

「まだ、せんとうちゅう……だから」

戦闘中だから、意識を失うわけにはいかない。それは分かるが、それを実行できるかどうかは別だ。恐るべき精神力だった。心の底から尊敬する。俺がフランの立場だったら、痛みと苦しみで泣き叫んでいるだろう。いや、その前に、ウルシの攻撃の反動で加速しようなどとは考えないと思うが……。

『凄かったぞ！　ただ、無茶するなって言ったのに！』

「あれくらいじゃなきゃ、通用しない」

『そりゃそうなんだが……』

「でも……」

『でも？』

「倒せなかった」

マジで倒すつもりだったか！　しかし、フランが悔し気に呟く通り、大魔獣を倒しきれてはいなかった。頂上部の口から、体の半分ほどまでが真っ二つに切り裂かれ、左右にベロンと分かれている。

だが、根元付近ではすでに断面から生えた触手同士が絡み合い、修復が始まっていた。

『あれでも、生命力が大して減っていないな』

「黒雷神爪……失敗した……」

『さっきの状況じゃ仕方ない』

むしろ、今の一撃が完成型じゃなかったことが驚きだ。フランが言う通り、あの一撃に黒雷神爪の神属性が乗っていれば、本当に修復不能なダメージを与えていたかもしれない。

しかし、まだ瞬間的に発動できないうえに、激痛を堪えているのだ。失敗するのは仕方なかった。

『やつの魔力は、かなり減ったんだ。むしろよくやった』

「ん……」

『それに、まだ終わりじゃないぞ！』

雷鳴魔術が効きにくいのなら、違う魔術で追い打ちをかければいい。俺は、火炎魔術のフレア・エクスプロード、光魔術のライト・エクスプロージョンを十数発ずつ、未だに閉じきっていない大魔獣の切断面にばら撒いてやった。赤と白の閃光が魔獣の傷口を彩り、爆音が鳴り響く。

「凄まじい剣と魔術！　恐ろしい子供だな！　私も、負けていられん！」

そう叫んだのは、いきなり湧いて出たジュゼッカだった。時空魔術で姿を消していたのだろう。そんな彼女も、驚くほど膨大な魔力を纏っていた。これだけの魔力を練り上げながら、これだけ完璧に気配を消して見せるとは。この女、やはりただの冒険者じゃないな。

「醜き魔獣よ！　食らうがいい！」

一〇〇を超えるであろう時空属性の魔力弾が、大魔獣の傷口に降り注ぐ。

「じいだぁがががぁぁぇ！」

『あれも大したダメージにはならんか』

今のジュゼッカの攻撃、極大魔術並の魔力が使われていたんだぞ？　どうやら雷鳴魔術だけではなく、どの属性も効きづらいようだ。魔術耐性があるうえに再生力も高いとか、本当に面倒な！

「オンオン！」

「ウルシ」

ウルシが戻ってきた。しかし、その姿は痛々しい。フランとウルシの奥の手は、両者に凄まじい反動があるのだ。当然、傷を負うのはフランだけではなかった。すでに再生で治したのだろうが、飛び散った血が顔や肩に付着している。これは、腕を折っただけではないな。

フランを撃ち出すカタパルトの役目を果たした右前脚は、内部を奔って暴れ狂う衝撃に耐えきれなかったのだろう。衝撃によって内から裂けたのだと思われた。

「へいき？」

「オン！」

フランがウルシの鼻面を撫でてやっている。

すると、こちらに近寄ってくる気配を察知した。だが、敵でも、ジュゼッカでもない。

「こ、これは、凄まじいことになっているな。あれをやったのか……？　なんという……」

「おいおい、派手だな」

「……時間切れ」

『だな』

二つの人影が近寄ってくる。敵ではないんだが、正直これ以上は近寄ってほしくない。

「ここからは俺たちも加勢する」

「……なんでも、命令してくれ」

やってきたのは、高位の邪人さえしのぐほどの邪気を身に纏った、シエラとゼロスリードであった。

「……むぅ」

現れたシエラとゼロスリードを見て、フランが顔をしかめた。ただ、それは悪感情からくるものではない。単純に、二人がまき散らす強力な邪気に、無意識に嫌悪感を覚えているんだろう。

「しかし、あの状態でも、倒せないのか……」

未だにフランの斬撃の傷跡が残る大魔獣を見て、シエラが厳しい顔で呟いた。

「……二人とも、邪神の支配はへいき？」

「ああ、問題ない」

「俺もだ」

シエラは所持している魔剣・ゼロスリードの共食いにより、同種の邪気を吸収して力に変換できる。そのおかげで、邪気を媒介して発動する邪神の支配も、無効化することができているらしい。

今のゼロスリードは言わずもがなだ。

ただ、俺は完璧には信用できないと思っている。共食いで力を吸収できているうちはともかく、許容量を超えたらどうなるか分からないからだ。シエラたち自身も、そのことは分かっていた。

「早速、俺たちも参加させてもらう。勝手に力が増大していくが、これ以上は制御が危うい」

「俺もだ」

互いの手の内も分かっていないし、厚い信頼があるわけでもない。フランたちは数秒ほど言葉を交わし合い、結局はバラバラに攻撃を仕掛けることにした。シエラとゼロスリードは協力できるだろうが、フランは無理だろうからな。それに、彼らの戦いを見ておきたいという理由もある。

『やつら、あの様子だと最初から飛ばすぞ。俺たちは少しギアを落として、遠距離から弱点探しだ』

「ん」

「オン！」

予想通り、シエラとゼロスリードは邪気を全開にしたまま、大魔獣に突っ込んでいった。

そもそもの疑問なんだが、邪気で攻撃するのか？　邪神の欠片を取り込んでいる相手に対して、効くのだろうか？

シエラたちは、それぞれが邪気を撃ち出して、大魔獣を攻撃し始めた。巨大な爆発が起き、無数の触手が吹き飛ばされているのが見える。邪気でもダメージを与えられるようだった。破邪顕正がそれほどの効果を与えられなかったことからも分かるが、邪神としての性質はそこまで強くないのだろう。

相手を支配する能力に特化したことで、肉体面は普通の生物——とは言えないが、邪神としての属性は薄いのかもしれない。

その後は、俺も遠距離から魔術を放ってみる。浄化や大地、水など、持っている属性を全て試したが、弱点と呼べるものはなかった。属性的に弱いものがないなら、弱点となる部位はどうだ？　核や、急所は存在しないのだろうか？　攻撃をシエラたちに任せ、大魔獣を観察し続ける。魔力の流れや、濃度。再生する場合に法則はないのか？　攻撃の時はどうだ？

『うーん？』

「なんかへん？」

『そうなんだよな……』

微妙に違和感があるような気がする。だが、俺もフランもその正体を看破することはできなかった。

『結局、力業で削るしかないのか……？』

「わかりやすい」

『そりゃそうなんだが……』

フランの動きが悪くなっていることを、俺は見逃さなかった。肉体的にも精神的にも、フラン自身が自覚していない消耗が蓄積してしまっているのだろう。

『フラン。少しでも回復に努めろ。最後に一発ぶちかますためにな』

「わかった」

触手などを攻撃しながら、どこに攻撃を叩き込むか思案していると、フランとウルシが不意に大きく反応した。

やや驚きの表情を浮かべながら、斜め上を見上げた。現在、水面近くにいる俺たちから見て、一〇〇メートルほど離れた斜め上空に、シエラとゼロスリードがいる。フランたちが驚いたのは、その二人の放つ邪気が急激に増大しているからだろう。何やら大きな攻撃を放つつもりであるらしい。

『少し離れよう』

「ん」

「オン」

並びは、前にゼロスリード、後ろにシエラだ。互いに、邪気を自らの頭上に集中させているようだった。援護になるかは分からないが、俺たちは派手めな魔術を放って、少しでも大魔獣の注目をこっちに向けようとする。そうして見守っていると、シエラたちの準備が完了したらしい。

『あれは……邪気の槍か？』

「ゼロスリードのは？　輪っか？」

シエラが生み出したのは、円錐状の形をした邪気の槍であった。圧縮された邪気の塊だ。あれを撃ち出して攻撃するのだろう。だが、ゼロスリードの頭上にあるのは、いったいなんだ？　フランが言う通り、輪っかだ。シエラが生み出した邪気の槍よりも少し大きい直径をした、黒い輪っかが三つ。前後等間隔で連なるように並んでいる。チャクラム的に使うのだろうか？

『ともかく、障壁だ！』

「ん！」

どんな攻撃をくり出すつもりかは分からんが、あの邪気である。とてつもない威力になることは間違いないだろう。俺たちはさらに距離を取りつつ、障壁を全開にした。その直後、シエラが動く。

「くらえっ！」

シエラが掲げていた右手を振り下ろすと同時に、見えない手で投擲されたかのように、邪気の槍が勢いよく射出された。俺たちから見ると少々拍子抜けする程度の速度でしかない。いや、邪気をぶつけることが重要なのであって、速度はあまり重要じゃないってことか？

だが、そうではなかった。邪気の槍の射線上には、ゼロスリードの生み出した三つの輪が並んでいる。なんとその輪を通り抜ける度に、邪気の槍が加速していくではないか。

邪気の流れを制御することで、シエラの放った邪気の槍を一気に加速させたらしい。なるほど、邪気で邪気に干渉することができる、シエラとゼロスリードのコンビにしかできない攻撃だろう。

しかも、加速する時に輪を吸収し、槍自体が巨大化していく。

「はやい！」

俺の念動カタパルト並の速度に達した邪気の巨槍が、大魔獣の触手を破壊しながら、その頭部に突き刺さった。

ドゴオオォォォォォオ！

『うぉぉ？』

衝撃波と強い邪気が、俺たちのいる場所にまで吹き付ける。津波のような高波が発生し、湖面が激しく揺れているのが見えた。凄まじい大爆発だ。圧縮された邪気が一気に解放されたのだろう。

シエラとゼロスリードの協力技の直撃を受けた大魔獣には、特大の穴が空いていた。俺の放ったカンナカムイよりもはるかに大きい傷跡だ。

だが――。

『……あれでもダメか』

傷跡はすぐに修復を開始していた。どれだけ攻撃をしてもすぐに再生してしまう大魔獣に、いいかげん辟易(へきえき)してきた。しかし、その中でも、俺たちには僅かに光明が見えてくる。

『修復は始まったが……。少し遅いか？』

「ん！」

俺やフランの攻撃よりも、再生速度が僅かに鈍っていた。削り続けてきた成果か？　それとも、今の攻撃に理由が？　ともかく、その理由が分かれば事態を打開できるかもしれなかった。

スキルを全開にして、大魔獣を観察する。

『あの穴、やっぱり再生が鈍い』

破邪顕正を乗せたカンナカムイよりも、邪気の方がダメージが大きいということか？　それとも、蓄積してきたダメージがようやく顕在化してきた？　あとは、邪神の聖餐の効果という可能性もあるかもしれん。今も、かなりの勢いで邪気が大魔獣から流れ出し、シエラやゼロスリードに流れ込んでいるのが分かるのだ。あれだけ力を吸われれば、影響が出ていてもおかしくはない。

シエラたちに話を聞こうとした、その時だった。

「苦戦しているようね」

「レーン？」

不意に現れたのは精霊のレーンだった。

『応援に来てくれたのか？』

「ええ。少しでも力になれればと思って」

『なあ、やつに弱点はないのか？』

「ぽいものなら、なくもないわよ？」

『なに？　まじか？』

「ほんとに？」

あっさりと頷くレーン。俺もフランも、思わず聞き返してしまったぜ。

『魔石ってことじゃないよな？　魔石を破壊できたら、普通に倒せちまうし』

「勿論魔石もあるけど、今はまだ封印の中ね」

レーン曰く、今の大魔獣は全体の数分の一程度であるらしい。人間で言えば、ようやく片腕が外に出たくらいだそうだ。当然、魔石などもまだ封印の中である。

あれで片腕程度って……。全部が出てきたら、マジでこの大陸くらいはあっさり滅びそうだ。

「弱点って、なに？」

「ぽいものって言ったでしょ？　明確な弱点ていうわけじゃないのよ……」

そう言いながら、レーンがシエラたちの空けた穴から少し離れた場所を指差した。

「あそこを見なさい」

「どこ？」

『……ああ、傷があるぞ！』

「あんな小さい傷なのに、治りが遅いでしょう？　それに、あの触手もあの触手もそう」

レーンが新たに指した大魔獣の触手を見る。なるほど、確かに一部の触手は再生せず、千切れたままであった。あまりにも数が多いため、気付かなかったのだ。

「あの触手には、生命魔術に近い性質の魔力が残っているわ。あの傷も」

「生命魔術……」

フランがそう呟き、ウルシの背中をポンポンと叩いた。それに反応したウルシが、背中のフランを振り返る。そうなのだ、触手はさすがに判別つかないが、本体に穿たれた小さい傷は、間違いなくウルシが噛み千切った跡であった。

『そうか！　再生阻害スキルだ！』

今まであまり実感したことがなかったのですっかり意識の外であったが、ウルシは相手の再生を阻害することができるスキルを持っているのだ。どうやら、大魔獣にもバッチリ効いているらしい。

「弱点と言えるほどではないけど、あの凄まじい再生力も、結局はスキルによるものよ。それを阻害する魔術や能力なら、効果があるわ」

傷の再生が遅いということは、その部分を塞ぐのに今まで以上に魔力や邪気を消耗するということだ。ウルシが攻撃に加われば、今まで以上に効率よくダメージを与えていけるだろう。

それに、再生阻害は、ウルシではなくとも使える。

『フラン、生命魔術に、相手の治癒を阻害する術があるはずだ』

ウルシがそれで一時期片目を失ってしまったことがあった。経験したからこそ、進化したウルシが再生阻害スキルを手に入れたのだろうが……。

（ポイント使う？）

『ああ！』

俺たちには自己進化がある。しかも、生命魔術はすでに所持していた。

『とは言え、何レベルでその術を覚えるかは分からんのだよな。うーむ……。とりあえず1レベルずつ上げてみるか……』

〈当該魔術は、生命魔術レベル5にて習得可能です〉

『おお！　まじか！』

〈是。武器などで生物に傷をつけた際、一時的に治癒、再生能力を阻害することが可能〉

『ビンゴだ！』

俺はアナウンスさんのアドバイス通り、生命魔術を5まで上昇させる。

『よし！　覚えたぞ！』

生命魔術ヒール・ディスターブ。アナウンスさんの説明通りだな。この術を武器や肉体に掛けて攻撃すると、しばらくの間相手の傷の治りを阻害し、再生を邪魔することができるという術だ。

大魔獣の場合、肉体が巨大すぎて、全体に効果が発揮されないようだ。また、シエラたちの場合、邪気にはもともと再生を阻害する性質があるらしい。さすが生きとし生けるものの敵。

『しかも、他にも良い術を覚えたぞ』

むしろ、こっちの方が嬉しいほどだ。生命魔術は単に回復力に干渉するだけの魔術ではなかった。生物全般の肉体に効果がある術が並んでいたのだ。回復力や肉体の異常の治癒速度を上昇させる術に始まり、筋力や神経を強化する術。そして、体を頑強にし、肉体強度を高める術なども存在していた。

最初はいまいち意味が分からなかったのでアナウンスさんに質問してしまったが、この肉体強度を高める術こそ、今のフランに必要な術であったのだ。

（どんな術、覚えた？）

『この術は凄いぞ。なにせ、肉体の強度を高めることで、技なんかの反動を軽減する効果がある』

つまり、今のフランのように、技を使う度に自爆する人間のための魔術であった。これがあれば閃華迅雷の反動だけではなく、天断や天空抜刀術の負荷による自爆ダメージも大きく軽減できるだろう。

まあ、使ってみないと分からないが。どうせ、フランは俺が言っても止まりはしない。遺憾ではあるが、使う場面はすぐにやってくるだろう。できれば、無茶はしてほしくないんだけどね……。

『早速、回復阻害の術。ヒール・ディスターブを試してみるか』

「ん！」

軽く頷いたフランが、ウルシに声をかけた。

「ウルシ」

「オン！」

『まてまてまて！　もしかして、またアレをやるつもりか？』

アレ――フランとウルシの協力攻撃だ。名前がないのでアレとしか言えんが、それで伝わるだろう。

「ん。今度は生命魔術もある。やつを倒す！」

『いや、さすがにぶっつけ本番でアレに組み合わせるのは怖い』

どっちの術も、どれくらいの効果があるか、まだ分からないんだぞ？　怖いもの知らずすぎる！

「ん……」

『アレは、少し試した後にしような？』

「わかった。あと師匠、アレじゃない。名前考えた」

『ほう？　なんていうんだ？』

珍しいな。フランは意外とその辺はアバウトなので、自分でそんなことを言い出すのは初めてじゃないか？　それだけ自信がある技なのかもしれない。

「候補が三つある」

『ほほう？』

結構多いな。ぜひ聞かせてもらいましょう。

『一つめは？』

「ハイパースペシャルエクセレントミラクルスラッシュ」

『却下で』

「？　ダメ？」

『いや、その……。できれば違うのがいいかなーって』

なんだろう。フランが子供なんだって、改めて思い知るよね。可愛いんだけどさ……。今後、技名のことでフランが馬鹿にされても嫌だし、できればハイパーミラクル——あ～、なんだったか？

〈ハイパースペシャルエクセレントミラクルスラッシュです〉

『アナウンスさん！　忘れていいから！』

ともかく、それは却下で。

「わかった。じゃあ、二つめ」

『お、おう』

「スーパーウルシアタック」

『……な、なるほど……』

さっきよりはマシか？　いや、さっきのが酷かったせいでマシに思えるだけか？　ヤバい、よく分からなくなってきた。

『さ、最後のも聞いてみたいなー』

「ん！　狼式抜刀術（ろうしきばっとうじゅつ）」

『おお！　それ、いいじゃないか！』

というか、選択肢がない！　まあ、最後ので決まりだな。

『狼式抜刀術。いいと思うぞ？』

「そう？　スーパーウルシアタックの方がかっこいい」

「オン！」

フランもウルシも、キラキラした目で俺を見るなって！　なんか否定しづらくなっちゃうだろ！

『そ、そんなことないって！　ろ、狼式抜刀術にしようぜ！　な？』

その後、俺の必死の説得の結果、フランとウルシの合体技は『狼式抜刀術』と呼ぶことになったのであった。

『まあ、今は俺に任せておけ』

「ん！」

フランは、俺を逆手に持って大きく振りかぶる。いきなり全力攻撃をするのではなく、遠距離からお試ししないとな。そう考えると、念動カタパルトはかなり凶悪だ。普通は武器などにヒール・ディスターブをかけて、近づいて直接攻撃を仕掛けなくてはいけない。だが俺なら、遠距離なのに直接攻撃という、いいとこ取りができてしまう。

「いく！」

『ひゃっはぁぁぁ！』

再びの念動カタパルト。今度は破邪顕正に加え、生命魔術も乗っている。ただ、誤算もあった。

『うーむ……俺、生命体じゃないからな』

回復を促進する術や、肉体を強化する術は、俺には効果がなかった。俺は剣だし、仕方ないと言えば仕方ないんだが……。生命魔術の効果があれば、念動カタパルトなどの反動を減らせるかもしれないと考えていたので、少し残念だ。

『まあ、肝心のヒール・ディスターブは問題なく発動してるし、いっか』

俺は魔力放出などを利用して、速度をグングン上げていく。そして、大量の触手を斬り裂きながら、大魔獣の体に突き刺さった。先程と同じように、大きなクレーターが穿たれる。やはり、強度はさほどではない。こいつほどの再生力があれば、それでも問題ないのだろうが……。

『さらに抉ってやるよ！』

俺はクレーターの中心に突き刺さったまま、形態変形を発動させた。

今回姿を変えるのは鋼糸ではない。いくら大魔獣の肉体強度が低いといっても、細い糸が体内で暴れるのを許してくれるほどではない。それよりももう少し太い、針のイメージだ。俺の刀身が一〇〇近くに枝分かれし、十数メートルもの長さの針となって大魔獣の体内を無惨に蹂躙した。

これでも大魔獣にとっては大した傷の大きさではないだろうが、少しでも多く削ってやらないとな。

『さて……どうだ？』

転移でフランの下に戻った俺は、大魔獣を観察する。

俺が開けた穴は、目に見えて再生速度が遅かった。他の傷の、一〇〇分の一以下の速度だろう。

『よし、効果ありだ！』

「ん！　全然再生しない！」

喜ぶ俺たちを見て、レーンが驚きの表情を浮かべている。

「生命魔術を覚えていたのね。その割には全然使ってなかったみたいだけど……」

そして、いきなり納得顔で頷いた。

「ああ、剣さんの能力なの。自分のスキルを強化する力ね」

『え？　いや、どうかなぁ？』

「ごめんなさい。過去が見えてしまう私には、分かっちゃうの」

『……』

「大丈夫。誰にも言わないから」

過去が視えるっていうのは、昔だけじゃなく、ついさっきのことも分かるってことなんだよな。

『と、ともかく、次は本気でいくぞ！』

「ん！」

『チマチマやっても消耗するだけだ。これで決めるつもりで、全部の力をつぎ込む』

「りょうかい」

俺たちが次にくり出す攻撃の相談をしていると、大魔獣から一際強烈な魔力が発せられた。

「しぃたぁがぁぁぁぁえぇぇぇぇぇぇ！」

『動きが！　魔力も……！』

「なんか、さっきよりもウネウネしてる」

大魔獣の動きに、明らかな変化がある。今までは触手が絡み合って肥大化を続けていたのが、その動きが一瞬止まったかと思うと、激しく蠕動し始めたのだ。変化はそれだけではない。

「見られてる？」

『ああ、間違いなくな』

やつの目がどこにあるかは分からない。眼球など存在せず、魔力察知や生命感知でこちらを感じているのかもしれないが、確実にその意識が俺たちに向いていた。

今までは俺たちなど認識していたかも怪しい。小蝿がいるな、程度の存在だったのだろう。しかし今は明確な脅威として、大魔獣から認識されたのだ。

「水から魔力を吸い上げているわ」

『水？　湖のか？』

「遺憾ながら、あの大魔獣には精霊としての私の力も混じっている。その程度は容易いものよ」

レーンは時と水の精霊である。そして、ヴィヴィアン湖の水には時空系の魔力が含まれている。レーンの力も取り込んでいる大魔獣にとっては、相性が良い性質なのだろう。水を吸って、自身の力に変えることも可能らしい。

『いや、待てよ。この湖の水に時空魔力が含まれているのって……』

「私や大魔獣のせいね」

『そりゃあ、親和性が高いわけだよ！』

大魔獣の触手のうねり方が激しさを増し、次第に全身に変化が現れ始めた。まるで瘤のような大きな肉塊が、大魔獣の巨体のいたる所に現れ始めたのだ。ボコボコと泡のように膨れ上がり、その数を増していく巨大な瘤。それぞれが、かなりの魔力と邪気を有しているのが分かった。

何かの攻撃の準備か？　だとしたら、かなり危険かもしれん！　増大していく圧力を前に、俺はフランを守るための障壁を幾重にも張り巡らせる。だが、俺の予想は外れていた。大魔獣がこちらを倒すべき敵と認識したことは確かであるが、まだ直接的な攻撃行動に出たわけではなかったのだ。

「したがえええええええ！」

『く……！』

「！」

緩やかに増大していた大魔獣の魔力が、一瞬で数倍にも高まった。思わず後方に転移して、大魔獣から距離を取ってしまったほどだ。それほど爆発的な、魔力と害意の発露であった。強烈な悪意と敵意が、俺たちに向いている。

恐ろしかった。

フランを逃がすためだけじゃない。俺自身が、大魔獣とあの距離でいることを恐れたのだ。

『ウルシも離脱しろ！』

「オン！」

「……口がいっぱい」

『ああ……』

フランの言う通り、大魔獣の姿が大きく変化していた。

全身に口が生み出されている。あの悍ましい無数の瘤が、口の形へと変化したのだ。

その形状は、ほぼ人である。大魔獣が一番初めに頭頂部に生やした、巨大な口。それに比べればサイズは一〇分の一ほどだが、形はそっくりだった。百は優に超えているだろう。

「「「「――――ふぁいあぁぁあろぅぅ」」」」

「師匠！」

『ああ！』

幾重にも重なったハウリングのような詠唱が響き渡ったかと思うと、大量の火の矢が大魔獣の周囲の空間を埋め尽くしていた。

一〇〇〇を超える火の矢は、明らかに俺たちやシエラたちにその切っ先を向けている。

直後、視界が真紅に染まった。連続する爆音が、間断なく響き続ける。多重起動したフレイムバリアがなければ、俺もフランも丸焼けになっていただろう。

大魔獣が多重起動したファイア・アローが、フランたち目がけて一斉に放たれたのだ。

いや、多重起動などという、生易しいものではない。それは、何百人もの魔術師が同時に魔術を放ったかのような、圧倒的な物量であった。どうやら、大魔獣の体に作り出された口ひとつひとつが、魔術を詠唱可能であるらしい。

『制御は……問題ないんだろうな』

相手は規格外の大魔獣だ。俺たちの想像など遥かに超える制御力を持つのだろう。魔力に関しては、ほぼ無尽蔵だ。少なくとも、周囲に湖の水がある限り、今の攻撃をあと一〇〇〇回繰り返してもやつの魔力は問題ないはずだ。

「む！」

『触手も魔力弾も……！　くそっ！』

「またくる！」

『分かってる！』

再びの炎矢の嵐。しかも、今までと同様に、触手と魔力弾も俺たちを狙ってきていた。

先程まで、大魔獣は復活を最優先にし、俺たちのことは眼中になかった。触手や魔力弾は俺たちに対する明確な攻撃ではなく、無意識の防衛行動でしかなかったのだろう。牛が、蠅を尻尾で叩くようなものだ。それはつまり、魔術などのような攻撃とは別に、触手などをお手軽に繰り出すことができるということでもあった。

『さっさと攻撃しないと、物量で押し潰されるっ！』

俺の叫びが聞こえたわけではないだろうが、大魔獣が再び魔力を練り上げるのが分かった。

一瞬の溜めの後、新たな魔術が放たれる。

「「「「──うぉおたあぁろおぉぉぉ」」」」

『今度は水魔術……！』

僅かな爆発を伴うファイア・アローと違って、こちらは一発での攻撃範囲は劣っているだろう。そのかわり貫通力に優れているので、物理的な威力は水の矢の方が上だった。しかも、生み出された水の矢の本数は、先程のファイア・アローで生み出された火の矢の数を大きく上回っている。

二〇〇〇本は超えていそうだ。これも相性の問題だろう。精霊であるレーンを取り込む大魔獣は、水と時に対して高い親和性を持つはずだ。水魔術の方が得意なのは当然である。

だったら、なんで最初にファイア・アローを使ったのかが疑問であるが……。単に何も考えずにぶっ放したのか、爆発での面制圧力を優先していたのか。もし後者だった場合、かなり厄介だ。状況によって属性を使い分けるだけの知能を持っているということだからな。馬鹿ではないとは思っていたが、想定よりも数段思考力が高いのかもしれない。

(師匠、どうする?)

『シエラたちと合流して、一気に攻撃に転ずる。それしかない』

(ん)

ディメンジョン・シフトとショート・ジャンプで水魔術を回避しながら、俺たちは今後の動きを相談した。相手が積極的に攻撃を仕掛けてくるようになった以上、様子見もしていられない。時間がかかればかかるほど、物量差によってこちらが不利になっていくだろう。

それにしても、やはり高い知能が垣間見えるな。水の矢は一定の間隔で、それぞれがぶつかり合わないように計算されて撃ち出されていたのだ。本能だけで動く化け物には、不可能な芸当だろう。

降り注ぐ水矢の嵐は、未だに止まらない。

チュドドドドドドドドド！

無数の砲弾が、延々と着弾し続けているかのような光景だ。恐ろしく広い範囲の湖面が激しく荒れて、高い波飛沫が上がり続けている。相変わらず触手や魔力弾も放たれており、魔獣の半径五〇〇メートル圏内に安心できる場所はないだろう。

『これで、外に出てるのはまだ腕一本分かよ』

しかも、邪神の聖餐によって弱体化してるんだぞ？

『シエラたちは……なんとか無事か！』

攻撃が止んだ後に、シエラたちの安否を確認する。その姿は、俺たちよりも遥か後方にあった。射程圏外まで後退したのだろう。今の攻撃をなんとかやり過ごすことができたらしい。

だが、無傷でとはいかなかった。特に酷いのがゼロスリードである。下半身が完全に消し飛んでいる。頭部に大きな穴も空き、邪人でなければ即死しているだろう。ようやく再生が始まっている。

シエラも相当深手を負っているが、ゼロスリードに比べれば軽傷だった。

「おじさん！　俺なんか庇わなくても……！」

「ぐ……気に……する、な……」

「だって！」

ゼロスリードがシエラを庇ったらしい。大きくなっても、ゼロスリードにとってロミオはロミオってことなのかね？　まあ、気持ちは分からんでもない。俺だって、目の前に未来から大人のフランがやってきたら、気にかけてしまうだろう。

ジュゼッカの姿は見えない。やられたのか？　いや、あいつの時空魔術なら、きっと大丈夫だろう。

『一度、距離を取るぞ！　シエラたちの近くまで退く！』

（ん！）

この場に留まることの危険性はフランも分かっている。俺の提案に即座に動き出した。

俺たちは大魔獣の射程外まで後退すると、ゼロスリードを治療する。治癒魔術に生命魔術も併用すれば、脅威的な回復を行うことができるのだ。ゼロスリードの大怪我が、凄まじい速度で治っていく。

「すまん」

「お前のためじゃない。シエラのため。それに、この後も盾になってもらわなきゃならないから」

フラン、急にツンデレ！

「しっかりと、盾になってみせよう」

「ふん。シエラ、へいき？」

「ああ、そちらも大丈夫か？　かなり消耗しているようだが」

「へいき」

シエラたちに比べればな。

「そうか……。分かっていると思うが、チマチマと削っていられなくなった」

「ん」

「まだ、俺たちに全力攻撃が放てる力が残る今のうちに、最大の攻撃を叩き込む」

シエラたちも、俺たちと同じ判断をしたらしい。すなわち、短期決戦である。

「準備の間、俺が囮になろう」

最も回復力の高いゼロスリードであれば、囮役は務まるはずだ。その分、攻撃に割り振れる力は減るが、それはシエラとフランに任せるということなのだろう。

「だからその間に――」

ゼロスリードが言葉を切り、驚愕の表情で振り向いた。フランたちも同じ方角を見つめている。

〈対象の内部に魔力反応。急激に高まっています。回避を推奨〉

『まじか！』

アナウンスさんの忠告を聞いた俺は、咄嗟に転移を行う。直後、一〇メートルほど横に移動した俺たちを掠めるように、極太の光線が通り過ぎていった。

直撃していないはずなのに、その余波だけで障壁が削られる。凄まじい衝撃が、俺たちを揺さぶっていた。大魔獣が放った、魔力の光線である。

『魔術の射程から外れても、諦めないのかよ！』

光線の行き先を目で追うと、遥か遠くの湖面に着弾したのが見えた。凄まじい轟音と共に、五〇メートルを超えるような巨大な水柱が上がる。

『おいおい……あんな遠くにも届くのか』

幸い、周辺に船舶の姿はない。避難しているだろうからな。だが、今の感じ、あの光線ならもっと遠くも攻撃できそうだった。

下手したら湖の中心にいながら、何十キロも先にある陸地にも攻撃を届かせることができるかもしれない。光線が放たれた角度次第では、大きな二次被害が出るだろう。

〈二射目、来ます〉

『ちっ！』

「私が――」

「うおおおお！」

フランが動く前に大魔獣に突進したのは、ゼロスリードであった。邪気で作った巨大な盾を構えて、自ら光線の射線上に飛び込んだのだ。

放たれた大魔獣の光線と、邪気の盾がぶつかり合い、暴風を伴うほどの衝撃が発生する。

「ぐぐ……ぐうぅぅぅぅ！」

邪気の盾で直撃を防いだとはいえ、凄まじい量の熱がゼロスリードの全身を焼いていた。治ったばかりの体の末端が赤熱し、炭化した端から再生し、そして再び燃え上がる。

焼けた体から煙を上げながら、ゼロスリードは光線を受け止め続けていた。

「俺が！　引き受ける！　お前たちは！　やれ！」

ゼロスリードは首だけをこちらに向けると、大声で叫ぶ。その眼差しは、邪人とは思えないほどに真摯であった。

Side　ゼロスリード

人が変わるきっかけなんて、些細なものなんだろう。劇的な事件が起こるのではなく、ある日突然訪れる小さなきっかけ。それが、気付かないうちに人を変えてしまう。

ことの始まりは、知人からの頼み事だった。ミューレリア。邪神に精神を侵蝕された憐れな女。全ての興味がロミオにしかない女。そして、美しい女だった。

初めて見た時の衝撃は覚えている。女を見て美しいと思ったのは、あれが初めてだったからな。肉欲もわかない。ただ、その美しさに見とれた。顔の造作ではない。その苛烈さ、歪さ、冷徹さ。愛などという幻想に振り回される脆弱さや、他者に対する傲慢さ。それらを全て抱えた存在に魅了された。

俺は戦場で産み落とされ、その戦場に捨てられ、そして育まれた。

戦場というと、毎日朝から晩まで二四時間殺し合いをしていると思われがちだが、そんなことはない。移動に何日もかけるし、敵の見えなくなる夜には両陣営とも兵を退くことが多い。

そして、前線から下がれば、兵たちは酒を飲んで博打をして日々を過ごしている。物を売りに来る商人もいれば、春を売る娼婦までやってくる。わざわざ戦場などにくる娼婦たちだ。貴族相手の高級娼婦などとは違う。それどころか、町の娼館にさえいられないような、訳有りの女たちばかりだった。

俺の母親はそんな娼婦の一人であるらしい。まあ、会ったこともないので、状況的にそうであると考えられるだけだが。

どのような経緯でそうなったかは分からない。ただ、俺は戦場で生まれ、そのまま売り払われた。買ったのは、魔獣使いを揃えた傭兵部隊だったらしい。買った理由は簡単だ。魔獣の餌にするためである。使役する魔獣にあえて人の味を教え込むことで、戦場での戦意を高める効果があるのだ。

しかし、俺が魔獣の胃袋に収まる前にその傭兵団は壊滅し、俺は生き延びた。その頃には二歳か三歳になっていたようだ。

ある程度育てられてから売られたのか、乳飲み子を傭兵団が少しの間育てたのかは分からない。ただ、自力で動き回れるだけの体ができあがっていたおかげで、俺は打ち捨てられたまま衰弱死するという最悪の終わりを迎えることにはならなかった。

死体から衣服を剥ぎ取り、泥水を啜り、人や邪人の死肉を喰らい、戦場を家として生き永らえたのである。幼かったせいで記憶は曖昧で、語ることは特にないが。

ある傭兵団に拾われるまで、俺はそんな獣のような生活をしていた。俺を拾う――捕獲したと言った方がいいかもしれんが。ともかく、俺を拾った傭兵団には、俺を母親から買った傭兵団の生き残りが所属しており、そいつが俺に色々と教えてくれた。

その傭兵団は、減った兵を子供で補填するつもりだったらしい。奴隷を買うよりも、拾ってくれば安い。ただそんな理由で、俺は「ゼロスリード」という名前を与えられ、傭兵として育てられた。傭兵に必要なことは一通り叩き込まれただろう。俺の出自や、前の傭兵団の話などもそいつに教わった情報である。結局、その団も数年後には戦に負けて、世話役も含めて全滅してしまったが。

その後は、傭兵として各地を転々としながら、戦場で生き続けた。町などで暮らしたこともあるが、息苦しいだけだったな。少し暴れただけで衛兵は飛んでくるし、何をするにも金金金だ。全てのモノが生温く、苛々させられる場所だった。

その点、戦場は最高だ。人は殺し放題で、常に強くなり続けることができる。なにより、生きている実感があった。それに、単純なところもいい。生きている者が正義。死んだ者が敗者。勝った者が奪い、負けた者が奪われる。これほど分かりやすい場所は、他にないだろう。

リンフォードのジジイの誘いに乗ったのも、力を得られると聞いたからである。邪神だとか指名手配だとか知ったことか。戦いがあれば、それでいい。

賭け事や遊戯盤にのめり込む傭兵たちを見たことがあるが、俺にとってはそれが戦いだったというだけだ。極上と言われる酒を口にしたところで、敵の流す血以上に俺の渇きを癒すことはなかった。戯れに女を抱いてみたこともあるが、強敵との斬り合い以上の興奮は得られなかった。

そんな俺が、初めて戦い以外で感動を覚えた相手が、ミューレリアだ。惚れた腫れたと、青臭いことを言うつもりはない。だが、強者を前にして戦いたいという欲望よりも、話をしてみたいという気持ちが先に沸き上がったのは、後にも先にもあの時だけだった。

実際に会話をしてみると、そのイカレ具合は突き抜けていたがな。そんな女を美しいと感じる俺もイカレているのだろう。そんな相手の最期の願いだ。叶えてやってもいいだろう。そう考え、ロミオを連れ出したんだが……。

「おじちゃん。誰？」

「おじちゃん、あれはなーに？」

「おじちゃん、もっと速く走って！」

「おじちゃん。だいじょうぶ？」

ガキの世話なんざしたこともない。面倒で面倒で仕方なかった。すぐに疲れたと言って座り込むし、ちょっとしたことで痛いとか言い出す。俺を前にして泣きださないのは助かったが、妙に懐かれたのにはほとほと困った。

どういうことなんだ？　そりゃあ、俺にしてはお上品に接したことは確かだ。ミューレリアの忘れ形見だし、ガキを無事に運ぶことも依頼の内だからな。

だが、俺のどこに、懐かれる要素がある？　このガキもイカレているんだろうか？

それでも、なんとか旅を続け、バルボラの孤児院にまで連れていったんだが……。まさか、俺と別れたくないと、喚き出すとは思わなかった。意味が分からん。

だが、もっと意味が分からないのは、そんなロミオを引き取ってしまった俺自身である。何をしているんだ？　馬鹿なのか？　しかし、どうしてもロミオを置いてくることができなかった。ガキが笑う顔を見て、苦笑いをしている自分がいる。

そんな時に思い出すのは、何故かミューレリア。そして、その最期の直前に殺し合った、黒猫族のババアだった。

あの二人の目。全く似ていないはずなのに、俺に向かってきたババアの目と、ロミオのことを頼んできたミューレリアの目が、脳裏に浮かんでは消える。あの、必死でありながら、澄み切った水面のような目が、俺を見つめている気がするのだ。

「おじちゃん。どうしたの？」

「なんでもない。もう寝ろ」

「うん……」

熱を出して寝込んだロミオの姿を見て、なんで俺が焦らなくてはいけないんだ？　あの化け物みたいなハイエルフに目を付けられた。お荷物のロミオを置いて逃げれば、俺だけでも逃げられるかもしれない。しかし、それはできなかった。どうしても。俺は、いったい、どうしてしまったんだ？

たかがガキ一人に、どうしてここまで振り回される？

「……！　うぐおおぉぉぉぉぉぉ？」

一瞬、意識が飛んでいたらしい。昔のことを思い出していた気がするが、よく覚えてはいない。走馬燈ってやつだったのか？

今は、シエラ――ロミオが大きくなった姿であるそうだ。信じ難い話だが、その気配はロミオにそっくりだった――を、守らねばならない。

ロミオの持つ、特殊な能力は邪人に影響をもたらし、支配できるそうだが……。

「関係、ないな……！」

俺がロミオを気にする理由なんざ、語ろうと思えばいくらでも語れるだろう。だが、全てがどうでもいい。

今はただ、シエラを守る。守るための力がある、それ以外のことは、全て些事であった。

「おぉあああああ！　デカブツゥゥ！　俺はまだ、死んでねーぞ！　もっと来いよ！　があああああああああああああ！」

「しいいいぃぃいたあああがああああえぇぇ！」

＊

赤紫の光の奔流を受け止めるゼロスリードの邪気が、急激に減少していくのが分かった。邪神の聖餐によってロミオから供給される以上に、消耗が激しいらしい。

邪気の盾と光線がせめぎ合って、黒い邪気の欠片が舞い散った。乱舞する黒い光は、次第にその激しさと濃さを増していく。

「フラン！　三〇秒後！　いけるか！」

「わかった！」

シエラがそれだけ叫ぶと、その場で瞑想するかのように、目を閉じて集中を始めた。あり得ないほどの無防備さだ。ゼロスリードが自分を守ってくれるはずだと、信じているのだろう。

（私たちもやる）

『……仕方ないな』

もう、無茶するなと言える段階は過ぎてしまった。むしろ、無茶をしなくてはならない場面だろう。

（全部出す）

『全部……か』

（ん。全部。ウルシ）

（オン！）

フランとウルシは、全速力で急上昇していく。攻撃は三〇秒後だからな。まごまごしている暇はないのだ。短いようだが、それがゼロスリードの耐えられる限度。シエラがそう判断したのだろう。

「ウルシ、またやるよ」

「オン！」

フランは狼式をやるつもりだった。生命魔術でどれだけ自傷ダメージを軽減できるか……。

フランの言葉に、ウルシは嬉しそうに吼えた。嫌がる素振りなど欠片もない。フランの役に立てることが、心底嬉しいのだろう。

（師匠も。アレ、いける？）

『勿論』

俺が繰り出すのは、修行の成果で手に入れた、最後の奥の手だ。いや、奥の手なんて呼べるほど、高度なことをやるわけではないが。

色々なものを犠牲にして、短時間攻撃力を数段高めるだけである。簡単に言ってしまえば、全魔力を剣身に込める。それだけであった。

今の俺の保有魔力は10000を超えている。魔力伝導率はSS。効率は340%だ。現状で、最低限の魔力を残して全部伝導させた場合――。

〈基本攻撃力は35000を超えると試算されます〉

そうなのだ。ぶっちゃけ、超絶攻撃力だ。まあ、リスクも超絶だが。

何せその負荷は、完全に俺の強度を超える。魔狼の平原で試したが、2000以上の魔力を伝導させると、反動が現れるようだ。

最初は、振る度に耐久値が減るようになり、さらに込める魔力を増やすと、何もせずとも耐久値が減り始める。

伝導魔力が10000を超えると、刀身の劣化速度が異常に上昇するようだった。一秒で100強。さらに、軽く一振りしただけで1000や2000耐久値が減ることもざらだった。

そこに天断やら剣神化やらの負荷が加われば、一分も持たない。いや、十数秒でさえ危険かもしれなかった。それでも、フランがやるというのであれば、やらぬわけにはいくまい。

狼式抜刀術＋俺の魔力過剰伝導＋剣神化。多分、今の俺たちが放てる、最大威力の攻撃だろう。だが、放つには深い集中と、魔力の練り上げが必要だ。

大魔獣から放たれる攻撃の回避しながらでは、かなり難しかった。魔力弾を回避しながら、フランが少し焦りの表情を見せる。このままでは三〇秒以内に攻撃が間に合わないかもしれない。

そんな中、俺たちが攻撃するよりも先に、大魔獣目がけて突っ込んでいく影があった。青い髪を棚引かせながら宙を駆ける、長身の女性。ジュゼッカだった。

「ヴァーミリオン・アイ、起動！　やつの弱点を暴き出せ！」

ジュゼッカの目が、怪しく輝いた。凄まじい魔力が放たれている。それだけではない。ジュゼッカが一瞬で膨大な魔力を練り上げる。正直言って、フランが狼式のために準備しようとしている魔力と、今ジュゼッカが放った魔力は、同等と言ってもいいだろう。

ハッキリ言って魔力操作の腕前は、フランよりも上手だった。

「貫け緋槍！　ヴァーミリオン・スピアァァッ！」

突き出されたジュゼッカの手から、超魔力が放たれた。

血のように濃い緋色の閃光が湖面を照らし、細い光の線が空間を引き裂きながら突き進む。限界まで圧縮された魔力弾は、緋槍という名前の通り、赤い槍のようであった。

貫通力を重視しているらしく、その一撃は大魔獣を貫き通す。あの大魔獣を、だ。赤い光が湖面を貫いて姿を消し、大魔獣の肉体に向こう側が見える穴を穿っていた。

（すごい！）

『ああ』

悔しいが、俺たちにあの攻撃と同じことはできないだろう。しかも、これで終わりではなかった。

「しぃぃたぁぁぐがあああぁぁ！」

「煩いのだよ！　デカブツが！」

なんと、赤い槍が戻ってきたのだ。そして、再び大魔獣を貫くと、再度急激に曲がって戻ってくる。

ジュゼッカが時空魔術を使い、緋槍の軌道を捻じ曲げているんだろう。

魔獣を貫くたびに威力が減衰し、六回ほどで自然消滅してしまった。だが、大魔獣に確実に痛手を与えたのが分かる。やつの放つ魔力が、確実に減っているのだ。緋色の魔眼で、確実に弱点を攻撃したのかもしれない。

「ほらほらどうした！　私を捕まえて見ろ！　デカブツ！」

「じいいいぃたがっ！」

「こっちだ！　ウスノロが！」

大魔獣の注意が、完全にジュゼッカに向いていた。ジュゼッカを、危険な相手であると認識したのだ。それも彼女の狙いだったのだろう。

口や表情に表れるほどに明らかに消耗しながらも、大魔獣を挑発してくれている。お陰で、しっかり準備ができたのだ。

「ふぅぅぅぅ」

「グルルル」

フランたちは静かに魔力を練り上げ、準備完了である。無論、俺もだ。

『アナウンスさんも、サポート頼む』

〈了解しました〉

『そういや、急に喋れるようになったか？』

〈個体名・師匠のランクが上昇したことで、活動領域を僅かに確保することに成功〉

つまり、俺のレベルアップに合わせて、アナウンスさんの能力が僅かに回復したということだろう。

天から大魔獣を見下ろしていると、強烈な魔力弾がその巨体に直径二〇メートルほどのクレーターを空けた。ジュゼッカの時空魔術だろう。

相変わらず転移を使って跳び回りながら、大魔獣の攻撃を引き付けている。その状態であれだけの攻撃を放つとは……。正直、彼女が敵だった場合、勝てる自信がなかった。時空魔術の腕は、俺を超えているだろう。何者か気になるが、今は味方でよかったな。

彼女の攻撃のお陰で、弾幕がさらに弱まった。チャンスである。

〈仮称・シエラと攻撃タイミングを同期させます。カウント17、16、15――〉

アナウンスさんがカウントを進めてくれる。これで攻撃のタイミングもバッチリだ。

ただ、この期に及んで俺は悩んでしまっていた。潜在能力解放を使うべきかどうか。正直、魔力過剰伝導と潜在能力解放を組み合わせた経験が今までなかった。ぶっつけ本番では怖すぎる。

だが――。

〈11、10――〉

大魔獣の凄まじい力を見せつけられた以上、出し惜しみをするつもりはない。本気で攻撃するつもりだ。だが、それで俺自身が犠牲になるつもりはなかった。

『フランが悲しむからな』

〈潜在能力解放を使用せずとも、大魔獣に規定値以上のダメージを与えられる確率81%〉

『潜在能力解放を使用した場合は？』

〈大魔獣に規定値以上のダメージを与えられる確率99%。ただし、個体名・師匠に深刻なダメージが残り、今後一〇〇日間以上、能力が著しく低下すると考えられます〉

『そうか……』

〈また、個体名・師匠が破壊される確率15%〉

最悪の事態も考えられるってことか……。

〈7、6――〉

『潜在能力解放は使わない方がいいか……』

〈是。使用を控えることを推奨します〉

『だな』

俺が、潜在能力解放を使用しないと決めた、直後であった。

「少し、繋がるわね」

『レーン!』

突如現れたのは、レーンだ。やはり俺には精霊が感知できんな。

〈4、3――〉

ほんの僅かではあるが、俺の剣身に触れたレーンから魔力が流れ込んでくる。今は少しでもあり難かった。ただ、その直後、思いもよらぬ事態が発生する。

〈提案。潜在能力解放の使用を推奨します〉

『は?』

もう、攻撃開始直前という時に、アナウンスさんがいきなりそんな言葉を口にしたのだ。

『え？　どういうことだ？』

レーンのせいなのか？　何かされた？

〈個体名・師匠、個体名・フランたちにとって、最良の選択であると考えます〉

『ちょ、そんな……』

〈2、1――〉

じ、時間が！　だが、俺にとってはともかく、フランにとっては最良？　そう言われては、使わないわけにいかないじゃないか！

『あぁぁ！　もう！　潜在能力解放ぉぉぉ！』

〈0〉

「ガルルルオオオオオ！」

「はあああああああああ！」

『だぁぁぁぁぁ！』

そして、フランが再び一条の流星と化した。ウルシの前足によってフランが撃ち出されるのとほぼ同時に、俺は必要最低限の魔力を残して、全ての魔力を剣身に伝導させた。

さらに形状を刀化させつつ、念動や魔術でフランの加速を後押しする。覚えたばかりの生命魔術などでのサポートも忘れていない。潜在能力解放によって思考が超加速しているおかげで、それらの行動は非常にスムーズであった。その代償は大きいが……。

『ぐぅぅぅ……！』

耐久値はすでに半減だ。

（師匠っ！）

『大丈夫だっ！　いけ！』

思考加速で極限まで引き延ばされた時間の中でも、フランの突進速度は凄まじい。周囲の景色が高速道路での車窓のように流れていく。

フランが俺を大上段に構えた。このまま剣神化を――。

〈時空間の揺らぎを確認〉

『は――？』

（！）

アナウンスさんの声が聞こえた瞬間だった。高速で流れていた全ての景色が、ストップする。

時が、止まった？　いや、違う。俺たちの知覚だけがさらに加速したのだ。そのせいで、周囲がまるで止まって見えるほどの時間差が生まれたのである。

だが、なぜ？　元々、時空魔術を使って限界ギリギリまで加速していたんだぞ？　潜在能力解放状態だからって、いきなりなんの前触れもなく、さらに加速するなんてあり得ない。

それも、ちょっと速くなったレベルじゃない。それこそ数百倍以上の知覚加速だろう。

（体、うごかない）

『俺もだ』

事態を把握しようと、周囲の気配を探る。だが、洪水のように押し寄せる膨大な情報を処理しきれず、俺は眩暈のような症状に襲われていた。

『く……』

（なんかいるよ？）

『フ、フラン、大丈夫なのか？』

（？）

俺でこれだ。フランはさらに酷い状態に陥っていると思ったのだが……。フランの念話からは、キョトンとした様子が伝わってくる。平気なのか？　魔術の多重起動どころではない、凄まじい負荷が脳にかかっていてもおかしくはないはずだ。

「私が、手を貸したからよ」

『レーン！　お前が何かしたのか！』

「ええ、そうよ。剣さんも——」

レーンがそう告げると、俺の視界が一気に白く染まった。その代わりに、情報の濁流がピタリと治まる。なるほど。フランが平然としているのは、この状態であるからだろう。

（師匠、あれ）

『ああ、見えてるが……』

白い空間の中。遠くに何かがいた。動いているのが分かる。

『あれは、フランなのか？』

（師匠もいる）

俺たちの目の前に、俺たちがいた。まるで立体映像のように、僅か先の場所にその姿が映し出されている。ただし、フランの恰好が少し違っている。黒天虎装備に似てはいるが、スカートではなくズボンだし、細部もかなり違う。一番目立つのは、左耳のイヤリングだろう。こっちのフランのような耳輪ではなく、青い宝石のあしらわれた耳飾りを着けていた。

しかも、その俺とフランには気配があった。虚像ではない。似ているけど微妙に違う、不思議な気配だ。その気配を感じれば、俺は間違いなくフランだと判断するだろう。しかし、俺を構えているフランと、目の前に現れたフランを比べると、僅かに違いがあった。

直に比べられるからこそ分かる、本当に僅かな違いではあるが……。フランなんだが、俺の知っているフランではない。そんな、不思議な感覚だ。

それに、なんだあの凄まじい邪気は？　あっちの俺が発しているのか？　だが、フランはその邪気に平然と身を晒している。それどころか、その邪気を操っているようにさえ見えた。

だが、今はそんなことどうでもいい。

『フラン！　大丈夫か！　おい！』

耳飾りのフランは、全身が酷い状態だったのだ。体を過剰に強化し過ぎているのだろう。立っているだけなのに、反動でダメージを負い続けているようだった。骨が軋む音が聞こえてくる。内部を流れる魔力の圧力で、全身に激痛が走っているのだろう。血涙を流しながら、歯を食いしばっている。

その姿は、悲壮の一言だ。耳飾りのフランはそんな状態で、もう一本の俺を構えていた。

なぜ、あっちの俺はフランを回復しないんだ！　フランは、なんであんな状態なんだ？　しかも、その状態から何か技を繰り出すつもりであるらしい。俺を正眼に構えている。

俺の目には、真っ白な空間の中に、耳飾りのフランたちの映像が浮かび上がって見えている状況だ。その周辺がどうなっているのか、窺い知ることはできない。

向こうのフランたちから、俺たちは見えていないのだろう。反応は返ってこない。

『フラン！　くそ！　回復魔術が発動しない！　なんでだ！』

俺が歯噛みしていると、耳飾りのフランに動きがあった。悲し気な、そしてどこか自暴自棄な顔で、小さく呟く。

「師匠、いくよ」

『了解』

まるで、親しい人間が死んでしまったのかと思うほどに、沈んだ声と表情のフラン。その裏には確かに、言葉に表すことができない少女のＳＯＳが込められていた。

「　誰か助けて　」

そんな、言葉にならない想いが、声となって聞こえた気がする。

だが、話すことができるはずの剣から発せられた言葉は、寒気がするほどに感情を感じさせない。

「師匠を開放したほうがいい？」

『俺は剣だ。判断する権利はない。フランが決めろ』

「師匠がどう思うのか、知りたい」

『使用した場合、やつを確実に撃破できるだろう。ただし、消耗によって、今後の戦闘に影響が出る。場合によっては命の危険もあるはずだ。使わなかった場合、撃破できるかどうかは分からない。ただし継戦能力は維持できる』

「そうじゃない。そういうことじゃない。師匠が、どっちがいいと思うか、聞かせて」

『その質問に回答する権限はない』

怒りで頭が沸騰しそうだった。なんだアレは？　俺なのか？　いや、あんなモノが俺だとは、絶対に認められない。何をしているんだ！　フランが泣きそうな顔で、頼ってくれているんだぞ？　助けろよ！　回答する権限がないじゃねーよ！　そこは「そんなもの必要ない！　俺が、なんとかしてやる！」でも「使って、一瞬で倒せばいい！　一緒にいこう！」でも、なんでもいい！　言葉をかけて、フランの不安を取り除いてやらなきゃいけない場面だろうが！「心配するな」の一言だっていい！

俺は、あっちの俺に対して、思わず怒鳴り声を上げてしまっていた。

『おい！　そこの馬鹿野郎！　テメー！　フランを泣かせてるんじゃねー！　俺でも許さんぞ！』

Side　フラン？

「フラン、ロミオたちを見逃してくれてありがとう」

「レーン……」

「あなたは優しい子ね。怒っていても、無意識にロミオを巻き込まないように力をセーブしていた」

「別に……。なんか、あの子供が必死だったから」

「そのおかげで、ロミオとゼロスリード、ゼライセを逃がすことができたわ。それに、あなたが許可してくれたおかげで、剣さんの力も借りられた。アレがなければ、渡りは成功しなかったでしょう」

「あいつらは、どこに逃げた？」

「とても遠くよ」

「そう……。ゼライセも逃がす必要、あった？」

「ええ、あなたたちのためにもね」

「？」

相変わらず、精霊のレーンの言うことは、意味がよく分からない。でも、レーンが敵じゃないのは分かる。だから、レーンがお願いしてきたとおりに、ゼロスリードに止めを刺すのを止めた。

ロミオたちはどこかに転移してしまったみたいだけど、どこにいったんだろう？

「フラン、これで、周囲に巻き込む恐れのある人間はいなくなったわ。本気を出してもいいわよ？」

「本気……。いいの？」

「ええ……ウィーナレーンすらも、遠く離れた場所にいるわ。だから、いいの」

「ん……わかった」

私たちは強くなった。ミューレリアに負けて、ウルシを失ったあの日から。

「師匠、がんばろ」

『了解』

「……ん」

師匠の様子がおかしくなったのは、いつからだろう？　バルボラで、ゼライセの操ってた魔石のゴーレムをたくさん倒した頃？　それとも、武闘大会で優勝した頃？

獣人国に初めて来た頃は、まだ今みたいじゃなかったと思う。

でも、気付いたら、声をかけてくれることが減っていた。そして、少しだったものが完全になくなり、私から声をかけなければ喋ってくれなくなった。

それだけじゃない。何を聞いても、そっけない。

『俺は剣だから』

『フランが考えろ』

『それがフランの選択なら、従おう』

今までみたいな、聞くだけで安心できる優しい声じゃなくなった。まるで、人じゃないみたいな声。もっと師匠の声が聞きたい。でも、自分から話しかけるのが怖くなってしまった。だって、またあの嫌な声で『俺はフランの剣だから、フランに従う』って言われるだけだから。

いくら頑張っても、師匠は全然褒めてくれない。褒めてくれても嫌な声で『よくやった』って言うだけ。町で、酔っ払いに馬鹿にされて少し暴れたら、ちょっとお店まで巻き込んじゃった。でも、その時に師匠が私を注意するために言った『やり過ぎだ。フラン』って言葉。

ほんの少しだけど、前の師匠の声だった気がする。もっともっと悪い子になったら、師匠はまた前みたいな声を聞かせてくれるの？　そう思ったけど、それも最初だけだった。すぐに、何も言わなくなってしまった。

そんな時に、やつと再会した。ゼロスリード。キアラの仇の一人。

忘れたことはないけど、追うつもりもなかった。キアラが、仇討ちなんてするなって、言ってくれたから。でも、目の前に現れてしまった。それも、子供を連れて。

ゼロスリードも、ロミオも、なんだか凄く落ち着いてた。酷い目にたくさんあって、今だって捕まってるのに。まるで、幸せそうだった。幸せそうに、笑ってた。

あんな笑顔、私は浮かべられてるの？　なんだか、凄くイライラする。

「ねえ、師匠。なんで私、こんな気持ちになるの？」

『理解不能だ。何か、ストレスを受ける要因はあったか？』

「わからない……」

『ストレスの心当たりもないのか？』

「わからないの！　なんでなのか！」

『では、俺にも分からない』

なんか、もうどうでもよくなっちゃった。とりあえず、ゼロスリードを殺そう。そう思っていたら、レーンに止められてしまった。

しかも、ロミオたちを助けるのに師匠の次元魔術がどうしても必要だから、力を貸してほしいってレーンにお願いされた。レーンには一度命を救われたことがある。その言葉を断れなかった。

なんで、私たちがゼロスリードを助けているんだろう？

頭の中が整理しきれなくて、グッチャグチャになっている。イライラが抑えられない。このイライラしたモヤッとした気持ちは、全部大魔獣にぶつけよう。

本気を出していいって言われたし。前に魔狼の平原で本気を出した時は、女神様が作ったっていう結界を壊して、女神様に怒られたりもした。でも、ここは魔狼の平原よりも何倍も広い湖だ。

私たちが本気で攻撃しても、大丈夫。やってやる。

「……力を吐き出せ……邪神の欠片」

『全てを壊せ！　全てを――』

「うるさい。お前は力だけ寄越せばいい」

私の言葉に従って、師匠の中に封印されている邪神の欠片から大量の邪気が溢れ出す。前はこの邪気を制御しきれずに暴走してしまっていたけど、今なら完璧に支配できる。

認めたくないけど、ミューレリアと同じ系統の力なんだって。この力を手に入れた時は吐き気がするくらい嫌だったけど、今は利用してやろうと思う。

「……夜天の魂、起動」

これは、ダークナイトウルフのユニークスキル。ミューレリアの攻撃から私たちを庇って死んだウルシが、最期に私たちに託した魔石から引き継いだ力。今みたいな夜の間だけ、ステータスを強化できるスキル。

「師匠、他の強化スキルも全部起動して」

『了解』

前まではアナウンスさんていう優しい声のお姉さんが色々と助言してくれてたんだけど、邪気の制御の領域がどうとか言って、ちょっと前に居なくなっちゃった。

強化の重ね掛けをし過ぎて、体が悲鳴を上げているのが分かる。

毎回、思う。死ぬかもしれないって。師匠が今みたいになる前は一度も思ったことがないのに、今はちょっと怖い。でも、死んじゃったら死んじゃったで、構わないとも思う。だったらいつも通り、やってみるだけ。

「師匠、回復は適当でいいから、全部を強化に回して」

『了解』

私は全身の痛みをこらえながら、さらに口を開く。

「師匠を開放したほうがいい？」

『俺は剣だ。判断する権利はない。フランが決めろ』

「師匠がどう思うのか、知りたい」

『使用した場合、やつを確実に撃破できるだろう。ただし、消耗によって、今後の戦闘に影響が出る。場合によっては命の危険もあるはずだ。使わなかった場合、撃破できるかどうかは分からない。ただし継戦能力は維持できる』

「そうじゃない。そういうことじゃない。師匠が、どっちがいいと思うか、聞かせて」

『その質問に回答する権限はない』

師匠のいつも通りの答えに、少しだけがっかりしたその時だった。

『おい！　そこの馬鹿野郎！　テメー！　フランを泣かせてるんじゃねー！　俺でも許さんぞ！』

師匠の、優しい声が聞こえた気がした。

『フラン！　大丈夫かっ！』

また、優しい怒鳴り声。私の聞き間違いじゃない？　でも、どこから？

気配が感じられない。私が首を捻っていると、再びレーンが現れた。

今さっき、別れたばかりなのに、なんで？

「フラン。貴女には、今後過酷な戦いが待っている。これは運命じゃなくて、今のあなたにとって必然の流れ。でも、今の状態では、きっと命を落とす」

「レーン？」

「だから、これは私から――私たちからの贈り物。ささやかだけど受け取って」

レーンがそう言って、両手を広げた直後だった。周辺の空間が真っ白に染まる。

「あそこにいるの、レーン?」

もう一人、レーンがいた。そう思ったら、もう一人のレーンの横に、さらに人影が現れる。

それは、私と師匠だった。

あれは間違いなく私と師匠。でも、ちょっと違っている。装備とか、表情とか。

直感的にだけど、理解できた。違う世界なのか、もしかしたらなることができた私なのか、それは分からないけど、あの私はどこかの私。そして、さっきの声の主はあっちの師匠だ。

『フラン!』

「師匠」

『おお! 聞こえたのか!』

私の呟きが、届いたみたい。羨ましいな。あっちの師匠は、師匠のままなんだ……。

『今、治してやる!』

あっちの師匠が何かしようとしたけど、失敗したらしい。

『なんで魔術が使えない!』

「ごめんなさい。完璧には繋げられなかった。お互いの力の高まりを利用して、縁を利用して、それでもここまで」

「ロミオ、ゼロスリード、ゼライセ。時間を越えた三つの縁を利用して、師匠の力を借りて、ようやっと互いの声を届けることができただけだった。でも、ほんの少しでも……。ちょっとまってて」

こっちのレーンと、向こうのレーンが、口々に語って、申し訳なさそうに頭を下げた。よく意味は分からないけど、あっちの私と師匠と会話ができるだけでも、奇跡ってことなのだと思う。

私は、あっちの私に声をかけた。

「ねえ……私」

「なに？　私？」

「……あなたは幸せなの？」

「ん。師匠もウルシもいて、毎日幸せ。あなたは幸せじゃないの？」

「ん……」

ああ、やっぱり。あっちの私は幸せなんだ。それは当たり前。だって、師匠もウルシもいる。

「だって……師匠が……」

「どうしたの？」

「師匠がね……」

「ん」

あっちの私が、優しく頷いてくれた。そしたら、もう言葉が止まらなかった。

「優しくない……。全然、何も言ってくれない！　褒めてくれないし、叱ってもくれなくなった！」

私の口から出てるのは、今まで誰にも言ったことのない、本当の気持ち。

それを言ったら、本当になっちゃう気がしてたから……。

「こんな師匠は嫌！　こんなの師匠じゃない！　あっちの師匠みたいな師匠がいい！」

次々と言葉が溢れ出す。

「ねえ！　どうすれば師匠は元に戻るの！　どうすれば、前みたいに笑ってくれるの！　ねぇ！」

私は、全ての気持ちを口にした。

あふれてくる言葉を、全部。

「師匠、私はどうすればいいの……？」

『理解不能。俺には特に異常はない。それよりも、フラン自身に動揺が見られる』

でも、師匠から返ってきたのは、期待していた言葉じゃない。あっちの師匠の声を聞いたせいで、少し期待してしまったけど、やっぱりそうだよね……。

『この状態での戦闘行動は危険だ。動揺を抑えるんだ』

「そんなこと聞きたいんじゃない！」

『フラン。興奮を抑えろ』

「うるさい！　黙れ！　黙れ黙れ！　その声で私に話しかけるなぁ！　お前なんか師匠じゃない！」

私がそう叫んだ直後、優しい声が呆然と呟く。

『お、おおぉ……。フ、フランがグレてる！』

何故かちょっと傷ついたような声だ。

「グレてる？」

「グレるってなに？」

二人の私たちが、同時に首を捻る。初めて聞いた言葉だった。

『あ、あー。その、なんていうか、言葉がとても乱暴な、悪い子って意味かな？　親とか先生に暴言吐いたり？』

「なるほど！　じゃあ、あの私、グレてる」

「グレてない。悪い子じゃない」

「でも、グレてる」

「グレてない！」

なんでだろう。馬鹿にされてるはずなのに、凄く楽しい。

でも、そんな楽しい気分に水を差す声があった。

『現状。フランの攻撃性は以前よりもかなり高い。グレているという表現は、当てはまる』

楽しかった気分が、一気に冷めた。何故か、凄く悲しくなってしまう。たまらず俯いてしまった。

なんでこんなに苦しいの？

そんな私の耳に、怒鳴り声が聞こえてくる。

『おい！　てめー！　なにふざけたこと言ってるんだ！　それでも俺か！』

『……何を言っている？』

『フランがグレた？　だったら、それは俺らの責任だ！　お前がそうならないように注意してやればよかっただけだろ！』

『俺は剣だ。そんな権限はない』

『ちげーだろ！　権限とか、そんなことどうでもいいんだよ！　俺たちはなんだ？　俺たちはフランの師匠じゃないのかよ！』

『師匠というのは、単なる名前。個体名を識別する際の記号にすぎない。俺の本質は剣だ』

『違う！　俺は剣である前に、師匠だ！　それに、師匠が単なる記号だと？　それも間違ってる！』

『間違っていない。事実だ』

『間違ってるよ！　師匠っていうのは、フランが付けてくれた名前なんだぞ？　それは俺たちの目標で、フランの希望だ！　そうあってほしいというな！　そんなことも忘れちまったのかよ！　剣だぁ？　その前に俺たちは師匠なんだっ！』

『俺は……』

『見ろ！　フランが泣いてるんだぞ！　それを見て、何も感じないのか！』

あっちの師匠に言われて気が付いた。私、いつの間にか泣いてた。どうして涙が止まらない？

『……泣いて、る？』

『ああ！　そうだ！　泣いてるフランを見て、お前は慰めの言葉もかけないのかよ！　身も心も、剣に成り下がっちまったのか？』

「師匠……」

『俺は……』

『もう一度聞くぞ？　お前は、泣いてるフランを見て、言葉をかけないのか？』

『俺は……』

『フランの涙を見て、本当に何も感じないのかって言ってるんだよ！　馬鹿野郎！』

『俺は……！』

こっちの師匠の声が、久しぶりに人間みたいに聞こえた。同時に、懐かしい声がする。

〈仮称・師匠に揺らぎを確認〉

「え？　アナウンスさん？」

〈是。個体名・フランの言い方を借りれば、仮称・あっちのアナウンスさんに、活動領域を確保するための力を譲渡してもらいました〉

「消えたわけじゃなかった……」

〈仮称・師匠が破壊されない限り、仮称・アナウンスさんが消滅することはありません〉

「そう……」

〈仮称・師匠の剣化状態に揺らぎを確認。同一存在と自身の違いを観測し、その差異の大きさに衝撃を受けている模様〉

『アナウンスさん……。俺は……』

〈個体名・フランに提案。現状であれば、さらに揺らぎを与えることが可能〉

「揺らぎ……。私、どうすればいい？」

〈声を。怖がらずに〉

「え……」

〈今が、最後の機会かもしれません〉

アナウンスさんの声が、あっちにも聞こえているんだろう。あっちのフランが、小っちゃく頷く。

「がんばって。グレてる私」

「グレてない」

反射的に言い返した私に、あっちの私がクスリと笑った。嫌な笑いじゃない。

「ん。じゃあね私」

『フラン！　俺はお前の味方だぞっ！　何があっても、ずっとだ！』

アナウンスさんとあっちの私に促されて、私は恐る恐る口を開いた。

「ん……。ねぇ、師匠。聞こえる？」

『フラン……？　俺は……』

こっちの師匠からも、少しだけ優しい声が聞こえた。

＊

「フラン、剣さん。接続が切れるわ！」

レーンの声が、俺たちに聞こえた。この不可思議な状態が終わりを迎えるということだろう。

最後に、何か声をかけてやらねば！

「ん。じゃあね私」

こっちのフランに対して微かに微笑んだあっちのフランに向かって、俺は叫ぶ。

『フラン！　俺はお前の味方だぞっ！　何があっても、ずっとだ！』

その直後だった。耳飾りのフランと、馬鹿野郎な俺と、あっちのレーンの姿が消えた。

『これで、終わりか？』

「ええ。接続が切れたわ」

レーンが言う通り、すでに気配は感じられなかった。

『なあレーン。あのフランたちは、いったいなんなんだ？』

「あれは、前のフランと師匠。シエラやゼライセたちがこっちの時間軸に消えた直後だったはずよ」

『あの俺は……剣化が進んじまった俺ってことか？』

「そうよ」

「あれが、師匠？」

フランが悲し気に呟いた。どうやら、俺がああなってしまった時のことを想像してしまったらしい。

『あのフランはどうなる？』

「ごめんなさい。もう、完全には分からないわ。でもね、未来は大きく変わったはず。だから、接続も切れた」

「変わる前の未来は、どんな未来だった？　あまりよくない？」

「フランが絶望の果てに暴走し、全ての力を使って師匠の内に封印された邪神の欠片と相打ちになる。大勢の人間を巻き込んで、ね」

それは酷い……。だが、確かにあっちのフランは、そうなりかねない危うさがあった。そして、それを止めなきゃいけないはずの俺は、あんな有様だ。

『だが、未来は変わったんだろ？』

「貴女たちのお陰。フランと剣さんがあっちの二人にかけた言葉が、未来を変えてくれた……」

『じゃあ、あっちのフランは、レーンが言ってたみたいな死に方はしなくなったってことだな？』

「ええ。少なくとも、剣さんは心を取り戻したはず。それくらい未来が変わらないと、接続があれほど急に切れたりはしないわ」

『そうか……』

「あとは、少しでもいい未来に変わったことを、祈るしかない」

「ん……」

あっちの俺たちは、どうなっただろう？　傷ついていたフランの心は、少しは癒せたか？　剣に成り下がっていた俺は、少しでもましになったのか？

「師匠、きっとへいき」

『そうか？』

「ん。だって、私たちの言葉、届いてたから。だから、へいき」

『そう、だな。俺とフランだからな！　きっかけがあれば、きっと良い方に変わるよな？』

「ん」

フランに言われると、本当にそう思えるな。

『あっちのアナウンスさんも復活したみたいだったし』

〈是。仮称・あっちのアナウンスさんとは、情報の共有を行いました。有効に活用するでしょう〉

『情報共有？』

〈個体名・師匠の行動パターンを解析した情報や、そこから導き出される剣化を防止、解除するための方法の考察です〉

『な、なるほど』

俺の性格を分析したデータってことだよな？　それを使って、あっちの俺が剣化しないように、アナウンスさんが色々と打開策を練ってくれると。なら安心だ。アナウンスさんは有能だからね！　なんか、俺の内面が分析されたみたいでちょっと恥ずかしいけど。

〈また、一部のスキル情報の交換にも成功しました〉

『それって、新しいスキルをゲットしたってことか？』

〈是。こちらからは、破邪顕正、魔力供給の情報を提供し、仮称・あっちのアナウンスさんからは精霊察知、邪気支配の情報を提供されました。情報を基に、スキル精霊察知、ユニークスキル邪気支配の入手に成功。また――〉

な、長い！　あの短い時間でアナウンスさん同士は凄まじい情報のやりとりをしたらしい。

〈破邪顕正、邪気支配の情報を基に、ユニークスキル神気操作の入手に成功。神気操作、精霊察知の情報を基に、ユニークスキル精霊の手の入手に成功〉

い、色々と手に入れてしまった。簡単に説明してもらうと、精霊察知は名前そのままだ。精霊を感じ取れるようになるらしい。これで、俺も精霊をスキルで察知できるようになるだろうか？

邪気支配は、邪気を操るためのスキルである。魔力操作の邪気版に近いようだが、より上位で影響力が強いっぽかった。そして、俺たちにはありがたい神気操作。これはそのまま、神属性を扱うことが上手くなるスキルだ。自傷ダメージを少しでも減らせるかもしれない。

最後に最も意味不明な精霊の手。これは、精霊に影響を及ぼすことができるスキルだった。触れたり、攻撃したりも可能らしい。まあ、使いこなすのが相当難しそうだが。今後の修練しだいだろう。

色々と試してみたいところだが、俺たちにはそれ以上の検証をする時間は残されていなかった。

「ごめんなさい。そろそろ、時間の流れが元に戻るわ。気を付けて……」

『おい！　それってメチャクチャヤバいんじゃないか……？』

今の超加速状態からいきなり普通の時間に戻って、どんなことになるのか分からない。最悪なのは、バランスを崩すことだろう。何せ、俺たちは天空から大魔獣に向かって高速で撃ち下ろされている最中なのだ。段階を踏んで、ゆっくり元に戻してもらうことはできないかと思ったが――。

「レーン、平気？　辛そう」

「ちょっと、無理をし過ぎただけよ……。でも、もうこれ以上は……」

周囲の景色が段々と流れ出すのが見える。すぐに元の時間に戻るぞ！

〈時間加速が解除されるまで、残り三秒〉

『フラン！　バランス崩すなよ！』

「ん！　任せて！」

フランがやる気に満ちた表情で、頷く。どうやらあっちのフランと俺を見て、触発されたらしい。

「負けてられない」

『おう！　そうだな！』

何にとは言わないが、俺も同じ気持ちだよ！

「剣神化！」

フランがそう叫んだ直後、レーンによる精神だけの超加速が解かれ、周囲の景色が川の濁流のように一気に流れ出した。

『くっ』

分かっていたが、感覚のズレが凄まじい！　静止して見えていた状態からの、凄まじい超加速。直後には、無数の口が体表に浮かび上がった大魔獣の醜い肉体が、視界の前に大映しにされている。

衝突――しない。フランはやり切った。感覚のズレを瞬時に修正し、剣神化、潜在能力解放、破邪顕正等々、俺たちの持てるすべてが乗った最高の一撃を、見事繰り出してみせたのだ。

僅かに狙いよりも右にずれたが、そこは仕方ないだろう。

「はぁぁ！」

『らぁぁ！』

俺の剣身を駆け巡る凄まじい力の奔流が、大魔獣へと解き放たれる。

俺は斬撃とほぼ同時のタイミングで潜在能力解放などの強化スキルを解除し、転移を発動した。それくらいでないと、転移による脱出が間に合わないのだ。

僅かに残る、何かを斬った感覚。それが、攻撃の成功を物語っている。

『どうだ？』

「……ん」

大魔獣と衝突寸前に上空へと転移した俺たちは、そこで凄まじい光景を目にした。

『成功したか……。シエラも』

「ん」

大魔獣に巨大な傷が二つ穿たれていた。縦に平行に走る、二本の斬撃痕。

大魔獣から感じられる存在感が、数段弱まったのが分かる。俺たちの攻撃は、確実に大きなダメージを残したようだった。一つは俺たちの斬撃によってつけられたものだ。そしてもう一つは――。

「シエラ」

眼下では、シエラが魔剣・ゼロスリードを振り上げた恰好のまま固まっていた。いや、残心なのか？　ゆっくりとゼロスリードを下ろし、軽く息を吐いている。

ともかく、もう一つの傷はシエラの斬り上げによってつけられたもので間違いないようだった。

『シエラの攻撃。俺たちの渾身の一撃とほとんど変わらない威力があったみたいだな……』

「ん」

まじかよ。こうやって傷が並んでいるからこそよく分かる。傷の幅、深さ、どちらもほとんど同じだった。

『いや、俺たちの攻撃は神属性だ。傷の治りが遅いはず！』

そう思ってたんだけどな……。

「しぃぃぃたぁぁがぁぁぁえぇ……」

「再生、はじまらない」

『あっちの傷もか？』

どうやら、傷口を邪気が侵蝕し、再生を阻害しているようだった。

多少体勢を崩したとはいえまさかほぼ同等の威力の攻撃を繰り出されるとは思ってもいなかったぜ。

複雑な表情でシエラを見ていると、その場で崩れ落ちるのが見えた。全身を黒い邪気が覆い尽くしている。シエラの状態、結構ヤバいんじゃないか？　今のゼロスリードが大慌てで抱きかかえている。完全に意識がないようだ。

ゼロスリード自身も、大魔獣の光線を受け止め続けていたせいでボロボロだが、シエラに振りかかった反動はそれ以上なのだろう。

まあ、俺たちも人の心配をしている場合ではないが。

「……むぅ」

『フラン、どうだ？』

「……ちょっと、きつい……」

『そうか……実は俺も……』

「ん……」

浮遊スキルがなければ、俺たちもとっくに湖面へと落下していただろう。それくらい、反動が酷かった。生命魔術や神気操作を使っても、これほどの状態だ。無かったらと思うと、冷や汗が出る。

「師匠、やっぱり治らない？」

『神気の影響に加え、潜在能力解放も使っちまったからな。耐久値が全然回復してくれないぜ』

耐久値は残り100を切っていた。本当にしばらくの間、俺はポンコツ状態だろう。

今回、潜在能力解放で消費した魔石値は5000くらいかな？　まあ、そのおかげであっちとの接続もできたみたいだし、後悔はないけどさ。

「オン！」

「ウルシ」

ウルシがヒョコヒョコと前足を引きずりながら、俺たちに駆け寄ってくる。

俺たちの中だと、前足がへし折れているだけのウルシが一番マシな状態だった。

「今治してあげる」

「オフ」

『ウルシ、しばらくはお前が頼りだ』

俺もフランも、傷の治りが極端に遅い。今の状態ではまともに戦闘もできなかった。

「オン！」

「おねがい」

『とりあえず、シエラたちと合流するぞ』

「いえ。いますぐここから、離脱しなさい……」

『レーン？』

どこだ？　声だけが聞こえたが……。手に入れたばかりの精霊察知を使っても、分からない。

「ちょっと、実体を維持できないだけよ。なんとか、声だけ届けてるの……」

「あっちとこっちを繋げたせい？」

「他にも色々ね……。未来を視過ぎた、その代償よ……。それよりも、ここから離れて……」

何があるのか分からないが、苦し気なレーンにこれ以上喋らせるのは気が引けた。

そんな状態でもわざわざそう告げるということは、本当に離脱しなくてはならない状況なのだろう。

「ウルシ」

「オン！」

俺たちは状況確認もそこそこに、逃げ出す。その直後、大魔獣の体から凄まじい魔力が放出された。

「『うがががががあああああ！』」

全ての口が野太い悲鳴を発し、まるで苦しんでいるかのようにその巨大な体を捩る。

「キャイィン！」

『くぅぅ！』

大魔獣が全身から放った凄まじい魔力の波に晒され、ウルシが悲鳴を上げながら魔力障壁を全開にした。力を使い果たした俺とフランは何もできない。ウルシに頼るしかなかった。

「ウルシ、がんば……」

『頑張れ！』

「ガルルルルオオォォ！」

ウルシが障壁をさらに分厚くし、その場で踏ん張る。

「グルウゥゥ……」

その間にも、大魔獣の全身から幾万もの触手が生み出され、その触手が捻じれ合いながらむちゃくちゃに振り回されている。暴走しているというよりは、痛みで我を忘れて足掻いているように思えた。

時おり障壁が触手によって打ち据えられるが、ウルシは歯をくいしばって耐えている。

「「「あがぉおぉぉぉぉぉっ！」」」

「おっきく、なった」

『……レーンが分離したからか？』

暴れる大魔獣の体積が、一気に増えているのが分かった。レーンの姿は見えないが、彼女が分離したのだとすれば、大魔獣の力が一気に増したのだろう。彼女が大魔獣の力を封印し、その内側から弱体化させていたのだから。

「「「うごろおおぼぉぉぉぉぉ！」」」

『な、なんだぁ？』

魔力の波が収まり、今度は大魔獣の体の膨張がさらに加速度的に進み始めた。しかし、その様子がどうもおかしい。ブチブチミチミチという、肉が千切れるような音が聞こえ、それと共に大魔獣の肉体がいたる所で裂け始めたのだ。

その裂傷から溢れ出した大量の赤黒い液体が、周囲にまき散らされている。だが、すぐに裂傷は再生し、また新たな裂傷が生まれていた。その間にも、大魔獣の肉体は肥大化を続けている。

もしかしたら、無理に封印から抜け出そうとしているのではないだろうか？　今までは、弱まった封印を少しずつ押し広げ、無理せずに脱出を狙っていた。しかし、事態が急変する。自らに痛撃を与える存在の出現と、レーンによる弱体化の消失。結果として、大魔獣は封印からの脱出を優先したのでは？　ダメージを負ってでも、力を取り戻すことを優先したと考えれば、この様子も納得できる。

『どう思う？』

〈是。同意します〉

『それってやばくない？』

腕一本分でも、あんな規格外だったんだぞ。俺たちとシエラたちが全身全霊をかけても、倒しきることができなかったのだ。それが、多少弱体化するとは言え、完全復活してしまったら？

これは、早々にウィーナレーンの奥義とやらで止めを刺してもらう必要がありそうだった。いや、すでに準備を始めているはずだ。

『ウィーナレーンなら俺たちごと攻撃してもおかしくない！』

「オン！」

フランはウィーナレーンをどう思っているか分からないが、俺のあの女への評価はかなり下方修正されている。逆に、多少不信感があったレーンへの好感度は、メチャクチャ上昇しているが。自分でもチョロイと思うけどね。

だが、逃げ出そうとしたウルシの進路を遮る影があった。明らかに、こちらを妨害しようという意思が見える。その影が、こんな状況下とは思えない気楽な様子で声をかけてきた。

「やあ、フランさん。その剣、ちょっと僕に貸してくれない？」

第六章　良縁悪縁

「やあ、フランさん。その剣、ちょっと僕に貸してくれない？」

「！」

『やっぱ死んでなかったか！』

「……ゼライセ」

そこにいたのは、ニヤケ面のイケメン青年、ゼライセであった。右手に極彩色の魔剣・ゼライセを提げ、こちらを見つめている。

「あの時、僕に話しかけてきた男の人。あれ、その剣の化身体か何かだよねぇ？」

「なんのこと？」

「ふふ。言いたくないならいいよ？　その剣を分解してみれば分かることだもんね」

フランは強烈な殺気を放つが、ゼライセに斬りかかるようなことはしない。今の俺たちはボロボロで、とてもではないが戦闘などできないのだ。

それに、ゼライセは一人ではなかった。やつの隣には、黒いローブを着た魔術師が、静かに浮かんでいる。微弱な魔力しか感じられないことが、逆に不気味であった。

その漆黒のローブの内側から、髑髏の虚ろな眼窩がこちらを見つめている。その髑髏の顔は、仮面ではない。そいつは、正真正銘のアンデッドであった。魔力の質が、明らかに人とは違っている。

しかも、まともなアンデッドではない。

髑髏に開いた二つの穴は、まるで底なしの闇が詰まっているように見えた。

その闇の中から今すぐに何か不吉な物が溢れ出して、こちらを飲み込んでしまいそうな、不思議な恐ろしさがある。

フランが、ブルリと背筋を震わせた。俺と同じで、何かを感じ取ったのだろう。得体の知れなさと、見ただけで感じた凶悪さ。こいつ、絶対に強い。実力がハッキリと感じられないのは、アンデッドでありながら自ら力を隠蔽できるだけの腕と理性を持っているということだった。

「くかかか――」

その不気味なアンデッドが、しゃがれた声を上げる。

「くかかかか！　まさかこのような場所で貴様らに見（まみ）えようとはな！」

どういうことだ？　今の発言。まるでフランを知っているようだが……。

「？」

当然、俺が覚えていないものをフランが覚えているはずもなく。首を傾げている。

「誰？」

「分からぬのも無理はない。我とて、直接知っているわけではないからな！」

誰かに聞いたってことか？　俺はとりあえず目の前の相手を鑑定した。久しぶりに、鑑定が通った感覚がある。最近は超格上だったり、邪気を纏っていたり、精霊だったりで、天眼を持っているはずの俺の鑑定が全然通じなかったからな。

名称：ネームレス
種族：デミリッチ：死霊：魔獣
Lv：52
生命：1932　魔力：1298　腕力：1869　敏捷（びんしょう）：810
スキル：詠唱短縮6、怨念障壁3、怨念操作8、恐慌2、恐怖2、拳聖技5、拳聖術7、拳闘技10、拳闘術10、剛力7、再生8、瞬発9、死霊支配3、死霊操作10、死霊魔術10、精神異常耐性4、変則戦闘8、魔術耐性7、魔力感知6、魔力放出5、冥府魔術3、闇魔術4、怨霊、骨体変形、状態異常無効、振動制御、死霊指揮、死霊暴走、魔力制御
ユニークスキル：怨念吸収、黄泉の標（しるべ）
称号：黒骸兵団長、死霊の王
装備：連装魔石杖・三式、腐竜のグローブ、大墳墓の主のローブ、怨念封じのサークレット、浄化耐性の指輪、浄化耐性の腕輪、怨霊玉

『フラン！　強いぞ！』
（そんなに？）
『ああ。単体で脅威度B以上。しかもジャン並の死霊術師だ！』

総合的な脅威度で言えばAでもおかしくはなかった。浮遊島で戦ったリッチには及ばないが、その配下のレジェンダリースケルトンよりは確実に強い。

「ゼライセの部下？」

「こやつの部下だと？　馬鹿なことを言うな！　我は、栄えある黒骸兵団第一席！　長であるぞ！　レイドス王国に新たに誕生した、最強の軍団だ！　赤の騎士共にかわり、伝説となる名である！　今回は公爵のとりなしがあった故、力を貸してやっているにすぎんわ！」

「黒骸兵団！　アイスマンが言ってた！　チャードマンも！」

「ほう？　やつらと連絡が取れぬと思っていたら……！　貴様かっ！」

「お前が、団長？」

「その通り、我は死霊たちの王、ネームレスである！　覚えておけ！　いや、貴様はここで死ぬのだったな。なれば、覚えていられるはずもないか」

「むっ」

こいつゼライセ並にチョロイな。挑発するまでもなく、自分から色々と情報を漏らしやがった。

「黒骸兵団は、アンデッドの部隊？」

「その通り！　我が秘術によって生み出された最強のアンデッドたちによる、最強の軍団よ！　あの忌々しい死霊術師も、次の戦で血祭りにあげてくれよう！」

つまり、アイスマンやチャードマンなんかも、こいつが冥府魔術で生み出していたのか。だが、こいつの魔術やスキルなら、不可能ではないのかもしれない。

そして、こいつらの標的はジャンだ。まあ、レイドス王国にとっては天敵みたいな存在なわけだし、その対策をするのは当然か。実際、ジャンを殺すと言い切れるだけの強さもある。

「くかかかか！　この場で降るのであれば、苦しまぬように殺した後に、我が配下にしてやってもよい——普通の相手であれば、そう言うのだがなぁ……」

「！」

フランが咄嗟に身構えるほどの凄まじい殺気が、デミリッチから放出された。殺意だけではない。怒りや憎しみ、恨みの念が混じり合い、フランの肌を粟立たせる。恨みによって生まれた死霊は、生者に対して憎悪の念を抱くという。だが、これはそれだけではなさそうだ。

「お前だけは、ここで殺す。そうせねばならぬのだなぁ……」

「……なんで？」

「叫んでいるのだ」

「？」

「我が内に溶け込んだ死霊の皇帝の——リッチの怨念が、貴様らを殺せと叫んでいるのだ！　浮遊島での借りを返せとなぁ！」

デミリッチ——ネームレスは、その枯れ枝のような右手で、自らの白い髑髏を掴むように覆った。まるで、嘆き悲しむ悲劇の主役のような仕草であるが、そうではない。むしろ、今すぐにでも爆発しそうな激情を、少しでも抑え込むための行為だろう。その証拠に、その細い指の間から覗く昏い眼窩からは、ありとあらゆる負の感情が漏れ出しているように思えた。

「リッチって、あのリッチ？」

「くかかかか！　浮遊島にて散ったダンジョンマスターにして、レイドス王国の実験体だったあの個体のことだ！」

　おいおい、まじかよ。レイドス王国に関係あるリッチとデミリッチということで、多少関連付けて考えはした。しかし、本当に直接の繋がりがあるとは！

「我個人としては貴様には感謝すらしているのだ。おかげで、リッチの怨念の欠片を回収することができたのだからな！」

　言われてみれば、似ているかもしれない。外見はまあ、骸骨同士だから似ているのは当然だろう。だが、その身に纏う雰囲気や、話し方なども非常に似通っている気がする。

「我は、浮遊島の落下地点から回収された、リッチの怨念の欠片を取り込むことで生み出されたのだよ！　微かに残ったリッチの記憶の残滓が、貴様が仇だと教えてくれている！」

　なるほど、あのリッチの記憶と怨念を受け継いだのであれば、フランを恨む動機はあるだろう。

「だから！　貴様は！　ここで死ねぇぇ！」

　そう叫んだデミリッチが、凄まじい速度で突っ込んできた。

「ガルッ！」

「ぬうぅ！　逃げるなぁ！」

『このまま離脱する！』

　こんな状態で、戦えるか！

「オン！」

「まあまあ、ちょっと待ちなよ！」

　ネームレスは近接戦闘でも非常に強くはあるが、どちらかと言えば指揮官向きの能力だ。だが、さすがにウルシと追いかけっこをして、勝つことはできなかった。

ただし、相手は二人いる。逃げようとしたウルシの進路を、ゼライセが塞いでいた。戦闘力はネームレスに及ばなくても、何をするか分からん不気味さはこいつの方が上だ。

「ウルシ、がんばって」

「オン！」

「くかかかか！　くらえぇぇぇ！」

ネームレスが高速で飛行しながら、こちらに殴りかかってくる。

「ガルル！」

凄いぞウルシ！　拳聖術を持っているネームレスの拳を、前足で受け止めている。足りない手数は牙も使い、なんとか打ち合っていた。打撃の音だけが鳴り響く、一瞬の膠着状態。

だが、これこそやつらの狙いであった。ネームレスによって足止めされているうちに、ゼライセの魔術が俺たちを襲ったのだ。巨大な黒い渦のようなものがネームレスごと俺たちを飲み込み、視界に映る景色が一変する。

「オフ？」

「え？」

『な、なんだこりゃ！』

多分、ディメンジョン・ゲートのような、空間と空間を繋ぐ術だったのだろう。隠蔽されていたうえ、あの渦自体には危険がなかったため、察知系スキルの反応も鈍かった。まあ、今の俺とフランはその辺も大分弱っているから、ウルシが気付かなかったのであれば俺たちが気付けるわけもないのだが。

だが、穴が繋がれていた先は、最高に危険な場所であった。眼前に大魔獣の体表があった。蠢く触手が、間近に見える。転移させられた先は、大魔獣の目の前であったのだ。触手が俺たちに反応し、襲いかかってくる。まさか、大魔獣に俺たちを始末させるつもりなのか！

「あははは！　確かにその剣に興味はあるけどさ、それ以上に、始末することが優先さ！　僕の天敵だからねぇ！」

「っ！」

フランがゼライセを睨みつけるが、すぐにやつの姿が見えなくなる。ウルシの障壁の周囲を、無数の触手が覆い始めていたのだ。

「くかかか！　そのまま魔獣に飲み込まれてしまえ！」

一足先に離脱したネームレスの叫び声に呼応するかのように、大魔獣の触手が蠢く。

ピンチだ。大魔獣の触手に搦めとられ、飲み込まれようとしている。まだウルシの障壁が守ってくれているが、一〇秒もたたずに限界を迎えるだろう。障壁の魔力が急激に薄れていくのが分かった。

だが、脱出できないわけではない。転移を使えばいい。問題はそれで俺の魔力が本当の本当に尽きてしまうことだろう。後はもう完全にウルシ頼りになる。

『ウルシ、頼むぞ？』

（オン！）

俺の言葉に、ウルシが力強く頷いた。何をすればいいか、分かっているのだろう。

『よし、いくぞ――いや、待て！』

今気付いたが、周囲の魔力がおかしい。不思議な魔力が周囲を覆っていた。ゼライセでもネームレスでも、ましてや大魔獣でもない。攻撃的な気配はなく、むしろ守ってくれているかのような安心感がある。そして、俺たちを幾重にも覆っていた触手の壁が、吹き飛ぶような勢いではがれ始めた。

何かが高速でぶつかるような鈍い炸裂音とともに、俺たちの視界が開けていく。

ジュゼッカか！　彼女がまた援護してくれたのだろう。

「何が起きた！」

ネームレスもジュゼッカを見つけられていないのか、驚きの声を上げていた。しかも、援護はそれだけではない。俺とフランとウルシの体力が、ほんの僅かに回復したのだ。

「さっさと逃げなさい」

どこからともなく、レーンの声が聞こえた。念話のように頭の中に直接声が響いているわけではない。レーンが俺たちの耳元で囁くような感じだ。彼女が力を分けてくれたのだろう。

「あと数分もしたら、ウィーナレーンのアレが来る」

『奥の手かっ！』

「もう、これ以上は手助けできるか微妙……。頑張って、逃げて……」

レーンが苦し気に呟き、声が聞こえなくなった。だが、今はレーンの心配をしている場合ではない。

『ウルシ！　いくぞ！　逃げないと巻き込まれるっ！』

「オン！」

レーンの声に滲む焦りの色から考えて、もうかなりギリギリなのだろう。

「くかかかか！　何をしたのか知らんが、逃がさぬぞ！」

だが、俺たちの前に立ち塞がる影がある。ネームレスだ。ジュゼッカたちの援護に驚いていたはずなのだが、すぐに気を取り直してウルシのことを待ち構えていた。

「るはぁぁぁ！」

「グルゥ……！」

ネームレスが左右の拳を連続で突き出すと、その度に衝撃波が発生し、ウルシに襲いかかってくる。しかもその衝撃波は、ウルシの逃げ場を潰すように広範囲に放たれていた。一見逃げ場に思える部分も、明らかに罠だ。その先にゼライセが待ち構えている。獣追いの罠のように、ウルシを追い込んで仕留めるつもりなのだろう。だが、ウルシはネームレスたちの狙いを即座に見破っていた。

「グルルオォォォォ！」

「なにぃ！　そこを抜けるか！」

ウルシはあえて最も弾幕の厚い部分に突進し、闇魔術と障壁を使って衝撃波を相殺しながら、無理やりに突き抜けたのである。

拳聖技によって放たれた衝撃波を正面から突破したのだ。無事では済まない。ウルシの全身が傷つき血が噴き出していた。俺たちを守るために背中側の障壁を厚くしたため、自らの身を守るための障壁が強度不足だったのだろう。だが、ウルシは自らの傷など一切無視して、そのまま突き進んだ。

「逃がさ――ぐぬ！　何者だっ！」

「なに、名乗るほどの者ではない。だが、邪魔をさせてもらうぞ！」

即座に身を翻して俺たちを追おうとしたネームレスを、突如出現したジュゼッカが邪魔していた。

「いけ！　黒き狼よ！」

「ガァ！」

ジュゼッカは消耗している状態で、あの凶悪なネームレスと正面から切り結んでいる。オリハルコンの槍を使うようで、互角の攻防を演じていた。助かったが、まだ終わりではない。

「だから逃がさないってば！」

俺たちの前方に転移して回り込んだゼライセが、攻撃を解き放つ。相変わらずの気楽な口調だが、放った技は凶悪の一言だった。

時空属性を帯びた無数の魔力弾が、一斉に撃ち出されたのだ。まるで巨大な一枚の壁かと思うほどの、量と密度であった。もともとは罠にかけた俺たちを仕留めるために準備していた技だろう。込められた魔力の大きさは、俺が身震いしてしまうほどであった。

一発一発の威力は、先程ネームレスが放った拳聖技を超えている。

これはまずい。なにせ時空属性なのだ。ディメンジョン・シフトでも逃げられない。それでいて広範囲に及ぶため、回避も難しかった。障壁を全開にして、耐えるしかないだろう。だが、そう考える俺たちの前で、ゼライセが第二波を放つために魔力を集中し始めるのが見えた。

まさか、連打可能だと？　いや、ゼライセと魔剣・ゼライセが交互に放てば可能か！　ここにきてインテリジェンス・ウェポンのウザさが発揮されているな！　それでも、ウルシの足は止まらなかった。

『ウルシ！　なにを……！』

「ガアアァァァァァァァァ！」

魔力弾の壁を鋭い視線で見据えたまま、正面からぶつかっていく。

ギャリギャリギャリィ！

まるで金属同士が擦れるような甲高い音とともに、俺たちの周囲を覆う障壁に衝撃が走る。その度に障壁が薄くなるのが分かった。だが問題はそこではない。

「ウルシ！」

『自分にも障壁を張れ！』

「ガウゥゥ！」

ウルシは未だに、自らの体には最小限の障壁しか張っていなかった。頭部を守るように、前方に集中して障壁を展開してはいるがそれだけだ。体の横を掠める弾丸がウルシの肉体を削り取り、大量の血が噴き出す。それでもウルシの前進は止まらなかった。

その体から大量の赤い血を舞い散らせながら、弾幕を力ずくで抜ける。

「うっそぉ！」

これにはゼライセも本気で驚いたらしい。目を見開いて声を上げていた。とは言え、やつの動きが止まるようなことはない。咄嗟に魔剣を振り上げたゼライセは、第二波を放とうとする。さらに、懐から大きな魔石を取り出して、ニヤリと笑った。内包された膨大な魔力と、ガンガンと警鐘を鳴らす危機察知スキルから考えるに、余程凶悪な魔石兵器なのだろう。やつらの目論見としては、魔力弾でウルシの動きを止め、魔石兵器で止めを刺す。そんなところだろうか。

だが、ウルシを舐め過ぎだ。ウルシは俺たちの添え物じゃない。新たな進化にまで辿り着いてみせた、俺たちの頼りになる相棒なのだ。

「ガアアアア！」

「！」

ウルシが一気に加速した。そう、全速力で逃げていると見せかけて、実は最高速ではなかったのである。これは手を抜いていたわけではなく、背のフランを慮ってのことである。

しかし、そのおかげでゼライセの裏をかくことができていた。想像以上の速度で急激に接近してきたウルシに、焦った顔を見せている。

フランは急加速に苦しい顔をしているが、声一つあげない。ウルシも、背の主が苦しんでいるのを分かりつつも、速度を落とすことはしなかった。それもこれも、この一噛みのためである。

「ガルオォオォ！」

「それでもおぉぉ！」

突っ込んでくるウルシに対して魔剣・ゼライセが横に振るわれ、魔力弾がばら撒かれる。溜めが不十分なせいで先程よりも威力が弱いが、その分密集して放たれていた。ウルシがこれを躱しきることは不可能だろう。確実に、当たる。そう確信したゼライセの表情が、僅かに余裕を取り戻した。確かに、この攻撃の威力は凄まじい。直撃すれば、脅威度Cの魔獣でも消滅するだろう。

だが、ウルシをこの程度で倒しきれると思っているのか？　修行を経て、より強くなっているのだ。

「グルォッ！」

ウルシが、自身の奥の手を発動した。レベル7暗黒魔術、ダーク・エンブレイス。本来は暗黒を全身に纏うことで、防御力と身体性能を上げる術である。

だが、ウルシは修行の結果、この術を自分なりにアレンジすることに成功していた。

生み出された漆黒の闇が、ウルシの頭部のみを覆い尽くす。こうすることで、噛みつく力のみを強化しているのである。同時に、次元牙が発動するのが分かった。

　巨狼であるウルシが本気で噛めば、オリハルコンでさえ飴玉のように砕くことができる。そこに闇属性、時空属性が複合した、超強力な一撃だった。

　フランとの合体技ではなく、自分で敵を仕留めるために編み出した技。これこそが、ウルシの必殺の牙であった。この技を『断界ノ牙』と名付けたアマンダ曰く、直撃すれば自分でも致命傷は避けられないだろうとのことだ。

「グルアアアアア！」

「ぐがあああああ！」

　ゼライセの放った時空の弾丸を闇の障壁で弾きながら、ウルシは本来のサイズに戻り、ゼライセの体に噛みついた。一本一本が丸太の杭（くい）のような大きさがあるウルシの牙が、ゼライセの下半身を押し潰すのが分かる。

「ごぷっ……聞いて、ないぃ……」

　胸から上だけとなって宙を舞うゼライセが、そう呟くのが聞こえた。

　そうか、ゼライセは魔剣となった自分から、ウルシの情報を入手していたのかもしれない。もしくは、ウルシがダークネスウルフだと分かっていれば、進化先を予想することもできるだろう。

　小型化しているウルシは、一見すればダークナイトウルフや、ゲヘナウルフに見えたはずである。どちらも、直接戦闘力はそれほどでもない。それ故、ゼライセはウルシの戦闘力を見誤ったのだ。

　かなり酷い姿になってしまったが、ゼライセの生命力はまだ尽きてはいない。むしろ、再生が始まろうとしている兆候が見て取れた。

「あれれ？　再生が、鈍いな……。まったく、その、狼……なんなんだい……？」

ゼライセの目には危機感が全くなく、あるのは好奇心。こんな状況でも、ブレない変態だった。

いや、ここからでも逃走する自信があるのだろう。魔剣・ゼライセがある限り、様々な能力が発動可能だからな。魔石兵器を仕舞い、魔剣・ゼライセを構える。だが、ゼライセが大きなダメージを負い、身動きが取れない状況であることは確かだ。倒すチャンスだった。

「グルルル……」

ウルシはまだ動けない。大技の反動のせいだ。俺とフランは、ゼライセに止めを刺すほどの攻撃を放つ力は残っていない。あと一押しなのに！

「あは、とりあえず、今日のところはこれで失礼するよ――」

くそ！　逃げられる！

「――あぁ？」

どうした？　ゼライセが転移を発動しようとしたはずだが、何も起きないぞ？　失敗？　そう思ったら、ゼライセの周囲に何かの気配があった。正確には分からないが、俺には確信があった。

レーンだ！　時と水の精霊であるレーンなら、相手の転移を阻害できる！

そこで、初めてゼライセの顔に焦りの色が見えた。

「くそっ……亜空間潜行が発動しない！」

亜空間潜行？　それがゼライセの無敵モードの正体か！　ディメンジョン・シフトに似た効果を持っているんだろう。ゼライセの器用さなら、魔力の動きを感じさせないで発動可能なのかもしれない。

「何かが邪魔を……？　面倒な――ぐぁ！　これは！」

「ふん」

フランだった。限界ギリギリまで酷使した体にさらに鞭打ち、魔力弾を放ったのだ。威力は最弱。それこそ、ゴブリンすら殺せないかもしれない。しかし、ゼライセの体勢を崩す程度のことはできたらしい。フランの目が俺を見る。分かってるよ。俺も、頑張ってみるとするさ！

『らぁぁ！』

俺が発動したのは、念動である。それこそ、ほんの一瞬だ。だが、下半身を失い、バランス感覚を失っている今のゼライセは、突如あらぬ方向から加えられた力に逆らうことができなかった。

ゼライセが、やつ自身から見て右下に思い切り引っ張られる。それだけだ。それだけなんだが――。

「え？」

ゼライセの体に、無数の触手が絡みついていた。無論、ゼライセは周囲で蠢く触手をずっと回避し続けていた。だが、ウルシに伸ばされた触手の軌道に、俺がゼライセを引きずり降ろしてやったのである。これで倒せるとは思っていないが、俺たちが逃げる時間くらいは稼げるだろう。

「今のは……？　ちぃぃ！」

「逃がさんよ！　錬金術師！」

自らの体に巻き付く触手を振り払おうと、ゼライセが体を捩る。透過して逃げられるかと思ったが、その気配はない。ジュゼッカが、時空魔術の阻害を行っているらしかった。時空魔術が得意な彼女は、対抗する術も持っていると語っていたはずだ。

「くっそ！　誰だよお前！　いやその外見……！　まさか！」

「ほう？　気付いたかね？」

「幽幻の――いや、今は緋眼になったんだっけ？　なんでこんな場所にいるんだい？」

「国のためだ。お前の暴走はこれ以上放置できん」

そう言えば、敵の敵は味方――つまり、ゼライセが自分の敵であると、明言していた。何か因縁があるらしい。ただ、ゼライセに何らかの嫌がらせをしている状態では攻撃ができないようで、ジュゼッカはその緋色の瞳でゼライセを睨みつけながら動きを止めていた。

「ひどいなぁ！　僕はレイドス王国のためを思って、頑張って働いているのに！」

「貴様のことを知ったのは、クランゼル王国のバルボラの事件だ。バルボラに潜り込ませていた手の者が消息を絶ってな？　調べていたら、貴様に辿り着いた。レイドス王国のため？　貴様が他人のために働くような人間でないことは、既に理解できている。毒虫めが！」

「みんな、僕のことを虫扱いして！　もう！」

ゼライセは、引きずり降ろされないように、宙で踏ん張っている。再生にも魔力を回さなくてはならないだろう。さらに、群がる触手を薙ぎ払うためにも魔術を使っている。

「レイドス王国が誇る赤騎士団の六大団長の一人、緋眼のジュゼッカ！　最も神出鬼没で厄介な相手だって聞いてたけど……本当だったね！　フランさん！　彼女はレイドス王国の大幹部だよ！　宰相の直属の、危険なやつさ！　放っておいていいのかな？」

今のゼライセはレイドス王国に雇われている。レイドス王国に所属する同士だったら、互いのことを知っていてもおかしくはない。薄笑いを浮かべながら、ゼライセがこっちを見た。多分、ジュゼッカとフランが同士討ちをしないか、期待しているんだろう。しかし、フランは完全に無視だ。ジュゼッカには助けられているし、この場面だったらゼライセの方が遥かに厄介だからな。

「レイドスの偉いやつよりも、お前の方が嫌い」

「えー！　そりゃないよ！」

「くくく、暴れすぎたらしいな。錬金術師」

「緋眼、君はこの時期にこんなところにいていいの？　王様不在の間、王都の守りを担ってるんじゃなかったのかい？　宮廷貴族たちが都合のいい王を立てようと対立しちゃって、内乱寸前って聞いたよ？　宰相だけじゃ、どうにもならないんじゃないの？」

「宰相は、馬鹿どもを無視していただけだ。それに、情報が古いな？　すでに新王は選ばれた。そもそも、王を選ぶ？　何も知らん権力の亡者どもが下らん争いをしていたようだが、無意味だ。王というのは、我らが選ぶものではない。王は誰が何を言おうとも、王なのだ」

「僕、ずっと気になってたんだよね。僕の雇い主は四公爵の一人、西征公なんだけどさ。狂人なんて呼ばれているイカレ野郎なわけだよ。自分に利があるとなればどんな悪党だって使うし、狂った設計思想で作られたヤバい発明だって使えると思えば受け入れる。底なしの野心と野望と強欲さを持った、まさに狂った公爵だ。そんな人物がなぜか公爵位で満足している。レイドス王国は内乱寸前なんだ。王位を簒奪したり、独立したり、いくらでもやりようはあるじゃん？　それなのに、どれだけあくどい陰謀を企んでいようとも、どれだけ宰相からの命令を無視しようとも、王家にだけは逆らわないようにしているように見える。最初から、王家に逆らうことなんか一ミリも考えてないみたいだ」

ゼライセは喋りながら、窮地を脱する方法を探しているんだろう。ただ、レイドスの情報が手に入るまたとない機会だ。もっと喋ってくれ。

「アレは、忠誠心なんてものを持つ人間じゃない。もっと別の理由で、公爵たちは王家を君主と仰いでいる。いったい、どんな理由なんだろうね？　すっごく気になるなぁ。ぜひ教えてよ」

ジュゼッカに対して、自分はレイドスの何らかの秘密に気付いているとアピールしたいらしい。触手に絡みつかれながら、長ったらしい自身の考察を口にした。動揺を誘って、ジュゼッカの術を解くつもりなのだろう。だが、それを聞いたジュゼッカは慌てる様子もなく、ニヤリと笑った。

「いいことを聞いた。西征公も、貴様のような毒虫に秘密をベラベラと喋るほど狂ってはいないと、知ることができた」

「ぐがっ！　くそくそくそぉぉ！」

ゼライセの体に巻き付く触手の数が増えてきた。これは、本当に――？

「くかかかかか！　間抜けな姿であるなぁ！　ゼライセよ！」

「いいから早く助けてよっ！」

「くかかか！」

くそ！　時間切れだ！　ネームレスがやってきてしまった。さすがのウルシも、フランを背負って庇いながら、ネームレスに勝つことはできないだろう。ここは、やつらが油断している隙に逃げるべきだ。ウルシも分かっているのか、ジリジリと後退している。ジュゼッカと協力して、あとちょっとでゼライセを倒せたかもしれないのに！

しかし、その直後であった。目の前で、信じられない光景が繰り広げられる。

「くかかかかか！　そんなに助けてほしいのか？」

「ぐがっ？」

「そんなに不思議そうな顔をして、どうしたのだね？　錬金術師殿？」

「……は、はは。こんな時に、冗談はよしてほしいね」

ゼライセを助けるどころか、ネームレスがゼライセの首をいきなり掴んだ。耳障りな哄笑を上げながら、ギリギリと力を込めている。

ゼライセが苦しそうな顔をしながらも、まだ多少の余裕がある態度で返すのだが……。

「ふん。冗談ではない。ゼライセよ」

「がはぁっ……」

澱(よど)みに溜まった黒いヘドロみたいに、汚い色をしたオーラのようなものが、ネームレスの腕から溢れ出した。直視しているだけで、胸の奥がザワザワとした不快感に満たされる、悍ましいナニか。

どこかで見たことがある気が……。そうだ！　浮遊島だ！　リッチから溢れ出した怨念に似ているのだ！　ただし、こちらの方が数段恐ろしさが上である。怨念を煮詰めて濃縮したら、ああなるかもしれないな。怨念がゼライセの体を這いまわり、次第に覆っていく。

「く、そっ……？」

ゼライセが、魔剣・ゼライセを振り上げる。だが、剣は何も反応しなかった。まるで物言わぬただの剣になってしまったかのようだ。

「え……？」

「くかかか！　くかかかかぁっ！　残念だったな！　貴様には力を貸したくないとさぁぁ！」

「馬鹿な……」

「怨念漬けにして我が下僕に……ふむ、そうかね？　なるほど、存在そのものが許せんと？」

「誰と……話して……」

「くかか。誰？　貴様の分身とだよ？」

ネームレスの言葉に、ゼライセが自らの手に握られた剣に視線を落とす。その直後だった。

「まあ、いいか。とりあえず、この剣は回収しておかねば」

「あ……」

ネームレスが、ゼライセから魔剣を取り上げる。しかし、剣は全く無抵抗であった。インテリジェンス・ウェポンなら攻撃だってできるはずなんだが……。剣がネームレスを拒否するような様子は見られない。その光景には、ジュゼッカも驚きの表情である。

「剣も、貴様が目障りであるとさぁ！　くかかかか！　何故か分からぬという顔をしておるなぁ！」

「……な、ぜだい？　僕らは、分かり合えていたはずだが……」

「貴様も、体を失ってみれば分かると思うぞ？　アイデンティティというのは、自我を保つためにはなかなかに重要であるのだよ。剣のゼライセが唯一となるためには、貴様が目障りということだ」

「……はは、そうかい。剣になったことで、結局違う存在に……そういう……」

「その好奇心への貪欲さ、嫌いではないが……。我が目的の成就のためには、貴様の存在はやはり目障りだ。我らのために、死ぬがいい」

ゴギン！

ネームレスが掴んでいた手に力を込めると、極あっさりとゼライセの首が潰れ、頭部がガクンと横に倒れ込む。

「くかかか、さらばだ。狂った錬金術師よ」

ネームレスがその手を放すと、ゼライセの体が大魔獣目がけて落下する。まだ死に切っていないようだが、さすがに身動きできないのだろう。そして、そのまま触手に捕らわれた。

絡みつかれ、凄まじい力に圧縮されながら、ゼライセが大魔獣の中に飲み込まれていく。肉と骨が潰れる音は、巨大な生物が食べ物を咀嚼しているかのようであった。もう、ゼライセの気配はおろか、生命力さえ微塵も感じられない。

死んだ……のか？　あのしぶといゼライセが？

だが、俺たちには混乱している余裕さえ残されていなかった。

「オン！」

ウルシが警戒するように、一吠えする。

『くっ！　ウィーナレーンのいる場所、魔力が凄い！　もう、来るぞ！』

「ジュゼッカ！　逃げる！」

「私は大丈夫だ。今回は世話になった」

「こっちこそ」

「私のことは、どこへなりとも報告してくれて構わん。我が国の馬鹿どもが迷惑をかけた」

レイドス王国赤騎士団団長と呼ばれていた女性が、頭を下げた。詳しいことを聞きたいが、そんな暇はない。

「そちらが上手く逃げられることを願っている。次に会った時は敵同士かもしれんが、さらばだ」

ジュゼッカはそう告げると、転移で姿を消す。あの様子なら心配ないだろう。彼女が言う通り、むしろ俺たちの方が危険だ。ネームレスがこっちに来る前に、俺たちは全速力でその場を離脱するのであった。ウルシが全ての力を振り絞って、湖の上を駆ける。

『ウルシ頑張れ！』

「もうちょっと」

「ガ、ガァッ！」

胃液を吐きながらも走り続けたウルシの頑張りによって、俺たちがなんとか離脱した直後。大魔獣の頭上に巨大な水球が出現していた。直径は一〇〇メートルを超えるだろう。

「す、ごい」

『ああ。まじかよ。あれ、凄い神気だ』

「クゥン……」

込められた魔力が膨大とか、そういうレベルの話ではない。水球からは、周囲を覆い尽くすほどの強烈な神気が放たれていた。剣神化を使っている時の俺に近い雰囲気が、水球全体から感じられる。もしかして、あの水全部に神属性が付与されているのか？

無理をした後遺症で、察知系スキルが鈍くなっているのが幸いだったかもしれん。

もし通常通りの感知能力が残っていれば、あまりにも強烈な存在感と膨大な情報を読み取ってしまい、パニックに陥っていたかもしれなかった。実際、ウルシが怯えてしまっている。全身の毛が逆立ち、耳がペタリと寝ていた。

「オフ……」

尻尾を股の間に挟んだウルシが、焦った表情で駆け続ける。本気の走りだ。フランが上下に揺さぶられて呻いているが、それでもウルシが速度を落とすことはない。あの神気を目の当たりにして、どれだけ距離を取っても安心できないのだろう。それがフランのためにもなる。

あれが発動したのが、僅かでも距離を取れた後でよかった。

いや、もしかして俺たちが離脱するのを待ってくれていたのか？　まあ、ウィーナレーンも少しぶっ飛んでいるだけで悪人というわけじゃないし、少し待つくらいはしてくれたのかもしれないな。

俺たちが見守る中、神水の球が大きくその姿を変えていく。横に大きく広がり始めたのだ。

そして、いつしか無数の小さな水球へと変化していた。まあ、小さいといっても、一つ一つがフランを飲み込めるくらいのサイズはあると思うが。俺が、そんなことを考えた直後だった。

ドギュッ！

重く鋭い破裂音とともに、大魔獣の肉体に深い溝が穿たれていた。上から下に、一直線に線が走っているように見える。超高速で放たれた水球が、大魔獣の体をあっさりと削り取ったのだ。俺たちでさえ微かに影を捉えることしかできないほどの、凄まじい速度である。

そこからは、とても現実に起きているとは思えぬ光景が続いた。

ドギュギュギュギュギュギュギュ――！

破裂音が連続で響き渡り、大魔獣の体が見る見るうちに削られている。

上空から水球が神速で撃ち出され、大魔獣の肉体を穿ち続けているのだ。

魔獣の肉体を突き抜けた水球は、当然ながら湖に衝突する。その度に五〇メートル近い水柱が立ち上る光景には、笑い声さえ出てこない。大魔獣が一〇〇〇発以上のウォーターアローを生み出していたが、あんなものが可愛く思えるほどの威力だ。

それでいて、発生した巨大な津波は不自然なほど短い距離で、あっさりと鎮まっていく。それさえもウィーナレーンが制御しているというのだろうか。

どんな術やスキルを使えばあんなことができるのか想像もつかないが、あれこそがウィーナレーンの奥の手で間違いないだろう。

すでに大魔獣の肉体が半分以上消滅し、さらに水球が撃ち出され続けている。

大魔獣の頭上で揺らめく神水の塊は、段々と小さくなっていくのが分かった。しかし、大魔獣の肉体を削り続ける水球の数が減った様子はない。よく観察すると、湖の水が管のようになって舞い上がり、空中で千切れて新たな水球が生み出されているのが見えた。しかも、それらの水球からも神気が感じられる。あれ全部に、神属性を付与しているってことか？

新たな水球は、雨の映像の逆再生を見ているかのように、一直線に天へと昇っていく。そして、一定の高さに達した水球は今度は重力に引かれるように落下し始め、大魔獣へと降り注いでいく。

そのサイクルが繰り返される限り、大魔獣への攻撃は止まらないだろう。まあ、ウィーナレーンの魔力が続く限りは、だが。

しかし、本当にこのまま倒しきれるのだろうか？　大魔獣の体の縮小がある段階で止まっていた。どれだけ攻撃され、肉体が削られようとも、瞬時に再生してしまうのだ。巨大な肉体を維持するよりも、小さくなった体に力を集中して守る方が、消耗が少ないのかもしれない。

一発一発の破壊力が俺たちの天断に匹敵するような水球を、機関銃のように間断なく射出し続けるウィーナレーン。

そして、強力な障壁と、瞬間再生を同時に行使し続ける大魔獣。

この数十秒間だけで、どれだけの量の魔力が消費されたのか、想像もできん。

それでも、ウィーナレーンと大魔獣の削り合いは続く。

あんなもの、僅かな手出しさえできない。俺たちなど、余波に巻き込まれただけで消滅するだろう。俺たちにできることは、ただこの神話級の戦いを見守ることだけだ。俺は呆然と。ウルシは怯えている。そして、フランはどこか悔しげだった。

『フラン、どうしたんだ？』

（ウィーナレーンも、大魔獣も、すごい）

『あれは本当にこの世でも頂上にいるやつらの戦いだからな……』

（それでも、悔しい）

『……そうか』

（ん。それに、私もいつかは大魔獣みたいなやつを倒さなきゃいけない。仕方ないなんて、言ってられない……！）

まさかあの戦いを見て、即座に悔しいという感想が出てくるとは……。恐怖を感じていないのか？いや、そんなわけがない。あれを見て恐怖を抱かない人間なんて、狂ってしまっている。そうではなく、悔しいという気持ちで自らを奮い立たせ、恐怖を克服したのだろう。

さすがフランだ。俺も、ボーッとなんかしてられん！　そうだ、俺たちはいつか、黒猫族の呪いを解くんだ。それはつまり、あの大魔獣のような凶悪極まりない敵を、独力で倒さねばならないということだった。

「オン！」

いつの間にか、ウルシから怯えが消えていた。俺と同じ気持ちなんだろう。その目であの戦いを見届けようと、気合に満ちた顔で後ろを振り返っている。

『そうだな。仕方ないなんて、言ってられないな』

「オンオン！」

「ん……！」

ハイエルフと大魔獣の繰り広げる神話のような戦いを見守りながら、俺たちはなんとか安全圏と思われる場所まで距離を取ることができていた。ここでも余波が皆無ではないんだから、嫌になる。

だが、しばらくすると削り合いに変化が訪れていた。

「止まった？」

「オン？」

ウィーナレーンが放っていた水弾の嵐が、不意に止んでしまったのだ。

『もしかして、ウィーナレーンの魔力が尽きたのか？』

あれだけの攻撃だ。いかなハイエルフとは言え、その消耗は凄まじいものがあるだろう。

大魔獣を倒しきる前に、力尽きてしまうことは十分考えられた。実際、大魔獣の肉体がゆっくりと再生を始めている。いや、その巨大さ故に遅く見えるが、実際はかなりの速度だろう。

『神属性のダメージも問題にならないのかよ！』

これはまずいんじゃないか？　ウルシには、さらに全力で逃走に移らせた方が……。

「師匠、あれ」

『え？』

悩んでいると、フランが不意に湖を指差す。そちらを確認してみると、そこでは再び不思議な現象が起き始めていた。

「糸？」

「オフ？」

『確かに、糸っぽいが……』

フランが言う通り、湖の水が細く長い糸のように変形していくのが分かる。まるで、見えざる手によって水が撚られて糸にされていくかのような光景だ。

湖面から伸びる糸は、凄まじい速度で数を増していく。数秒もすれば、湖一面を覆い尽くす無数の糸が生み出されていた。それらの糸は、先程の水球のように再び天へと昇っていく。

その数は一〇〇〇や二〇〇〇では到底きかないだろう。優に万を超えていると思われた。

「あれも、ウィーナレーン？」

『だろうな。あの水の糸一本一本から、神属性を感じる』

そうなのだ。あの糸からは、強暴な神属性の気配を感じることができた。ウィーナレーンの奥の手は、止まったわけではなかったのだ。ただ単に、大魔獣に対する攻め方を変えたということらしい。

「ガルル！」

『動くか……？』

「オン！」

ウルシが、魔力の動きを感じ取ったらしい。フランに障壁を張り巡らせると、再び全力で駆け始めた。その直後、糸が一斉に蠢くと、大魔獣の巨体目がけて殺到する。

『すげー……』

「ん」

「オフ」

俺たち三人は呆然とその様子を見守った。

糸一本は非常に細い。そもそも、俺たちが糸と認識するような細さである。その糸に絡みつかれたところで、大魔獣に影響などないように思えた。だが、それが一〇〇〇本だったら？　万本だったら？　それ以上だったら？

その答えは、俺たちの目の前にあった。膨大な量の糸に巻き付かれた大魔獣は、体色が元から白かったのかと思うほど全身が覆い尽くされている。しかも、次第に大魔獣の全身が水の糸によって締め上げられ、拘束されていった。

だが、当然ながらウィーナレーンの目的は、大魔獣の動きを止めることではない。

糸が伸びる湖面が広範囲にうねり出し、その波は段々と激しくなっていく。

「ねぇ、なんか、大魔獣がおっきくなってる」

『言われてみれば……。いや、大きくなってるというよりは――』

「封印から出てきてる？」

『そうそう。そんな感じだ！』

大魔獣が封印を破って出ようとしている？　そう思ったが、どうも違っている。どちらかというと、無理やり引きずり出されようとしているように見えた。

大魔獣の悲鳴が響き渡る。そう、明らかに悲鳴である。

「あがあああああああああああああ！」

そして、大魔獣の体が、一気に封印の外に引きずり出された。まるで、狭い穴から赤黒いトコロテンが大量に押し出されているような光景である。

まあ、狭い穴といっても、直径数十メートルもあるだろうが。

肉体が復活する前に無理やり封印外に引きずり出されたせいで、肉体の強度が著しく脆弱であるらしい。湖面に溢れ出た肉塊が、神属性を帯びた水に触れただけで風化し、砕け散っていくのが見える。

さらに、元々封印から出ていた部分。さっきまで俺たちが攻撃を加えていた肉塊も、すでに原形を止めていない。あの糸はただの糸ではなく、攻撃力も備えていたようだ。触れた部分を削り、再生を阻害する役目があったのだろう。

大魔獣に襲いかかる水の糸は、未だに数を増し続けている。それこそ、半径五〇〇メートルくらいの湖面は、ほぼウィーナレーンの支配下に置かれているのだろう。

もう、大魔獣は逃れられない。

「おおうううぉおぉおおおぉぉぉ……！」

大魔獣が発したその咆哮は、まるで責め苦を受ける罪人の嘆きの声のようだ。そして、その声を最後に、大魔獣が吼えることはなかった。

すでにその全身がボロボロに崩れ落ち、無数にあった口が一つも残っていなかったのだ。

無限の生命力を誇るかと思われた大魔獣の、最期であった。

大魔獣を巨大な繭のように包み込んでいた糸がゆっくりと解けていく。そして、糸が全て湖の水へと戻った時、そこには何もなかった。

大魔獣の痕跡は、一切残っていない。

あれほど荒れ狂っていた湖面があっという間に鎮まり、あの戦いが俺たちが見た幻だったのかと思うほど、穏やかに凪いでいる。

『終わった……のか？』

「？」

「オン？」

どれだけ周囲を探っても、大魔獣の気配を欠片も感じない。戦いの残滓は、水面が発するほんの僅かな神聖な気配。それだけである。

あれだけ荒々しく、大規模な神話級の激戦の終わりは、驚くほどに静かだった。フランとウルシが、ブルリと体を震わせる。静寂が、逆に恐ろしいんだろう。俺も同じ気持ちなのだ。

『ウィーナレーンのところにいこう』

「オン」


驚くほどに穏やかな湖の上を、ウルシが駆ける。

『やっぱ、大魔獣の痕跡がない……』

「ん」

『それに、いつの間にかヴィヴィアン・ガーディアンの姿も消えたか？』

「オン」

今まではこの辺りでヴィヴィアン・ガーディアンに襲われていたはずなのだが、影も形もない。

大魔獣が滅んだことに関係があると思うが、詳しいことは分からなかった。

その詳しい事情を分かっている者の下へ、俺たちは急ぐ。

「ウィーナレーン、いた」

「オン！」

『無事だったか。まあ、さすがに自爆はしないと思ってたが』

ウィーナレーンたちが儀式を行っていた、白い舞台が見えた。先程の戦いで崩れたり、破壊された様子はない。ロミオたちはどうだろうか？　無事なのか？

さらに近づくと、ウィーナレーンたちの気配が感じられる。ウィーナレーン、ロミオ、シエラ、ゼロスリード。みんないる。ただ、生きているということと、無事であることは違う。舞台に辿り着いた俺たちは、そのことを改めて理解させられていた。

ロミオは未だに意識がないが、生命力や呼吸に問題はないし、気を失っているだけだ。シエラやゼロスリードが慌てていないことからも、大事はないと思われた。そのうち目覚めるだろう。

シエラ、ゼロスリードはボロボロだ。血は止まっているようだが、生命力は未だに回復していない。俺たちのように、無理をした反動で再生力が下がっているようだった。

だが、どちらも意識はあるし、ポーションを飲んでジッとしていればこれ以上悪くなることはないはずだ。しかし、ウィーナレーンだけは、全く安心できる状況ではない。

『まじか……』

「ウィーナレーン……。へいきなの……？」

「ふふ……平気では、ないわね」

力ない様子で、苦笑するウィーナレーン。ウィーナレーンの体の一部が、夜の闇を具現化したような黒いナニかで覆われていた。右目から右耳の一部、袖から覗く右手首から先もだ。

魔力や瘴気、邪気の類ではない。その黒いモノからは、魔力や存在感が一切感じ取れなかったのだ。それどころか、その内側にあるはずのウィーナレーンの肉体の存在さえ感知できない。いや、そもそも肉体があるか？　黒いモノが覆っていると思ったが、肉体が変質しているようにも思えた。

　どちらにせよ、何があったのか想像もできない。

「それ、どうしたの？」

「説明が難しいのだけど……。前借りの代償ってとこかしら？」

「？」

「ええ。未来を前借りしたの」

　未来の前借り？　いまいち言葉の意味が分からんな。フランもウルシも首を捻っている。

「私がレーンと契約してることは知っているわね？」

「ん」

「レーンの属性は、時と水」

「それも知ってる」

「私の持つスキル『神水創造』は、ウィーナの水使いとしての能力と、レーンの水の精霊としての力が合わさって得た能力。元々使えた聖水創造スキルが進化して生み出された力よ」

「なるほど」

　元々ウィーナが持っていた力が、レーンとの融合でより強化されたってわけか。

「それとは別に、レーンの影響が強い力がある。それが、前借り。本来は、未来の自分が生み出す予定の魔力を、先に生み出すという時空系統の能力よ」

「未来の自分から魔力を借りるの？　だから前借り？」

「そんな感じね。数日間魔力を一切扱えなくなるかわりに、その一瞬だけ莫大な魔力を生み出す能力。そう思ってくれればいいわ」

「その奥の手の反動が、その黒い部分なの？」

「半分正解。そもそも、私の奥の手は前借りでも、神水創造でもない」

「じゃあ、何？」

フランが無邪気に聞き返す。奥の手をそこまで簡単に教えてくれるのかと思ったが、ウィーナレーンは特に隠すことなく語ってくれた。

「ハイエルフの奥の手は、亜神化という能力。効果は単純よ。ステータスの上昇と、スキルの強化。まあ、その割合がとんでもないのだけど。特にスキルの場合は、亜神化状態中は一つ上のスキルに進化していると言っても構わない性能を発揮できる」

「亜神化してから、前借りと神水創造を使ったの？」

「その通り。この体は、亜神化で強化された前借りを、長時間行使した結果よ――」

亜神化状態で使う前借りは、魔力以外のナニかを引き出すことができるらしい。それが何なのかは、本人にも分かっていないという。

「わからないの？」

「未来の自分からよく分からないナニかを借りて、何故か凄まじい力を得る。そういうことよ」

「怖くないの？」

「怖いわよ？　でも、その間は亜神化で強化される以上の、凄まじい強化が施される。それでも、大魔獣を滅ぼしきれるかは賭けに近いの。やらないわけにはいかない」

もともと化け物のハイエルフが、亜神化で超強化されたうえで、亜神化状態の前借りでさらに強化されるわけだ。その状態で神水創造スキルと、大海魔術アクエリアスのコンボを発動すると、半径五〇〇メートル以内の水に任意に神属性を与えたうえで、意のままに操ることが可能となるらしい。

「凄い……。でも、ナニかって、何？」

「……さあ？　でも、この有様を見たら、まともじゃないのは分かるでしょう？」

「じゃあ、その黒いのは、亜神化前借りのせい？」

「ええ。こうなると感覚もないし、動かすこともできない。右目も見えないし右耳も聞こえないわ」

ウィーナレーンが右腕を上げて見せるが、指は全く動かない。軽く指が曲げられた、マウスを使っている時の手の形のまま、固まっている。本当に自らの意思では動かせないようだ。

「治るの？」

「何年かすれば、元に戻るでしょ。前もそうだったから」

年単位！　いや、あの凄まじい力を考えれば、むしろ代償的にはそこまで重いわけじゃないか？　長命種のハイエルフだし……。いやいや、だとしても、年単位は長いだろう。

「これだけ限界ギリギリまで使ったのは初めてだから、正確には分からないけど」

「限界ギリギリ？」

「ええ。あと一〇秒も亜神化を発動してたら、死んでたでしょうね」

「え？」

「腕と顔の一部くらいなら、耐えられる。だけど、この黒い部分が脳まで達すれば当然脳が止まるわ。

さすがに脳や心臓が止まれば、私だってどうしようもないもの」

　ウィーナレーンがそう言って、肩をすくめる。

「あなたたちが削っていなければ、倒しきる前に私は死んでいたでしょうね。礼を言うわ」

「……ん」

　フランが複雑な面持ちで、頷く。ウィーナレーンと大魔獣の戦いを見た後では、自分たちの手助けなどちっぽけなことに感じてしまうのだろう。だが、ウィーナレーンが嘘を言っているようには見えない。つまり、本当に役に立ったのだ。しかし、ウィーナレーンの代償は大きい。自分がもっと強ければ……。そう思っているようだった。その想いは分かる。俺も、同じ気持ちだからだ。

「そんな顔しなくていいわ。この状態でも精霊魔術は使えるし、足が動けばどこへでも行ける」

　ウィーナレーンのその言葉に、気持ちを切り替えることにしたらしい。フランは頷きながら、まだ大事なことを確認していなかったことを思い出したようだった。

「大魔獣は、もう完全に消滅した？」

「ええ。間違いなく、ね」

　言い切るウィーナレーン。彼女がそこまで断言するということは、余程の確信があるのだろう。本当に心配せずとも良さそうだ。となれば、もう一つ気になっていることを聞いてみるか。

「レーンは、どこにいる？」

「オン？」

　そう、レーンの安否だ。かなり無理をして消耗していたようだった。しかも俺たちを助けるために、最後無理をさせてしまったのだ。あれから全く気配を感じられない。精霊察知にも反応がなかった。

俺の精霊察知では捉えられない程に気配が希薄なだけなのか、それとも力を使い果たして消滅してしまったのか。いや、もし俺たちを助けたせいでレーンが消えてしまっていたら、ウィーナレーンがもっと怒り狂っているだろう。だとしたら、前者なのだと思うんだが……。

「今、喚ぶわ」

よかった、やはり消滅してはいなかったらしい。

ウィーナレーンが無事な左目を閉じて、軽く集中する。その直後、彼女の数メートル手前の地面に魔法陣が描かれ、その中から白い影がフワーッと浮き上がるように現れた。

金髪とヘテロクロミア、エルフ耳。間違いなくレーンだ。

だが、その姿はまるで幽霊のようだった。精霊だから半透明でもおかしくはないのかもしれないが、明らかに存在感そのものが薄まってしまっている。

「ありがとう。貴方たちのおかげで、ウィーナレーンもロミオも、死ななかった……」

非常に小さくて聞き取りにくいが、レーンの声が確かに聞こえた。

「だいじょぶ？」

「ええ……」

とても大丈夫そうには思えないが、レーンは満面の笑みで頷いた。レーンは大きな代償を支払っているはずだが、結果には満足しているようだ。

だが、そんなレーンに対して、苦虫を噛み潰したような顔をしているのはウィーナレーンであった。

「レーン。どうしてそんなに消耗をしているのっ！　フランたちが攻撃を仕掛ける時に、何かをしていたのは分かったけど……」

「……色々あったのよ」

ウィーナレーンが言っているのは、レーンたちによってこっちとあっちが繋げられ、グレたフランと馬鹿な俺に声を届けることができた、あの不思議な時間のことだろう。ウィーナレーンにも詳しいことを告げていなかったらしい。レーンの消耗は、俺たちでもはっきり分かる程だったからな。ウィーナレーンが気付かない訳ないだろう。

「私には言えないの？」

「まだ、終わっていないから……」

まだ終わっていないって、どういうことだ？　繋がりは切れたよな？

まだ向こうのフランが救われていないとか、そういう話か？

「ウィーナレーン、このままでは私は私に戻れない。それは分かる……？」

「問題ないわ。私の中にあるレーンの力を、あなたに返せばそれでいい」

「ダメ。それではあなたが耐えられない。分離するにはかなりの力を使ってしまう」

「分かっているわ。でも、あなたがレーンに戻ることができるのであれば、私の命などいらない」

「だから、ダメなのよ」

悲し気な顔のレーンが首を振る。命がいらないって、随分物騒な言葉だな。無事、誰も命を落とすことなく、大魔獣を倒せました。めでたしめでたしとはならないってことか？

「どういうこと？」

「……正直、私はかなり力を消耗しているわ。このままだと、自然消滅するかもしれないくらい」

「でも、私が力を返せば問題ない」

「それをやったら、あなたが死んでしまう。あなたは今もギリギリなのよ？　さらに分離で消耗すれば、命はない」

今の状態だとレーンが消滅するかもしれない。それを防ぐには、ウィーナレーンに融合しているレーンの力を分離して、返すしかない。だが、分離するにはかなりの力を消耗するらしい。今のウィーナレーンでは耐えきれないようだ。前借りの代償は、見た目以上に大きいのだろう。

つまり、レーンかウィーナレーン、どちらかしか救えないということだった。

「それ、たいへん」

「オ、オン！」

フランが俺たちにしか分からない驚愕の表情を浮かべている。

「私たちが、もっと大魔獣を削ってれば……」

「……すまなかった」

いつの間にか、シエラが近寄ってきていた。魔剣・ゼロスリードを杖代わりに、なんとか歩いているような状況だ。話を聞いて、フランと同じ結論に達したのだろう。悔し気に俯いている。

ただ、シエラの顔には、今までのような鬼気迫るものがない。多分、ゼライセの死を見たのだろう。

彼らの最大の目的は、ゼライセへの復讐と、ロミオ、ゼロスリードの救出だったからな。

魔剣・ゼライセの所在は不明だが、人間のゼライセは滅び、ロミオとゼロスリードは生き残った。

目的の大部分が達成されたことで、シエラの抱えていた悲愴感のような物が全てではなくともかなり解消されたのだろう。

「いいえ、謝るのは早いわ……。フラン、あなたたちの助けがいる」

「私たち？　私とシエラ？」

「いえ……。フランと、その剣の力よ。あなたたちは精霊を切ることができる力を得たかしら？」

「？」

切る力かどうかは分からないが、心当たりはあった。

『精霊の手のことか？』

「そうよ。その力があれば、私とウィーナの縁を断つことができるわ。縁が断たれれば、自然に力が分離する。ウィーナの消耗は最低限で済む」

「それで、二人とも助かるの？」

「ええ。あなたたちに負担がかかってしまうことは承知の上で、お願いするわ。どうか、私たちを救ってください」

レーンが静かに頭を下げる。二人を救えるのであれば、少しくらいの無理はさせてもらうが……。

『具体的な方法は？』

得たばかりの精霊の手というスキル。正直まだ一度も使っていないので、使用感さえ分かっていない。攻撃力があるようなスキルなのか？　それに、負担がかかるということは、消耗の大きいスキルなのだろう。だが、レーンたちを救えるというのであれば、多少の無理はする価値がある。

「どうすればいい？」

「精霊の手を使って、私とウィーナの間にある縁を断ち切る。そうすれば、ウィーナとレーンは勝手に分離する」

「縁？」

「ウィーナとレーンを一つの存在と定義している繋がり。ウィーナとレーンをウィーナレーンにしてしまった、原因そのもの」

「?」

フランが首を傾げた。その縁とやらが、全く見えないのだ。魔力をどれだけ探っても、何も分からない。見えないものを断ち切れと言われても……。

「それはどこにある?」

「目には見えないでしょう。でも、精霊察知があれば、感じることができるはず」

『なるほど』

精霊察知か。やはり、魔術的な繋がりではなく、精霊特有の何かなのだろう。

(師匠?)

『ああ、分かってる』

俺は、精霊察知に集中した。周囲の気配を探ると、精霊であるレーンの存在をほんの僅かに感じ取ることはできる。しかし、縁とやらが全く分からない。

『その縁っていうのは、レーンとウィーナレーンの間にあるんだよな?』

(ええ、そうよ)

レーンが頷く。やはり、そこにあるものであるらしい……。

『……うーむ』

残念ながら、何も感じない。これは、いっそのことレーンに指示してもらって、精霊の手を適当に発動するんじゃダメなのか? この辺だと示してもらい、そこを精霊の手で切る感じだ。

だが、レーンは首を振る。

（普段ならそれでいいのでしょうね）

『普段なら？』

（精霊の手は、消耗が激しいスキル。しかも、私とウィーナの縁を切るには、相当な抵抗があるはず。剣さんの今の状態では、絶対に途中で限界が来る）

つまり、精霊の手をなんとなく発動して、適当にぶん回すような使い方では、魔力の消費が追い付かないってことだろう。消耗しきった今の俺では、確実にガス欠になりそうだ。

『分かった』

結局のところ、精霊察知を頑張りましょうってことか。俺は全てのスキルを閉じ、完全に精霊察知に集中することにした。周囲の気配などが全て消え、完全に無の世界に没入した俺は、ただただ精霊の気配だけを探る。だが、レーンの気配以外には、何も感じられない。

やはり、俺は精霊との相性が悪いんだろう。それから何度も挑戦したが、無駄である。

『うーむ』

（師匠、ダメ？）

『ああ。レーン以外に、精霊っぽい力は感じられない』

（レーンとウィーナレーンの間に、何かある）

『フランは分かるのか？』

（ん）

俺とは逆に、フランは精霊と相性がいいらしい。フランが見つめる場所を俺も見つめるんだが、何かがあるようには見えなかった。すると、フランが少し前に出て、空中に手を伸ばす。

（ここ。ここにある）

見えないナニかを撫でるように、手を左右に動かした。そこに、レーンとウィーナレーンを繋ぐ精霊の力があるらしい。

そこにあると分かっているのであれば――。

より深く、より集中する。ただひたすらに感覚を研ぎ澄ませていくと、不意にフランと同調するかのような、不思議な感覚に襲われる。フランの見ているものが、俺にも見える……？

まずは、レーンの気配がより強く感じられた。漠然としたものではなく、精霊というモノを初めてちゃんと感じられた気がする。

これが精霊か。そう感じた瞬間、レーンとウィーナレーンの間に、何かがあるように思えた。俺は、僅かに覚えた違和感に従い、さらに神経を集中する。

これか？　研ぎ澄まされた俺の感覚が、確かにそこにあるナニかを捉えた。そこにあると理解した瞬間、一気に鮮明に浮かび上がってくる。

簡単に言ってしまえば、絡みあった頑丈そうな紐だろうか？　互いからピーンと伸びた一本の太い紐が途中で複雑に絡み合い、結びつき合っている。その結び目は、幼い子供が固結びを何度も行い、さらにメチャクチャに紐を通しまくったような感じだった。

特にウィーナレーン側から伸びている紐の形が歪過ぎる。まるで、レーンから伸びた糸を、自分の糸で飲み込もうとしているかのようだった。

『見えた。これが縁ってやつか？』

〈精霊察知が、反応を示しています。レーンに提供された情報からも、これが縁と呼ばれる結合状態の要である確率、96%〉

『なら、あれを精霊の手で切ればいいのか?』

まだ一度も発動していない能力だが、上手くやれるだろうか? だが、アナウンスさんが、俺の言葉を否定する。

〈否。現状の個体名・師匠の魔力では、精霊の手を十分に発動できません〉

『そんなに消耗するのか?』

〈是。ユニークスキルとしても、上位の消費でしょう〉

それは困ったな。

『魔力を回復させるにも、手段がな……』

魔石もポーションも、もうない。あとは魔力強奪などの手段だが、周囲には俺たち並に消耗したウィーナレーンやレーン、シエラたちしかいない。そこから魔力を奪ったら、最悪の事態もあり得る。

この中で比較的元気なのは、ウルシとゼロスリードくらいだろう。この二人から魔力を供給してもらえば、なんとかなるか?

『どうだ? アナウンスさん』

〈是。最低限の魔力が確保できると考えられます〉

『よし』

後はどうやって魔力を供給してもらうかだ。魔力強奪で奪う? だが、ゼロスリードの場合は、宿しているのは邪気だ。それを直接吸収したとしても、上手く力に変換できるか分からない。いや、そういえば手に入れたばかりの邪気支配スキルがあったな。あれを使えば、邪気を魔力に変換できるんじゃないか？

だが、それにはゼロスリードの協力が必要になる。俺はフランに説明して、ゼロスリードの了解を取り付けることにした。

「おい」

フラン！　気に入らないのは分かるけど、もう少し丁寧に話しかけてもいいんじゃないか？

「なんだ？」

だが、フランのぶっきらぼうな言葉にも、ゼロスリードは真摯な表情で対応した。口調は丁寧とは言い難いが、しっかりとフランの言葉を聞こうという態度だ。

「レーンたちを助けるのに、力が足りない。お前の力を寄越せ」

「わかった。好きなだけ使ってくれ」

そう言って、ゼロスリードは即座に頷いた。もしかしたら、最初から何を言われても頷くつもりだったのかもしれない。それくらい、早かった。だが、納得できない者もいる。

「待ってくれ。おじ――ゼロスリードさんに危険はないのか？　それに、邪気を普通の人間が操ることは難しいはずだ」

シエラがそう言いながら、心配そうな視線をゼロスリードに向ける。まあ、シエラにとってはゼロスリードを救うことが、最大の目的と言ってもいいのだ。仕方ないだろう。俺だって、信頼しきっていない相手にフランが魔力を差し出すなんて話になったら、絶対に心配するのだ。

「剣の能力」

「……ただの剣ではないと分かっていたが、そんな能力があるのか？」

「ん」

「だが……」

シエラがどうしても納得しない。だが、俺のことを説明するわけにもいかないし、ここは少し強引に話を進めてしまおうか？

「シエラ……と呼ぶぞ？　大丈夫だ」

「でも……」

「それに、俺の命はとうにフランに預けている。どうなろうと、構わない」

「どういう、ことなんだ？」

目を丸くして驚くシエラに、ゼロスリードがフランとの約束を語る。

この戦いが終わったら、フランがロミオをバルボラの孤児院に連れていくかわりに、ゼロスリードの命を好きにして構わない。そんな約束の内容だ。

すでに、ロミオとゼロスリードの契約は、ウィーナレーンによって解除され、戦いも終わった。ならば、彼の命はフランのものということだ。

ゼロスリード的には、自分の命はフランのものだから、どう扱われても構わない。たとえそれで死んだとしても仕方ないから、シエラはフランを恨まないでほしい。多分、そう言いたかったんだろう。

だが、ゼロスリードの人の心の機微の読めなさが、完全に悪い方に出てしまったな。この男のことを詳しく知っているわけではないが、どう考えてもまともな人間付き合いが得意なわけがない。

当然、そんな話を聞かされて、シエラが安心できるはずがないのだ。

「そんな……」

シエラがフランを睨みつけた。そりゃあ、そうだろう。何せ、フランはゼロスリードを恨んでいる。それをシエラは分かっているはずだ。

だとしたら、ゼロスリードの命について慮る理由がない。ゼロスリードから邪気やら魔力やらを吸収し尽くして、殺してしまう可能性は十分あると考えたはずだった。俺が逆の立場でも、絶対に疑う。

そんなシエラに、フランが近寄った。そして、俺をよく見えるようにかざす。

(師匠、言っていい?)

『……俺が、インテリジェンス・ウェポンだってことをか?』

(ん)

『それで、今のシエラが納得するとは思えないが……』

(だいじょぶ。師匠のことを知ったら、きっと分かってくれる)

『そうか?』

(ん。ぜったいだいじょぶ)

『まあ、フランがそう言うならいいけどさ……』

自分がスキルを操るんじゃなくて、俺がスキルを制御するから大丈夫って言いたいのか? だとしても、結局シエラの疑念は晴れないと思うけどな。話をすること自体は、問題ないと思う。シエラたちは、同じインテリジェンス・ウェポンとその使い手だ。好んでバラすような真似はしないだろう。

「……なんだ?」

剣を自分に見せたまま黙ってしまったフランに、シエラが不審げな目を向けている。だが、フランはお構いなしに、再び口を開いた。

「この剣の名前は師匠」

「師匠?」

「ん。インテリジェンス・ウェポンの師匠」

「なに……?」

シエラの顔が分かりやすく驚きの表情になる。この辺、強がっていてもやはりまだ子供なんだろう。ポーカーフェイスがたびたび崩れる。

『よお。俺の名前は師匠。フランの剣にして保護者だ。よろしくな』

「ほ、本当に……?」

「ん。精霊の手は、師匠が使う」

『とりあえず、ここでゼロスリードのやつに意趣返しをしようって気はない。今はレーンたちのことが最優先だからな。それに、ロミオも悲しむだろ?』

とりあえず素直な気持ちを語っておく。嘘をつくよりも、ここは正直に語るべきだと思ったのだ。

すると、シエラの態度が驚くほど変わった。一瞬の戸惑いの後、妙に嬉しそうな表情を浮かべたのだ。

「そ、そうなのか。インテリジェンス・ウェポンなのか……」

「ん」

「……」

「……」

シエラが一瞬黙る。多分、魔剣・ゼロスリードと会話しているのだろう。

「わかった。今は、信用する」

「ありがと」

なんでだ？　軽く挨拶しただけなんだけど、急に信じてもらえた？

（インテリジェンス・ウェポン仲間だから、きちんと話せば分かってくれると思ってた）

そんな馬鹿なと思ったが、もしかして本当にそうなのかもしれない。違う時代から飛ばされてきて、相談したり、頼ったりできる相手は魔剣・ゼロスリードのみ。そんなシエラにとっては、初めての同類だ。しかも、自分と境遇がよく似た子供同士。フランとシエラが、互いにシンパシーを感じていても不思議ではなかった。

まあ、これでシエラが反対しなくなったことで、落ち着いてゼロスリードから力を供給してもらうことができる。もうバレてしまったわけだし、俺が直接指示を出すことにした。

『ゼロスリード。今からお前の力を貸してもらう。抵抗せずに、ジッとしていてほしい』

「……わかった」

やはり、剣に話しかけられることに違和感があるんだろう。ゼロスリードがどんな顔をしたらいいのか分からない様子で、躊躇いがちに頷いた。

皆が声も発さずに見守る中、俺は邪気支配を発動する。なるほど、確かに支配だ。ゼロスリードから漏れ出している邪気を、俺の意思通りに操ることができた。次はゼロスリードの中の邪気だ。

『いくぞ』

「ああ」

邪気支配の対象を、ゼロスリードの内側の邪気へと広げる。

ゼロスリードの表情は変わらない。何をされてもいいという覚悟があるからだろう。そんな風に落ち着ている状態でも、やはり邪人は邪人。その中には凶悪な邪気が流れ、渦巻いている。これが、高位の邪人から生み出される邪気か。

邪気支配によって今までよりも邪気を詳細に感じ取れるようになったが、寒気がするほどの圧迫感があった。それでも、邪気支配を使い、ゼロスリードの邪気へと干渉を強めていく。

ゼロスリードの身に纏う邪気が、僅かに俺の意思に従い始めるのが分かる。そして、段々とゼロスリードから引き剥がされ、俺に向かって流れができ始めた。

『よし、この調子だ……』

「む」

ゼロスリードが軽く身じろぎする。本人にも、自身の邪気が外部から操作されているのが分かるのだろう。だが、やはり抵抗があるな。

ゼロスリードは完全に身を委ねてくれているのだろうが、それで完璧に邪気を操れるわけではないようだ。他者の支配下にある邪気だからだろう。特に、ゼロスリードのような高位邪人の邪気を支配する場合、難易度は高いはずだ。逆に、ゴブリン相手だったら、もっと楽に吸い出せるのだと思う。

それでも根気強くスキルを使い続けると、僅かずつではあるがゼロスリードの中から邪気が引き出され、俺へと流れ込んでくるのが分かった。

自画自賛だが、想像以上に上手くいっているんじゃないか？　多分、俺は魔力操作や気力操作が得意なのだと思う。肉体がない分、苦痛や疲労といった負担が少ないし、俺自身が何をするにも魔力などの流れを操る必要があるからな。普通の人間よりも、この手のスキルに慣れているのだ。

『あとは、この邪気を魔力に変換すればいいのか？』

　まだ試してはいないが、邪気支配スキルを使えば邪気を散らして、この力を魔力に変えることができそうだった。しかし、アナウンスさんがその言葉を否定する。

〈否。邪気支配スキルの効果により、邪気をそのまま扱うことが可能です〉

『え？　魔力と邪気を両方使用可能ってことか？』

〈是。魔力に比べ効率が低下しますが、変換することによる減少に比べれば、邪気をそのまま使う方が得られる力は大きいでしょう〉

　いやでも、それって大丈夫なのか？　いくらスキルがあるとはいえ、邪気をそのまま使うなんて。今の俺が耐えられるのだろうか？

『邪気を俺の中に通しても、平気なのか？』

〈試算では、一時的であれば問題ありません。また、仮称・アナウンスさんの演算補助により、一時的に邪気による影響を最低限に抑えることが可能です〉

『おお、そうなのか！　さすがアナウンスさん！』

〈邪気の影響を、個体名・師匠の内部において、影響力の少ない場所に優先して流し、基幹部分を保護します〉

　つまり、邪気によるダメージを、あまり重要じゃない場所に分散させるってことだろ？　それに、一ヶ所のダメージが少なければ回復も速いだろうしね。それでも不安だが。

『アナウンスさんは、大丈夫なのか？』

〈是。一時的な能力低下のみです〉

『それって……。いや、今はやらなきゃいかん時だ。アナウンスさん！　よろしく！』

〈是。制御はお任せください〉

よし、これであとは、ゼロスリードの体調次第だろう。こっちは少しずつ、邪気を吸収していこう。

『じゃあ、次はウルシだ』

「オン」

『お前もかなりキツイだろうが、ここは踏ん張ってくれ』

「オン！」

『いい返事だ』

俺は同時演算スキルを使い、魔力吸収を連続して使用していく。ウルシの場合、俺と魔力的な繋がりがあるおかげか、かなりスムーズに魔力を吸収することができた。

〈必要魔力を充填するまで、残り１２％〉

「クゥ……」

『もう少しだ。頑張れ！』

「グル……」

〈必要魔力を確保しました〉

『よし！』

俺が魔力吸収を止めた瞬間、ウルシは無言でその場に伏せた。意識はあるようだが、疲労でまともに声が出ないらしい。再生も止まってしまい、血が滲み出しているのが見える。

だが、ここで謝るのは違うだろう。

『よく耐えたぞウルシ！　お前のおかげで、魔力が大分回復した！』

「ウ……」

あとで念動を使って目一杯、撫でてやるからな。

〈邪気の充填、完了しました〉

『よっしゃ！』

それじゃあ、いっちょやってやりますか！

俺は、精霊察知によって感じ取ったレーンとウィーナレーンの縁に向かって、スキルを使用した。

『精霊の手、起動！』

見えざる力が、絡まった縁に向かって伸びていく。精霊の手は、その名と違って手の形態をしていなかった。もっと不定形な力の塊を操るような、そんなイメージだ。ただ、俺に戸惑いはない。精霊の手は、念動に近い使い心地だったのだ。これならなんとかなりそうだ。

精霊察知もバッチリ維持できている。どうも、一度察知したことで、縁を認識できるようになったらしい。上手く周波数が合ったって感じだ。軽く集中するだけで縁を見ることができる。

俺は精霊の手を動かし、少しだけ縁に触れてみた。軽く触った程度ではビクともしないが、精霊の手に力を込めればなんとかなるのか？

『これを壊していいんだな？』

「ええ、お願いよ」

『よし！』

精霊の手に力を注ぎ込み、ウィーナレーンとレーンの間にある縁を断ちきろうとしたのだが……。

『ちっ！』

全く効果がない。僅かな傷さえ付けられなかった。しかも、せっかくウルシから貰った魔力が、凄まじい勢いで減るのが分かる。

『これをアナウンスさんは心配してたってわけか！』

「がんばって！」

「レーンを救うために、お願い……」

今までずっと黙り込んでいたウィーナレーンが、久しぶりに口を開いた。多分、俺たちの集中を乱さないために、ずっと黙っていたのだろう。しかし、いよいよ我慢できなくなったらしい。

『こうなったら、全力だ！』

様子見をしている余裕はないだろう。俺は残る力を精霊の手に集中させた。同時に、邪気も一緒に練り上げる。

『ぐぬ……』

あ、これはまずいやつだ。邪気を放出した瞬間に、俺の背筋に悪寒が走った。背筋ないじゃんと言われそうだが、感覚的なものだ。精神が震え、ゾクリとした嫌な感覚に襲われたのである。

実のところ、今までに何度か感じたことがあった。

力を使い過ぎて壊れかけた時や、ファナティクスを共食いした時。そういった危機的状況の時は、毎回この寒気に襲われるのである。つまり、今もヤバいってことなんだろう。

『邪気の、せいか……？』

〈邪気によるダメージの分散効率を再計算しました。さらに邪気の影響を軽減します〉

『可能なのか？』

〈是。個体名・師匠はスキルの使用に集中してください〉

アナウンスさんが、俺にそう告げた直後であった。彼女の宣言通り、俺の感じていた悪寒が一気に緩和される。

『助かった！』

負担が軽減された瞬間、俺はありったけの力を精霊の手に込めた。

『ぬおぉぉ！』

よし！　さっきまで一ミリも変化しなかった繋がりが、精霊の手によって歪み始めたぞ！

縁には実体がないため、特に音などはしない。だが、俺にはメキメキやミシミシといった、縁が軋む音が聞こえる気がした。雑巾絞りのイメージで、縁の結び目を握って、捻り上げる。

中々切れない。それは、ウィーナとレーンの絆の固さを象徴しているかのようだった。

そして、さらに力を込めた瞬間だった。

さっきまでの苦労が嘘のように、縁があっさりと砕け散る。いや、それも俺の勝手なイメージで、実体を失った力が細かい粒となって崩れ去っただけだ。

俺の精霊の手の干渉力が、縁の強度を上回ったのだろう。

『よっしゃあぁぁ！　どうだ、レーン、ウィーナレーン！』

「……」

「……」

俺は即座にレーンたちの状態を確認した。

あれ？　レーンもウィーナレーンも黙ったままだ。真顔で、立ち尽くしている。

も、もしかして失敗か？　でも、縁は確かに破壊したぞ？

『な、なあ。二人とも？』

俺が再度声をかけようとした、その時だった。

「……消えた」

「……そうね」

レーンたちが、呟く。

短い、たった一言の呟き。だが、そこには万感の想いが込められているのだろう。嬉しさ、寂しさ、孤独、解放感、哀しみ、希望。俺たちには理解しきれない、レーンたちにしか分からない数千年分の想いだ。

ウィーナレーンの頬を、涙が静かに伝った。美しいハイエルフが静かに落涙する姿は、神秘さと静謐さを秘めている。

だが、俺たちにはその姿に見とれる余裕はなかった。ウィーナレーンの体から凄まじい量の魔力が放出され始めていたのだ。その魔力はウィーナレーンの魔力に似ていながら、全く同じではない。そして、ウィーナレーンの制御下にないことは確かだった。

普通、ただ放出されただけの魔力は、雲散霧消して大気中へ溶けていってしまう。だが、この魔力は違っていた。

「レーン……返すわね」

「ええ。ありがとうウィーナ」

膨大な魔力がレーンに吸い寄せられているのが分かった。

そうして、ウィーナレーンからレーンへの魔力の流れが止まった後、そこには先程までと変わらない姿をした、ウィーナレーンとレーンの姿があった。

だが、その奥を探れば分かる。その気配の変貌は、別人かと思えるほどだった。強くなった、弱くなったということではない。魔力や気配の波長そのものが、変化していたのだ。

縁が断ち切れたことで、ウィーナレーンの中にあったレーンの存在が分離し、レーンに戻ったということなんだろう。この場合、ウィーナレーンの気配が変わることは理解できるが、レーンまで変わってしまうのはなんでだ？　いや、分割していた存在が元に戻ることで、変化が訪れるのは当然か？

欠けていた部分が修復され、本来の姿を取り戻したって感じだからな。

ただ、ウィーナレーンは立っていられないほどに消耗してしまったらしい。直後に、その場に倒れ込んでいた。

「ウィーナレーン？　だいじょぶ？」

「もう、ウィーナレーンじゃないわ。私はウィーナよ……」

ウィーナレーン――いや、ウィーナがそう言って意識を失ってしまう。

『おっとぉ！』

俺もほとんど力を使い果たしていたが、一瞬だけ念動を発動した。ウィーナレーンの勢いがほんの僅かに殺され、フランがなんとかその体を受け止める。

「ウィーナ？」

フランが軽く揺すっても、目覚める気配はない。色々な消耗が重なって、疲労困憊なのだろう。

『生命力がかなり低下しているな……』

「今は、寝かせてあげて」

「ん。わかった」

レーンの言葉に従って、俺たちはウィーナをそっと横たえた。

「だいじょぶなの？」

「しばらくすれば目を覚ますわ。力は大きく減ることになるでしょうけど……」

死にはしないってことだろう。ウィーナと違って、レーンは非常に精力に満ちている。力を取り戻し、危険な状態を完全に脱したようだった。

「……ありがとう。あなたたちのおかげで、ウィーナは救われたわ」

レーンがそう言って深々とお辞儀をする。

「勿論、私もだけど……」

『なあ、レーンは、どこまで分かっていたんだ？』

俺はこの際、ずっと気になっていたことを聞いてみることにした。

『前にレーンは、未来が見えるわけじゃないって言ってたが……。それでも、未来を変えるために色々と動いてたんだろう？』

あっちのフランと接触した時は、確実にレーンの補助があったはずだ。

レーンが何かをアナウンスさんに伝えなければ、俺は潜在能力解放を使わなかっただろう。そうなればあっちのフランたちとも出会わず、俺は新スキルを得ることもなかった。そして、ウィーナたちは助からなかっただろう。

そもそも、あっちのレーンが、シエラ、ゼロスリード、ゼライセをこっちに送っていなければ、俺は完全な剣になってしまっていた可能性があるのだ。

それら全てが偶然だなどとは思えない。ただ、どこまでが偶然で、どこまでがレーンたちの掌の上なのか？　それが分からなかった。

いや、全てが掌の上だったとしても、俺に文句はない。なにせ、そのおかげで助かったんだからな。むしろ、感謝したいくらいだ。ただ、気にはなるのである。

「……神ならぬ私には、未来を見通すことはできない。これは、前にも言ったわね？」

『ああ』

しかも、神ならぬと言っているが、以前に出会った混沌の女神は、神でさえ未来は分からないと言っていたはずだ。それを考えれば、完全な未来予知など不可能なのだろう。

『でも、より良い選択肢を選び取るような力はあるんだろ？』

「そこまで大したものじゃないわ。ただ、自分の行動が自分にどう影響するのか？　それがなんとなく分かるの。言ってしまえば、勘ね」

数秒の直近の未来ならば、その勘で予測が可能であるようだ。

だが、より遠くの、より先の影響を探ろうと思えば、凄まじく消耗してしまう。万が一、年単位で先を感じようと思ったら、レーン自身が消滅しかねないそうだ。

これは俺の推測に過ぎないが、レーンは無意識に高度な演算を行っているんじゃなかろうか？　時の精霊としての能力を使い、様々な可能性を瞬時にシミュレートし、無意識に未来を予知した結果が勘として表に現れているのだとしたら？

そりゃあ、遠くの未来を予知すればするほど、消耗も激しくなるだろう。処理する情報が加速度的に増えていくからな。俺の同時演算スキルも、それに近いからよく分かる。

「でも、確かにこの勘が、色々と役立ってくれたのは確か……。そうね。始まりは、とある出会いからだったわ」

レーンがそう呟きながら、シエラたちに視線を送る。

「ある時、湖の畔に凄まじい邪気が出現した。当然、私はその対象を確認にいったわ。そこで、一人の少年と、邪気を発する剣を見付けた」

間違いない。シエラと魔剣・ゼロスリードだろう。彼らがこの時間に現れた時、すでにレーンはその存在を認識していたようだ。

「未来を視ることはできなくても、過去を視ることは簡単なことよ。なにせ、すでに起きたことを読み取るだけなのだから」

俺たちにとっては未来視も過去視も同じように難しそうに思えるが、レーンにとって過去視は至極簡単な行為であるらしい。その結果、彼女は不可解な事実に遭遇する。

「どう視ても、少年と剣は、未来を生きていたわ」

シエラたちの過去を視たレーンは、多くの情報を得た。

「そして、私はあちらの自分からの無言のメッセージを受け取った。この少年が、私たちの希望の始まりなのだと」

シエラは驚きの余り目を見開いている。

まさか、自分たちがそんなに前から知られているとは思っていなかったのだろう。

「そして、彼らを発見した私は、その過去をよりハッキリと視るために接触を試みたわ」

「えぇ？」

ついに我慢できなくなったのか、シエラが間の抜けた声を上げる。その顔には困惑の色が浮かんでいた。多分、レーンのことなど記憶にないのだろう。

「最初は精霊として姿を隠していたから、気付かれてはいないでしょうね。その後は、姿を変えて挨拶するくらいだったし」

最初にこの計画――というか、僅かな救いの可能性に賭けることにしたのは、あっちのレーンだ。あっちのシエラやフランと接触したことで、破滅を回避できる可能性があると彼女の勘が囁いたのだろう。レーンは微かな希望を現実の物とするために、シエラ、ゼロスリード、ゼライセをあっちからこっちへと送り出した。そして、こっちのレーンがシエラに接触することで、その希望を引き継いだのだ。

「あっちもこっちも、誰もが不幸にならない結末。そんなもの、あるわけがない。でも、もしそんな未来に辿り着くことができるのだとしたら？　私の全てを懸ける価値があると思わない？」

レーンは決意したという。絶対に、全員を救ってみせると。

「とはいえ、事態が動きだしたのはつい最近だけどね」

ゼライセの行方は知れず、フランたちがどこの誰かも分からない。結局、シエラを陰から援助しながら、その時が来るのを待つしかなかった。

「それに、大魔獣を復活させずに何とかするつもりだったのだけど……。結局、失敗してしまった」

レーンは大魔獣の封印を維持したまま、消滅させるつもりだったようだ。だが、ウィーナレーンの意固地さや、ゼライセの暗躍によって、復活が確定的になってしまった。だからこそ、レーンはあえて封印を解除し、不完全で弱体化した状態で魔獣を復活させたのだろう。完全復活よりはマシだから。

だが、シエラは違う部分が気になったようだ。

「俺たちは、知らないうちに手助けされていたのか……?」

シエラが愕然とした様子で呟く。まあ、分からないでもない。

俺はフランに訪れるはずだった破滅を回避できたのであれば、その過程はどうでもいいと思える。たとえ、全部がレーンにお膳立てされていたとしてもだ。でも、フランは納得しないだろう。激しい戦いや冒険を潜り抜けてきたが、実は自分の力だけではなかったのかもしれないのだ。

それと同じように、シエラの積み重ねてきた自信が揺らぎかねない事実だった。

「言っておくけど、私の手助けなど微々たるものよ? 直接手を出したのは三回だけね。一番初め、ギルドの人間を衰弱した彼の下に誘導したので一回。危険な魔獣に囲まれた時、ほんの少しだけ魔獣の気を引いて脱出の手助けをしたので一回。あとは病で死にかけた時、癒しの力で体力を回復させたのが一回。それくらいかしら?」

それを微々たると言っていいかどうかはともかく、何から何までレーンの手の内ということではないようだった。

「……そうか」

シエラはとりあえず納得したようだ。想像よりも、レーンの手助けの回数が少なかったからだろう。

まあ、直接手を貸してないっていうことは、間接的に力を貸したことが何度もあるって意味だとは思うけどね。ややこしくなりそうだから黙っておこう。

「そんな中、ゼライセがこの近辺に現れて暗躍し始めて、ようやく事態が動き出した。そこにこっちのシエラ――幼いロミオが現れ、そしてフランがやってきた」

レーンはフランに接触するため、先回りして屋台を開いたそうだ。フランに声をかけて、知り合いになるために。

それもこれも、レーンの勘は彼女に連なる者しか対象にできないからである。簡単に言えば、レーンとの仲が深いほど、レーンの勘が働きやすくなるのである。

そのために、レーンはフランと雑談を交わし、強い繋がりを結ぶことにした。

「？　私はレーンと少し雑談しただけ？」

「まあ、私の場合、ウィーナレーン以外にほとんど知り合いもいないから。あれでも十分なのよ」

つまりレーンはぼっちだから、ちょっと会話しただけでも友人認定ってこと？

でも、あの接触はやはり意味があるものだったんだな。

「その後は本当に大変だったわ。シエラ、フラン、ロミオ、ウィーナ、ゼライセ。皆の行動にできるだけ目を光らせ、最悪の展開だけは避けるために動き回って……」

レーンが直接手を出すことは難しい。そもそも、未来を選び取るために力を使っているせいで、そうそう大きな力は振るえないそうだ。それ故、最悪の場合にだけ僅かに手を加え、歴史の流れをほんの僅かに修正する。そうして孤独に戦い続けた結果が、今のこの歴史である。

その割にはゼライセを放置していたことが気になったが、考えてみたら間接的な邪魔ではゼライセたちを止めるのは難しかったのだろう。

「まさか、ここまでの結果を掴み取れるとは思っていなかったけど」

「満足なの？」

『ウィーナもレーンも、凄い消耗しちまってるじゃないか……。ウィーナは何年も力を取り戻せないって話だが、それはレーンもだろう？』

レーンの消耗は、ただ一時的に力を失っているだけではない。どう見ても、精霊としての格が下がっていた。今までが大精霊級だったのだとすれば、今はせいぜいが中級精霊程度だろう。

「いいえ、満足よ。大魔獣が滅び、私たちは命を失わずにウィーナとレーンに戻れた。それ以上に何を求めるというの？」

『まあ、それはそうなんだが……』

「ロミオもシエラもゼロスリードも無事で、フランも剣さんも暴走していない。唯一の心配事であったゼライセは命を落とし、あっちの私たちにもいい影響を与えられた。国も滅びず、民の被害は最小限。これ以上を望むのは、強欲というものよ」

レーンは端から全員が無事に済むという選択肢を除外していたのだろう。それこそ、自分を含めた全員が死亡し、大魔獣が野放しになることに比べれば、何人かが生き残ればマシくらいに考えていたに違いない。

『確かに、あんな化け物を相手にしておいて、これ以上を求めるのは欲張り過ぎか……』

「その通りよ。それに、私たちは神じゃない。全部を救えただなんて後悔、傲慢だわ」

レーンはそう言いながら、静かに瞑目した。今回の事件で死んだ、全ての者たちの冥福を祈るかのように。

エピローグ

Side 前のフラン

「師匠」

『……フラン。俺は……。今までなんで……』

師匠の擦れた声が聞こえる。でも、私はその声を聞いただけで、嬉しくて涙が出た。

だって、その声は間違いなく師匠の――出会った頃の師匠の声だったから。

その声を聞いていると、勇気が湧いてくる。もう、師匠に声をかけるのが怖くない。

「師匠。力を貸して」

『……俺の力……』

「大魔獣を倒すには、師匠の力が必要。剣じゃなくて、師匠として力を貸して。お願い」

『泣いて、るのか……』

「嬉しくて泣いてる。気にしないで」

あっちの私たちが消えた後、私は大魔獣と向かい合っている。凄い威圧感だ。本当に勝てるかな？

少し不安になる。でも、師匠が力を貸してくれたら、きっと勝てる。

「師匠。私には師匠が必要」

『そうだ……俺は、師匠なんだ……』

「師匠？」

『ああ、そうなんだっ！　俺は、師匠。フランの師匠なんだ……！』

急に師匠の口調が変わった。とても荒々しい。まるで怒ってるみたい。

でも、私は全く怖くなかった。逆に、嬉しくなる。だって、その声はもう完全に剣の声じゃなくなっていたから。以前みたいな、ちゃんと心が宿った師匠の声だった。

「いける？　師匠」

『ああ……。ああ！　いけるさ！　いこう！　どこまでも！　全身全霊をかけて！』

「ん！」

『謝るのは後にする。今は、アレをぶっ飛ばそうか！』

なんだろう。よく分からないけど、凄い力が出せる気がした。今ならどんな敵にだって勝てる。あのデカブツだって、今の私なら敵じゃない。だって、師匠がいるから。

「本気、出す！」

これで、本当に決めきる。出し惜しみはしない。私は、持っている中で最強のスキルを使用した。

「我が血に眠る、神なる獣の荒ぶる力よ。目覚めろ！　『神獣化』！」

全身を黒い雷が包み込み、髪の毛が少し伸びるのが分かる。でも、見た目の変化はそれくらいだ。残念。神獣化なんていう名前なんだから、もっと全身がモフモフになればいいのに。

でも、このスキルはとても強い。どれくらいかというと、閃華迅雷の五倍くらい。多分。

「師匠。アレ、へいき？」

『当然だ。全力全開。俺に遠慮はするな。アナウンスさんも復活したしな』

〈スキルの管制はお任せください。危険な場合は強制終了も可能です〉

『ってことだ』

「……わかった」

師匠とアナウンスさん。二人とも凄い頼もしい。

「じゃあ……いく！」

『おう！』

「あああぁぁ！　神剣開放！　餓狼剣・フェンリル！」

『おおおおぉぉぉぉぉぉぉぉ――』


『フラン……やったな……』

「ん……でも、湖に穴空いちゃった……」

『あー……今後、生態系に問題があるか……？』

「それでも、大魔獣が暴れるよりは遥かにましよ」

「レーン、無事だったの？」

湖の近くにある小山の上で休んでた私たちの前に、レーンがやってきた。

あっちの私たちとの繋がりが切れた後に急に消えちゃったから、何か良くないことがあったのかと思ってた。死んじゃったのかとも思ったから、無事でよかった。

「少し、力を使いすぎてね……」

「私たちのせい？　あっちの師匠たちと話させてくれたから？」

「それだけじゃない……。ロミオたちを送ったこともそうだし、他にも色々と……。でも大丈夫よ」

レーンの姿が、薄くなってる。感じる力も、とても少ない。本当に大丈夫なのかな？

「……無理はしないで」

「分かっているわ」

「あっちの私たち、どうなったかな……？」

大魔獣を倒して安心したら、あっちの私たちのことが気になった。

「レーンなら分かる？」

「ごめんなさい。もう接続が切れているから」

「そっか。残念」

もう少しお話がしたかったな。

でも、大丈夫。色々な物を残してくれたから。

「師匠。かなり無理したけど、だいじょぶ？」

『ああ。平気だ。力はスッカラカンなんだが、気分はすこぶるいい』

師匠が、そう言って笑う。

顔があるわけじゃないけど、私には分かる。師匠は、間違いなく、前みたいに笑ってる。

「ん」

『……済まなかったな、フラン。俺がどうかしてたんだ』

「ううん。元に戻ってくれたんなら、それでいい」

『……そうか』

「ん！」

師匠の優しい声。また、涙があふれてくる。

師匠が自分を責めているのが分かる。でも、それも、師匠が元に戻れたから。喜べるのも、怒れるのも、全部感情があるからできること。私はそれが嬉しくてたまらない。

〈警告。仮称・師匠の名称に変化の兆候が見られます〉

『え？　名称って……。俺の名前が変わるってことか？　え？　なんで？』

〈是。すでに変化終了。以前の名称に戻りました。個体名・師匠の変化に伴い、個体名・フランから神剣開放スキルが消失しています〉

『ちょ、どういうこと？　うわ、まじで俺の名前が師匠に戻ってる！　これって、神剣じゃなくなったってことか？』

〈是。個体名・師匠の変化により、神剣としての名称が剥奪され、その権能も失われました〉

よく分からないけど、師匠が神剣じゃなくなっちゃったみたい。でも、どうしてだろう？　もしかして、心を取り戻したから？　心があると神剣になれないの？　ううん。逆かも知れない。神剣になったから、心がなくなっちゃったのかもしれない。

だったら、神剣じゃなくてもいい。むしろ、神剣じゃヤダ。師匠がいい。

『す、すまんフラン。俺、なんでか神剣じゃなくなっちまった！』

「ん」

『えぇ？　どうして笑ってるんだ？』

「へいき。師匠は師匠だから。神剣かどうかなんか、どうでもいい」

師匠がいてくれれば、それでいい。アナウンスさんもいてくれるし。

「……ここにウルシがいてくれたら、かんぺきだったのに」

『……だな』

それだけが残念。でも、そんな私たちに、アナウンスさんが驚きの事実を教えてくれた。

〈個体名・ウルシの再召喚は、不可能ではありません〉

『え？　どういうことだ？』

〈個体名・師匠の中に、個体名・ウルシの魔石が同化しています。この縁を利用することで、再召喚を試みることが可能です〉

「どうすればいい？」

〈魔石からの再召喚は、神獣召喚術を使わねばなりません〉

「神獣召喚……。どうすれば、覚えられる？」

〈情報が不足しています。神獣の伝説を調べることを推奨します〉

「なるほど……。師匠」

『ああ、次の目標が決まったな』

「ん！」

私たちの冒険は、まだまだ続く。賑やかで、楽しい冒険が。ウルシ、まってて！

あとがき

転生したら剣でした、一五巻をお買い上げありがとうございます。

一言いいでしょうか？

「うおおおぉぉぉ！　またページ調整に失敗したぁぁ！」

はい、というわけであとがきです。

毎回、あとがきのたびに同じことを言っている気がしますが、ページ数の調整って意外と難しいんですよ。

ちょっとしたレイアウト調整による数行の差で、一ページ増えたりしますし。

どうしても言葉を削れない重要シーンの場合、逆に文章を足してみたらそれが仇となってページ数が増えちゃったり。

私は結構ギリギリに原稿を上げたりするんで、改行によってページ数を調整するような相談もあまりできませんし。

うん、こうやって書いてみると、だいたい自分が悪いです。

「この無能！」

「ですわ！　無能ですわ！」

と、私の中のお姉さまたちが私を罵倒しておりますね。

さて、恒例の尺稼ぎはこの辺にしておいて、お礼の言葉を。

編集者のＩさん。今回もお世話になりました。ありがとうございます。

毎回毎回神イラストを描いて下さるるろお様。マジ神です。

コミカライズ担当の丸山朝ヲ先生。毎回巻末漫画を読むたび、嫉妬しそうになるくらい面白いです。

スピンオフ担当のいのうえひなこ様。可愛いフランを読むことが本当に楽しみだったので、完結が残念でなりません。お疲れ様でした。

友人知人家族たち。そして、この作品の出版に関わって下さった全ての方々と、応援してくださっている読者の皆様方。ありがとうございます。

アニメ第二期が決定いたしました！

まだ何も決まっておりませんが、次もよい物になるように頑張りますので、これからも応援をよろしくお願いいたします。

特別寄稿
Teacherフラン
原案／棚架ユウ
漫画／丸山朝ヲ
フランも戦技教官…
立派になったもんだ
しかも制服可愛い…
コーディネイト
したのは私です！
この内側あたりにいます
これがおれの世界
現代日本だったら
そう教師…！
女教師だよ？
クイッ

Curry＋Rice＝Curry Rice
聞いてます？
師匠君！
Curry + Rice
Pancake + maple
= Oishii
いかがわしい？
いやそんな…でも
違和感すげえな
どっちかと言ったら
こんな体育教師
みたいな方が自然…
アレッサから
魔術学院
100往復！
……
ひ～…
ひ～…
こっちの服で
いいな…
END

無機物の大冒険!!
剣でした
「転生したら剣でした」
（マイクロマガジン社刊）より

猫耳少女×親バ
マンガ
転生したら

発売おめでとうございます!!
転生したら
剣でした
15巻
公式スピンオフ漫画
「転生したら剣でした～AnotherWish～」
完結しました。
単行本全6巻 発売中です！
ありがとうございました！
いのうえひなこ

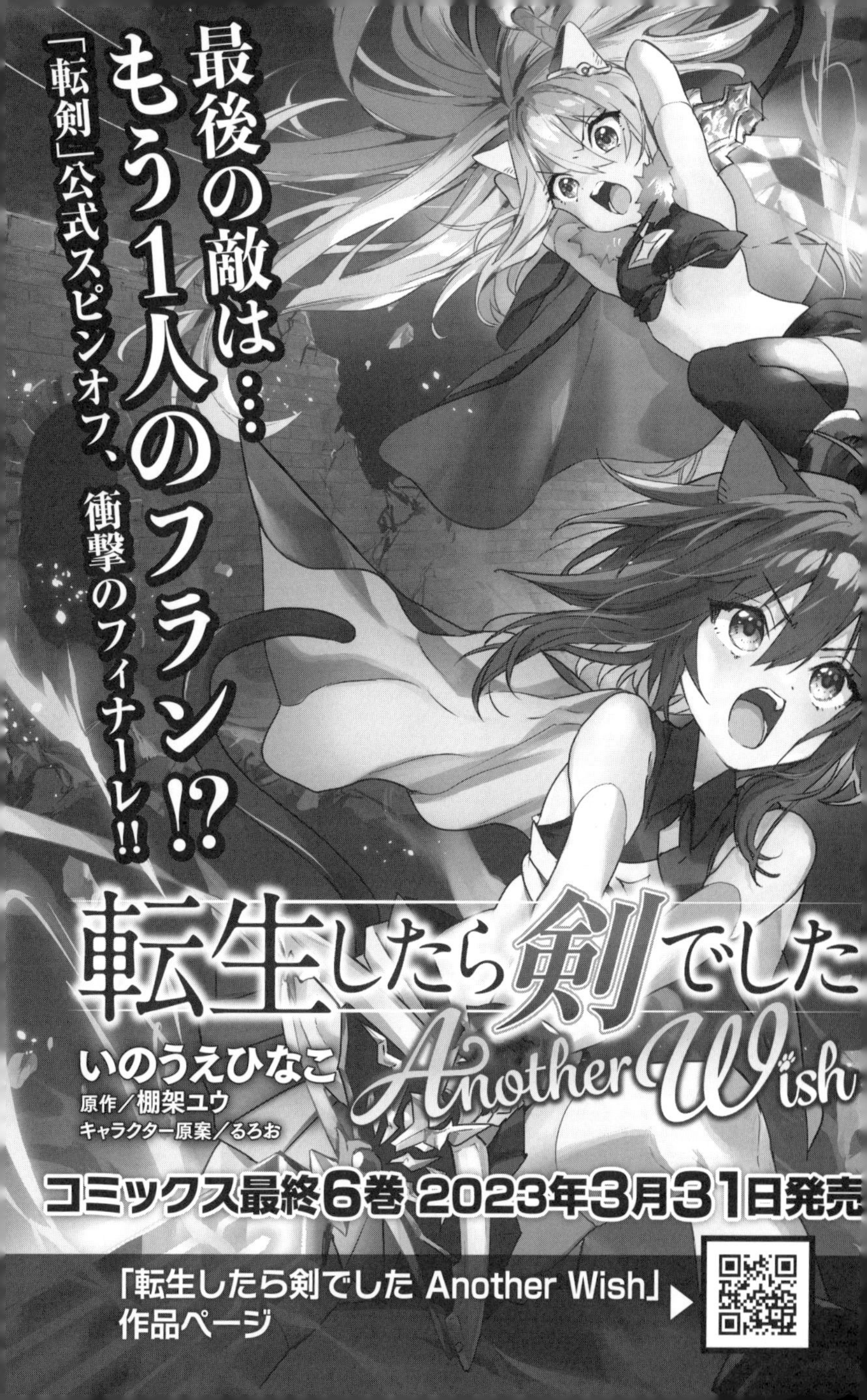

GC NOVELS

2023年4月7日　初版発行

著者　棚架ユウ（たなか）
イラスト　るろお

発行人　子安喜美子
編集　岩永翔太
装丁　横尾清隆
印刷所　株式会社平河工業社
発行　株式会社マイクロマガジン社
〒104-0041　東京都中央区新富1-3-7　ヨドコウビル
[販売部] TEL 03-3206-1641／FAX 03-3551-1208
[編集部] TEL 03-3551-9563／FAX 03-3551-9565
https://micromagazine.co.jp/

ISBN978-4-86716-408-2　C0093

本書は小説投稿サイト「小説家になろう」(https://syosetu.com/)に掲載されていたものを、
加筆の上書籍化したものです。

ファンレター、作品のご感想をお待ちしています！

宛先　〒104-0041　東京都中央区新富1-3-7　ヨドコウビル
株式会社マイクロマガジン社　GCノベルズ編集部「棚架ユウ先生」係「るろお先生」係

右の二次元コードまたはURL（https://micromagazine.co.jp/me/）をご利用の上、本書に関するアンケートにご協力ください。

■ご協力いただいた方全員に、書き下ろし特典をプレゼント！
■スマートフォンにも対応しています（一部対応していない機種もあります）。
■サイトへのアクセス、登録・メール送信の際にかかる通信費はご負担ください。